GEORG
MARKUS

Fundstücke

GEORG MARKUS

Fundstücke

Meine Entdeckungsreisen in die Geschichte

Mit 114 Abbildungen

Amalthea Verlag

Besuchen Sie uns im Internet unter: amalthea.at

Umschlaggestaltung: Elisabeth Pirker/OFFBEAT
Umschlagfoto: iStock.com
Herstellung und Satz: VerlagsService Dietmar Schmitz GmbH, Heimstetten
Gesetzt aus der 13/17,25 pt Goudy
Designed in Austria, printed in the EU
ISBN 978-3-99050-104-7

Inhalt

Man muss sie nur finden
Vorwort

In Archiven, Bibliotheken, Schlössern, privaten Nachlässen …

Nein, im Fundamt werden sie nicht abgegeben, die *Fundstücke*, um die es in diesem Buch geht. Es bringt auch wenig, durch die Stadt zu spazieren und auf der Straße nachzusehen, ob sie irgendwo herumliegen. Sie sind mir vielmehr zugeflogen. In all den Jahren, seit ich über historische Themen schreibe, habe ich viele Menschen kennengelernt, die an der Quelle sitzen. In Archiven und Bibliotheken, in ehemals kaiserlichen Schlössern, in Verlagen, Film- und Theaterkanzleien, in Universitätsinstituten, Auktionshäusern und Museen, aber auch in privaten Familiennachlässen – seien sie aristokratischer oder bürgerlicher Provenienz. Und wenn irgendwo innerhalb ihrer meist altehrwürdigen Mauern etwas Interessantes auftaucht, dann rufen sie mich an oder schreiben mir, meine treuen Leserinnen und Informanten.

Unbekannte Geschichten über bekannte Leute

An manchen Tagen höre ich mir mehrere solcher Geschichten an. Unbekannte Geschichten über bekannte Leute, denen Ungewöhnliches widerfuhr. Geschichten aus plötzlich auftauchenden Tagebüchern, Briefen oder Testamenten. Geschichten, die von kuriosen oder tragischen Ereignissen und von heimlichen Liebesaffären historischer

Persönlichkeiten erzählen. Ich schaue mir die Dokumente an, prüfe sie sehr genau, recherchiere das Umfeld – und das Wunder passiert dann immer wieder: dass echte *Fundstücke* darunter sind. Man muss sie nur finden.

Der letzte Adjutant des Kaisers

Um konkret zu werden: Es sind zwei Tagebücher von wahrhaft historischer Dimension, aus denen ich hier zitieren darf: Georg Graf Walterskirchen vertraute mir die seit Generationen in Familienbesitz befindlichen Aufzeichnungen seines Großvaters Adalbert von Spanyi an, der Kaiser Franz Josephs letzter Adjutant und diesem vertrauter war als irgendjemand anderer. Es ist ein berührender Bericht, in dem das letzte Lebensjahr und schließlich der Tod des alten Kaisers aus nächster Nähe geschildert werden. Spanyi beschreibt, wie sehr die engsten Angehörigen und Mitarbeiter bis zuletzt hofften, dass Franz Joseph – und mit ihm die Monarchie – weiterleben würden, bis er am 21. November 1916 resignierend notiert: »Um 8 Uhr Abend sagen (die Ärzte) Kerzl und Ortner, die Seine Majestät zu Bett gebracht haben, dass keine Rettung mehr möglich.«

Der Versuch, die Monarchie zu retten

Ein anderes, bisher ebenfalls unbekanntes Tagebuch stammt vom Grafen Thomas Erdödy, der als »Kurier des Kaisers« monatelang zwischen Österreich und der neutralen Schweiz hin- und herpendelte, um im Auftrag Kaiser Karls mitzuhelfen, den Ersten Weltkrieg zu beenden und damit das Habsburgerreich zu retten. Beides ist bekanntlich nicht gelungen, aber die Versuche, die mittels falscher Identitäten und gefälschter Dokumente getätigt wurden, lesen sich wie ein – streckenweise ziemlich skurriler – Spionagekrimi. Das Tagebuch wurde mir von Erdödys Nachfahren Klaus und Heinz Lukesch zur Verfügung gestellt.

Ich zitiere natürlich nicht nur aus den mir anvertrauten Tagebüchern, Briefen und sonstigen Aufzeichnungen – das ergäbe eine wohl eher trockene Lektüre –, sondern spüre auch biografisches Material der handelnden Personen auf, spreche mit Zeitzeugen, begebe mich auf Entdeckungsreisen in die Geschichte.

Die Frau Sacher verliebt sich

Im ersten Kapitel war es ein mir übergebenes Tonband, das zum *Fundstück* wurde. Auf diesem Tonband erzählt eine Cousine der Anna Sacher von der großen Liebe der legendären Hotelbesitzerin, die sich nach dem Tod ihres Mannes Eduard Sacher Hals über Kopf in den Zentraldirektor des Bankhauses Rothschild verliebte. Die Affäre mit Julius Schuster musste damals streng geheim bleiben, da der ebenso angesehene wie einflussreiche Geschäftsmann verheiratet war. In diesem Buch wird zum ersten Mal Schusters Lebensgeschichte und seine zum Teil dramatische Verbindung mit dem Hause Sacher geschildert, wobei mir seine Nachkommen Amelie Gräfin Trauttmansdorff und Carl von Rohrer mit wertvollen Auskünften zur Seite standen.

Das riesige Vermögen verspielt

Die Familie der Tortendynastie ist auch in einem weiteren Kapitel mit dem Untertitel »Die unglücklichen Sacher-Erben« vertreten. Es geht darin um den mir aus einer ganz anderen Quelle zugespielten schriftlichen Nachlass der Herren Franz und Eduard Sacher, dem zu entnehmen ist, wie vermögend die Hoteliers tatsächlich waren. Freilich zeigen Testamente und Korrespondenzen auch auf, wie die Nachfahren der beiden geschäftstüchtigen Kaufleute durch Leichtsinn das riesige Vermögen verloren haben.

Ein General schreibt dreitausend Liebesbriefe

Anna Sachers Geschichte ist nicht die einzige Lovestory, die durch *Fundstücke* belegt ist. Ich erzähle vom einzig unberühmten Liebhaber – neben so vielen berühmten – der Alma Mahler-Werfel. Er war ein katholischer Priester, der es im österreichischen Ständestaat fast zum Kardinal gebracht hätte. In einer weiteren Liebesaffäre geht es um den k. u. k. Generalstabschef Franz Conrad von Hötzendorf, der sich, wie seinen feurigen Liebesbriefen zu entnehmen ist, mitten im Ersten Weltkrieg mehr um seine große Liebe Gina von Reininghaus als um das Kriegsgeschehen zu kümmern schien. Nicht weniger als dreitausend Liebesbriefe geben Auskunft über diese Beziehung.

Richard Wagners »Vierecksverhältnis«

Ebenfalls um Liebe geht es bei Richard Wagner, von dem mir ein verloren geglaubter schriftlicher Heiratsantrag ausgehändigt wurde, der aufzeigt, dass der Meister 1864 – während ihm in Wien wegen zahlreicher Wechselschulden ein Haftbefehl drohte – in ein »Vierecksverhältnis« verstrickt war. Von erotischer Zuneigung handelt auch ein weiteres Franz-Joseph-Kapitel, in dem neue Indizien auftauchen, die es immer wahrscheinlicher machen, dass der Kaiser tatsächlich der Vater der Gattin des Komponisten Alban Berg war. Franz Joseph ist in noch einem Kapitel vertreten, das anhand eines bisher unveröffentlichten Briefes an seinen ehemaligen Erzieher schildert, wie unbeholfen der 18-Jährige in seine neue Aufgabe als Kaiser schlitterte.

Andere *Fundstücke* dokumentieren tragische Schicksale. Etwa den Tod der noch nicht 17-jährigen Enkelin Johann Wolfgang von Goethes in Wien. Oder das Unglück des Luxusdampfers »Baron Gautsch«, das der Grazer Arzt

Hermann Pfeiffer in seinem Tagebuch schildert. Es tauchte erst hundert Jahre nach dem Untergang der »österreichischen Titanic« auf. Während Pfeiffer sich und seinen kleinen Sohn retten konnte, war seine Frau eines der 147 Todesopfer des Unglücks. Tragisch endeten die Kunststücke des Seiltänzers Josef Eisemann, der nach dem Zweiten Weltkrieg in Wien ganze Straßenzüge bezwang, beim Versuch den Donaukanal zu überqueren jedoch mit seiner Tochter in den Tod stürzte. Mehrere, zum Teil prominente Zeitzeugen erinnern sich an das damals aufsehenerregende Unglück.

Maria Theresia und Kaiserin Charlotte

Ergreifend, wie freudlos Maria Theresia die ihr noch verbleibenden Jahre als Witwe zubrachte und wie Kaiserin Charlotte nach der Hinrichtung ihres Mannes, des Habsburgers Maximilian von Mexiko, dem Wahnsinn verfiel.

Nicht alle *Fundstücke* habe ich selbst entdeckt, viele wurden mir von Archivaren und Historikern zur Verfügung gestellt wie etwa die zum Mayerling-Kapitel, das nicht von der eigentlichen Tragödie handelt, sondern davon, wie Kronprinz Rudolf zum Kauf des Jagdschlosses erpresst wurde.

Das Kaffeehaus aus dem KZ

Direkt von Familienangehörigen wiederum wurden mir geradezu unglaubliche *Fundstücke* anvertraut. Es sind die detailreichen, im KZ Mauthausen entstandenen Baupläne für ein Kaffeehaus, die der jüdische Architekt Simon Wiesenthal für einen katholischen Mithäftling zeichnete, der ihm das Leben gerettet hatte. Das Kaffeehaus sollte nach der Befreiung aus dem Konzentrationslager gebaut werden.

Fundstücke aus jüngeren Tagen sind ein verloren geglaubter Hans-Moser-Film, der nach Jahrzehnten auf einem Pari-

Qualtinger muss ins Gefängnis

ser Flohmarkt auftauchte, ein vermisstes Theaterstück Ödön von Horváths und ein Brief Helmut Qualtingers, dem zu entnehmen ist, dass er unmittelbar nach Kriegsende eine Villa in Wien-Währing konfiszierte. Gleichzeitig versuchte der Theaterenthusiast und angehende Schauspieler eine Wiener Bühne zu beschlagnahmen – worauf er für drei Monate in Haft genommen wurde. »Er hat furchtbar darunter gelitten, sein Aufenthalt im Gefängnis war die schlimmste Zeit seines Lebens«, vertraute mir seine Witwe Vera Borek an.

Das Buch beginnt mit einer Liebesgeschichte und endet mit einer solchen. Letztere erzählt von Ludwig van Beethovens einziger Geliebten Josephine, die er jahrzehntelang verehrte, mit der er aber nur ein kurzes Glück fand. Es dauerte eineinhalb Jahrhunderte, bis die Briefe des Musikgenies ans Tageslicht kamen.

Die letzten Fundstücke

Fundstücke, wie die in diesem Buch beschriebenen, wird es wohl nie wieder geben. Denn kaum ein viel beschäftigter Künstler, Staatsmann oder Zeitzeuge wird in unserer schnelllebigen Zeit die Muße finden, ein Tagebuch zu führen. Und Briefe schreibt sowieso kein Mensch mehr. E-Mails jedoch werden bei der erstbesten Gelegenheit gelöscht und gehen damit für die Nachwelt verloren.

Die letzten *Fundstücke* also.

Georg Markus
Wien, im August 2017

Anna Sachers süßes Geheimnis
Die Lovestory der verwitweten Hotelbesitzerin

Anna Sacher, 1859–1930, Hotelbesitzerin

Es hat lange gedauert, bis ich es mir zur Aufgabe machte, der Lebensgeschichte des Herrn Julius Schuster nachzugehen. Dabei war dieser Mann eine einflussreiche Persönlichkeit, die als Zentraldirektor des Bankhauses Rothschild eine wichtige Rolle im Wirtschafts- und Gesellschaftsleben der Donaumonarchie spielte. Was aber wesentlich glamouröser erscheinen mag, ist die Tatsache, dass er neben seinen vielen kommerziellen Beziehungen auch durch eine ganz private in Erscheinung getreten ist. Julius Schuster war die große Liebe im Leben der verwitweten Hotelbesitzerin Anna Sacher, die somit neben dem diskret gehüteten Rezept der Sachertorte noch ein anderes süßes Geheimnis hatte.

Eduard Sacher, 1843–1892, Hotelier

Annas Ehemann Eduard Sacher, der Gründer des legendären Hotels vis-à-vis der Oper, starb 1892 im Alter von 49 Jahren an einer Lungenentzündung und hinterließ seiner 33-jährigen Frau Anna das Hotel, die gemeinsamen Kinder Anna, Eduard und Franziska sowie Stieftochter Rosa aus seiner ersten Ehe.

Nach Eduards Tod kümmerte sich Anna vor allem um den Ausbau ihres expandierenden Hotelbetriebs, um ihre

Mitarbeiter und als ebenso charmante wie strenge Herrscherin in ihrem Reich ganz besonders um ihre prominenten Gäste und Stammgäste.

Julius Schuster, 1841–1916, Bankdirektor

Zu denen auch der Rothschild'sche Zentraldirektor Julius Schuster zählte. Lange waren die Begegnungen des Doktor Schuster und der Frau Sacher in ihrem Kaffeehaus- und Restaurantbetrieb ganz unverdächtig, zumal er in Begleitung seiner schönen Gemahlin und seiner beiden Söhne einzukehren pflegte. Nach einiger Zeit fanden neben den familiären Soupers freilich Treffen ganz anderer Art statt, bei denen es um die Finanzierung des zuweilen überschuldeten Hotels der Frau Sacher ging.

Irgendwann muss es im Zuge dieser Besprechungen bei Anna Sacher und Julius Schuster gefunkt haben, und zwischen den beiden entwickelte sich eine Affäre. Die mit Rücksicht auf die Ehe des Herrn Zentraldirektors selbstverständlich mit allergrößter Diskretion gehandhabt wurde.

Die Cousine erzählt von Anna Sachers geheimer Liebe

Es hat mit der Aufarbeitung seiner Lebensgeschichte insofern lange gedauert, als meine Recherchen über Julius Schuster bereits im September 1989 begannen. Damals feierte Frau Carla Sacher in Baden bei Wien mit einem dem Anlass entsprechend rauschenden Fest ihren hundertsten Geburtstag, zu dem ich als noch junger Geschichtsschreiber geladen war.

Carla war eine Cousine zweiten Grades der Anna Sacher, die sie noch persönlich gekannt hatte. Und sie überreichte mir nach dem Fest zu ihrem »Hunderter« ein Tonband, auf dem sie über die Familie Sacher und aus ihrem eigenen Leben erzählte.

Dieses Tonband mit Carla Sachers noch kräftiger Stimme war ein echtes *Fundstück*, enthält es doch eine kleine Sensation – von der bis dahin niemand wusste:

Tonband-Mitschnitt der Carla Sacher

> »Nach dem frühen Tod ihres Ehemannes Eduard lernte die Anna Sacher die große Liebe ihres Lebens kennen, den Gutsverwalter Schuster, das war die graue Eminenz beim Baron Rothschild. Als der Herr Schuster kurz nach dem Ersten Weltkrieg starb*, hat sich die Anna Sacher aus lauter Verzweiflung statt ums Hotel nur noch um Pferdewetten gekümmert und auf dem Rennplatz praktisch das Sacher verspielt. So gelangte es in den Besitz der Familie Gürtler, der das Wiener Hotel heute noch gehört.«

Fast drei Jahrzehnte sind verstrichen, seit ich das Tonband der Carla Sacher zum ersten Mal abgehört habe. Jetzt endlich ging ich daran, mich auf die Spurensuche nach dieser geheimnisvollen Beziehung zu begeben und Näheres über besagten Julius Schuster in Erfahrung zu bringen.

Nathaniel Rothschild, 1836–1905, Wiener Bankier

Nun also: Julius Schuster war in der Wiener Vorstadt Dornbach als Nachfahre einer alten Fuhrwerkerdynastie zur Welt gekommen. Schon sein Vater Gustav Adolf Schuster war Comptoir-Chef der Rothschild-Privatbank, in deren Dienste auch Julius 1870 im Alter von 29 Jahren tritt. Er bringt es zum engsten Vertrauten des Barons Nathaniel Rothschild und zum Zentraldirektor des größten privaten

* Richtig ist, dass Julius Schuster bereits während des Ersten Weltkrieges, am 25. Juli 1916, starb.

Bankhauses innerhalb der österreichisch-ungarischen Monarchie. Da Rothschild fürs Finanzgeschäft weit weniger übrig hat als für die schönen Künste und den Sport – insbesondere für den Ersten Wiener Fußballclub »Vienna«, den er 1894 gründete –, verfügt Julius Schuster als sein engster Mitarbeiter über weitreichende Vollmachten in seinen Geschäften.

Julius Schuster wird Mitglied der High Society

Als rechte Hand des Barons Rothschild wird er im Lauf der Jahre aber auch zu einem Mitglied der Gesellschaft, dem man bei Großereignissen und Wohltätigkeitsveranstaltungen begegnet. Julius Schuster ist so prominent, dass sein Name in den Jahren 1887 bis 1916 in der Wiener Presse mehr als zweihundert Mal Erwähnung findet, vor allem in dem für die High Society zuständigen »Salonblatt«.

Die rege Gesellschaftstätigkeit ist es wohl, die den Rothschild-Intimus mit der umtriebigen Anna Sacher verbindet. Wann genau die Beziehung begann, wissen wir nicht, man kann aber davon ausgehen, dass es Mitte der 1890er-Jahre »passierte«. Laut Monika Czernins Anna-Sacher-Roman »Das letzte Fest des alten Europa« lud Julius Schuster die Frau Sacher erstmals privat anlässlich der Uraufführung von Schnitzlers Schauspiel »Liebelei« ins Burgtheater ein. Diese fand am 9. Oktober 1895 statt, Julius war damals 54, Anna 36 Jahre alt und seit drei Jahren verwitwet. Der Termin ist jedoch nicht bekundet, zumal es sich beim »Letzten Fest«, wie erwähnt, um einen Roman handelt.

Das erste private Treffen bei Schnitzler

Julius Schuster wohnt damals mit seiner Frau Anna Cäcilie geb. Konrath und seinen Söhnen Julius und Heinrich im Haus Plösslgasse 13 auf der Wieden, das dem Baron

Nathaniel Rothschild gehört. Diskrete Treffpunkte mit der Frau Sacher sind die weitläufigen Prater-Auen, die von der Öffentlichkeit abgeschirmten Rothschild-Gärten auf der Hohen Warte und – für intime Stunden – praktischerweise das Sacher-eigene Etablissement neben der Hofoper.

Diskrete Rendezvous im Prater, auf der Hohen Warte und im Sacher

Eine große Liebe, die geheim bleiben musste: Anna Sacher und Julius Schuster – sein Bild wird hier zum ersten Mal veröffentlicht.

Doch die Verflechtungen zwischen den Familien Sacher und Schuster gehen weit über die Affäre der Hotelbesitzerin mit dem Bankdirektor hinaus. Denn im Jahr 1898 heiratet Annas erst 16-jährige Tochter Anna Maria Sacher den Sohn von Julius Schuster, den 24-jährigen Julius Schuster jun.

Anna Sachers Tochter heiratet Julius Schusters Sohn

Ziemlich verzwickte Verwandtschaftsverhältnisse also, in denen Schwiegermutter und Schwiegervater ein verbotenes Verhältnis haben. Die Konstellation ist auch deshalb ziemlich kompliziert, weil die Hauptbeteiligten dieselben Namen tragen: Anna Sachers Tochter heißt ebenfalls Anna, und auch Julius Schusters Frau heißt Anna und deren gemeinsamer Sohn heißt Julius wie sein Vater.*

Albert Rothschild, 1844–1911, Wiener Bankier

Nathaniel Rothschild vertraut seinem Zentraldirektor uneingeschränkt, doch als er 1905 stirbt, übernimmt sein jüngerer Bruder, Albert Rothschild, die Geschäfte. Und dessen erste Handlung ist es, den 64-jährigen Julius Schuster fristlos zu entlassen. Es kommt zum Prozess, in dessen Mittelpunkt das in Mähren gelegene Rothschild'sche Schloss Schillersdorf** samt riesigem Gutsbesitz steht. Der Wirtschaftshistoriker Roman Sandgruber fand heraus, dass Albert Rothschild dem ehemaligen Zentraldirektor vorwarf, im Jahr 1902 für das Anwesen zugunsten seiner beiden Söhne Julius jun. und Heinrich Schuster allzu günstige Pachtverträge abgeschlossen zu haben. Der Prozess Albert Rothschild gegen Julius Schuster endet mit einem Vergleich.

Anna Sachers Tochter begeht Selbstmord

Im Jahr 1902, in dem der unglückliche Pachtvertrag abgeschlossen wird, kommt es in den durch Heirat verbundenen Häusern Sacher und Schuster aber auch zu einer wirklichen Tragödie: Am 22. März nimmt sich Anna Maria Schuster – Anna Sachers erst 19-jährige Tochter – das Leben und hinterlässt drei kleine Kinder.

Der in einer Depression begangene Selbstmord wirkt sich natürlich auf die Beziehung der Anna Sacher mit

* Siehe Stammbaum Seite 164.

** Heute Šilheřovice in der Tschechischen Republik.

Julius Schuster aus, vermutlich wird sie in diesen Tagen sogar beendet. Fest steht aber, dass das einstige Liebespaar in freundschaftlicher wie in geschäftlicher Weise verbunden bleibt.

Julius Schuster gewährt dem Sacher ein großzügiges Darlehen

Als Julius Schusters Frau im Frühsommer 1904 stirbt, hätte für Anna Sacher und Julius Schuster die Möglichkeit bestanden, die mehrjährige geheime Liaison zu legalisieren, wovon sie lange Zeit geträumt haben. Doch es ist zu spät, der Tod der Tochter respektive Schwiegertochter liegt als dunkler Schatten über ihrer Liebe und lässt eine Wiederaufnahme der einst leidenschaftlichen Beziehung nicht zu.

Julius Schuster hat einmal noch Gelegenheit, seine Zuneigung zu Anna unter Beweis zu stellen: als der 48-jährigen Witwe im Jahr 1907 angeboten wird, ein dem Sacher benachbartes, vierstöckiges Haus in der Maysedergasse zu kaufen, womit das aus allen Nähten platzende Hotel erheblich vergrößert werden könnte. In dem neuen Trakt sollen weitere Gästezimmer, ein Restaurant und zusätzliche Separees errichtet werden, die sich als Rendezvousplätze adeliger Herren mit jungen Schauspielerinnen, Ballettmädchen und anderen Vorstadtschönen größter Beliebtheit erfreuen. Julius ist zur Stelle, um mit einem großzügigen Darlehen aus seiner Privatschatulle auszuhelfen.

Schuster ist auch Berater der Fürstin Metternich

Er muss in seinen Dienstjahren im Bankhaus Rothschild tatsächlich ein Vermögen verdient haben, übergibt er Anna Sacher doch in den folgenden beiden Jahren mehrere Schuldscheine in Höhe von insgesamt 670 000 Kronen*.

---

* Entspricht laut »Statistik Austria« im Jahr 2017 einem Betrag von rund 3,8 Millionen Euro.

Beliebter Rendezvousplatz adeliger Herren mit jungen Schauspielerinnen, Ballettmädchen und anderen Vorstadtschönen: das Sacher-Separee

Viel Geld für einen Mann, der in seinem ganzen Erwerbsleben immer angestellt gewesen ist – abgesehen davon, dass er eine Zeit lang auch Berater der Fürstin Pauline Metternich war, die es als Enkelin des legendären Staatskanzlers und durch ihren alljährlich stattfindenden Blumenkorso im Prater zu großer Popularität brachte.

Nachruf auf Julius Schuster in der »Neuen Freien Presse«

Auf die Spur zu den Darlehen, die Julius Schuster seiner früheren Geliebten überließ, kam Monika Czernin, als ihr der Verlassenschaftsakt nach Julius Schuster in die Hände fiel. Dem auch zu entnehmen ist, dass im Sacher wertvolle Möbel und Bilder aus Schusters Besitz aufbewahrt wurden.

In der »Neuen Freien Presse« vom 27. Juli 1916 findet sich ein kurzer Nachruf auf »Herrn Dr. Julius Schuster,

Zentraldirektor i. P. des Barons Nathaniel Rothschild und Berater der Fürstin Pauline Metternich, der im Alter von 75 Jahren verstorben ist«.

Das Darlehen wird nie zurückgezahlt

Anna Sacher hat mit ihm ihren engsten Freund und Berater verloren. Und wenn man den Worten ihrer Cousine Carla Sacher Glauben schenkt, ist sie an seinem Tod verzweifelt, hat sich danach statt ums Hotel nur noch um Pferdewetten gekümmert.

Die fast 700 000 Kronen, die Julius Schuster seiner Freundin geliehen hatte, dürfte sie nie retourniert haben, sie wäre auch gar nicht in der Lage dazu gewesen. In ihrem letzten Lebensjahr war Anna Sacher zahlungsunfähig, am 25. Februar 1930 ist sie siebzigjährig im Hotel Sacher gestorben.

Das Tagebuch des Adjutanten Vertrauliches aus Kaiser Franz Josephs letztem Lebensjahr

Heute den Dienst als Flügeladjutant angetreten. Seine Majestät gnädig wie immer, reichte mir, als ich das erste Mal Sein Arbeitszimmer betrat, die Hand und begrüßte mich mit den Worten: ›Freue mich sehr, dass Sie wieder bei Mir sind.‹* Diese Begrüßung ist mehr wert als ein hoher Orden.«

Franz Joseph, 1830–1916, Kaiser von Österreich, König von Ungarn

Mit dieser Eintragung vom 26. Mai 1915 beginnen die Tagebuchaufzeichnungen des k. u. k. Oberstleutnants Adalbert von Spanyi, der dem alten Kaiser von nun an eineinhalb Jahre lang näher war als irgendjemand anderer. Der Offizier stand praktisch Tag und Nacht in Franz Josephs Diensten, hörte sich dessen Sorgen an, verfolgte mit ihm das Kriegsgeschehen, war Zeuge seiner Einsamkeit und erlebte den gesundheitlichen Verfall des Monarchen. Und schließlich auch seinen Tod.

Franz Joseph stand in seinem 85. Lebensjahr und war von erstaunlicher Frische, als Spanyi seinen Dienst antrat.

---

* Adalbert von Spanyi war bereits in den Jahren 1905 bis 1909 Flügeladjutant Kaiser Franz Josephs.

»Seine Majestät«, notiert der Adjutant gleich am ersten Tag, »sieht geradezu blühend aus, viel besser als im vergangenen Jahr, als ich ihn gelegentlich meiner Audienz sah«.

Der Kaiser durchlebt einen aufreibenden Alltag: »Früh ½ 4 Uhr steht Seine Majestät auf, um ½ 5 beginnt die Arbeit ...« Gegen acht Uhr lässt Franz Joseph mit einem Glockenzeichen den im Nebenzimmer wartenden und zu seiner persönlichen Dienstleistung zur Verfügung stehenden Offizier zu sich kommen, um mit ihm die Planung des Tages durchzugehen. Bis Mittag empfängt der Kaiser Regierungsmitglieder, Militärs und andere Gäste, meist acht bis zehn Personen. »Von 8 Uhr früh bis 1 Uhr 15 waren fast ununterbrochen Empfänge. Ist zum Staunen, dass Seine Majestät diesen Anstrengungen in seinem Alter gewachsen ist ... Mit kurzer Pause um ½ 12 Uhr, um welche Zeit Seine Majestät ein kleines Frühstück nehmen – nur Schinken und Tee, sonst nichts. Um 5 Uhr ist Diner, Seine Majestät fast immer allein – alle Mahlzeiten werden auf seinem Schreibtisch serviert – es geht alles sehr rasch: Frühstück 10–12 Minuten, Diner höchstens 25 Minuten.« Nach dem Diner geht der Flügeladjutant ins Billardzimmer und wartet, bis Seine Majestät aus dem Schreibzimmer heraustritt und mit den Worten »Danke sehr, brauche heute nichts mehr, Gute Nacht wünsch ich« den Adjutanten entlässt. Oberstleutnant Spanyi staunt immer wieder nach einem langen Arbeitstag: »Dabei ist Seine Majestät nicht im geringsten müde ... Um 8 Uhr geht Seine Majestät zur Ruhe.«

Adalbert von Spanyi, 1858–1930, österreichisch-ungarischer Offizier

»Um 8 Uhr geht Seine Majestät zur Ruhe«

Dass sich die Monarchie in einem blutigen Krieg befindet, ist im Schloss des Kaisers vorerst kaum spürbar. »Im lieben Schönbrunn ist alles wie es war, still und traumverloren, dieselben Menschen, dieselbe Tageseinteilung«, notiert Spanyi. Noch ist alles voll Optimismus: »Auf den Kriegsschauplätzen steht es sehr gut, Seine Majestät dementsprechend in bester Stimmung«, so die Tagebucheintragung vom 26. August 1915. Auch zu Weihnachten ist »Seine Majestät frisch und in guter Stimmung – hoffentlich bringt das neue Jahr Sieg und Frieden.«

Eine Kopie des 45 Seiten umfassenden Tagebuchs

Es war im Herbst 2016, als mich Adalbert von Spanyis Enkel Georg Graf Walterskirchen anrief und mir mitteilte, dass er im Besitz des noch nie veröffentlichten Tagebuchs seines Großvaters sei. Und Walterskirchen fragte mich, ob ich Interesse hätte, Auszüge aus der Niederschrift des letzten Flügeladjutanten Kaiser Franz Josephs abzudrucken.

Die Frage musste er mir nicht zweimal stellen, und so trafen wir uns in seinem niederösterreichischen Schloss Walkersdorf, wo er mir eine Kopie des 45 Seiten umfassenden Tagebuchs übergab, das sich als wahrhaftiges *Fundstück* erweisen sollte. Das Tagebuch wurde zwischen 26. Mai 1915 und 21. November 1916 von seinem Großvater mütterlicherseits verfasst und später mit Schreibmaschine transkribiert. Das handschriftliche Original ging laut Österreichischem Kriegsarchiv im Jahr 1945 verloren.

Die letzten Lebensmonate des Kaisers und die Atmosphäre bei Hof

Der Adjutant beschreibt ruhig und ohne aufsehenerregenden Geheimnisverrat, aber sehr treffend die letzten Lebensmonate Kaiser Franz Josephs und die Atmosphäre bei Hof.

Niemand in der Umgebung des Monarchen scheint in dieser Zeit zu erkennen, dass das alte Kaiserreich am Rande

»Ist zum Staunen, dass Seine Majestät diesen Anstrengungen in seinem Alter gewachsen ist«: Kaiser Franz Joseph in seinem letzten Lebensjahr

des Abgrunds steht. Franz Joseph lädt zu Diners und Empfängen, einmal kommt der deutsche Kaiser, dann kommen Familienmitglieder wie Thronfolger Karl mit Ehefrau Zita, laut Adalbert von Spanyi »in reizender Toilette, sieht ganz mädchenhaft aus, und dem kleinen Erzherzog Otto, ein süßer, lockiger Blondkopf, der mir gleich die Händchen gab.«

Der nahe Untergang des Kaiserreichs ist kein Thema

Am 6. August 1915 verzeichnet der Adjutant eine besonders gehobene Stimmung, da des Kaisers Obersthofmeister Fürst Montenuovo mit dem Chef der Militärkanzlei »um eine Zigarettentasche gewettet hat, dass Warschau fallen wird«. Montenuovo gewinnt Wette und Zigarettentasche und alle freuen sich. Am Heiligen Abend des Jahres 1915 schenkt der Kaiser seinem Generaladjutanten Graf Paar einen Spieltisch, »den wir mit einer Partie Whist eingeweiht haben – diese Partien sind äußerst gemütlich.« Der nahe Untergang des Kaiserreichs ist nach wie vor kein Thema.

Joseph Ritter von Kerzl, 1841–1919, Leibarzt des Kaisers

Adalbert von Spanyi betont immer wieder die robuste Gesundheit des Monarchen, bis am 29. Februar 1916 das erste Warnsignal erfolgt: »Seine Majestät hatte einen Ohnmachtsanfall, wäre fast vom Sessel gefallen, konnte aber von den anwesenden Herren aufgefangen werden. Nach dem Kammerdiener geläutet, mit dessen Hilfe Seine Majestät gelabt wurde. Das Fenster geöffnet, es waren schauerliche Minuten. Ich berief telefonisch (den Leibarzt) Dr. Kerzl, er fand bereits Seine Majestät außer jeder Gefahr.«

Der Kaiser erholt sich wieder und setzt seine Arbeit pflichtbewusst fort. An den Nachmittagen werden Doku-

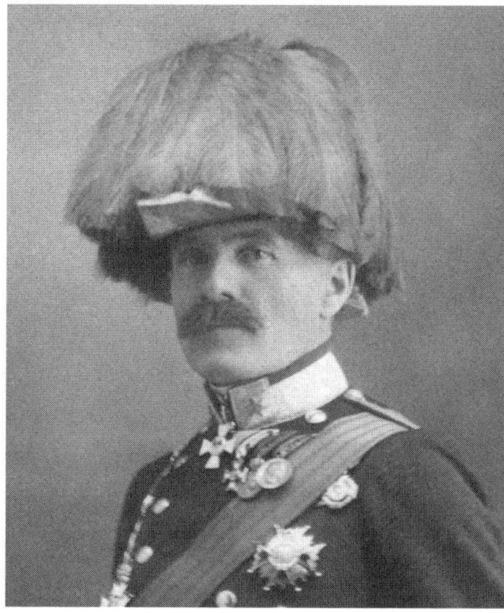

»Schauerliche Minuten«: Franz Josephs Flügeladjutant Adalbert von Spanyi stand dem Kaiser in seinem letzten Lebensjahr praktisch Tag und Nacht zu Diensten.

mente unterschrieben und Mitarbeiter empfangen. »Er ist ungemein rüstig – schließlich würde der Dienst selbst einen viel Jüngeren anstrengen, umso mehr als es für ihn keinen freien Tag gibt«, ist der Adjutant voll der Bewunderung.

»Es herrscht große Not in der Bevölkerung«

Von der russischen Front werden hohe Verluste gemeldet. »Seine Majestät war sichtlich niedergeschlagen, die Last der Sorgen ist groß.« Und die Lage spitzt sich weiter zu, am 1. August 1916 sind »die ganze Bukowina und ein Teil Ost-Galiziens in russischem Besitz – es scheint, dass auch Lemberg bedroht ist ... Es herrscht große Not in der Bevölkerung.« Dennoch spricht »Seine Majestät vom Kriege mit viel Zuversicht« – zuletzt noch am 15. Oktober 1916, fünf Wochen vor seinem Tod.

Während Spanyi dem Kaiser bis zu dessen letztem Atemzug loyal dient, beginnt er an der Regierung zu zweifeln. »Vorgestern Abend«, schreibt er am 13. Mai 1916, »waren in Wien und auch hier vor dem Schlosse Demonstrationen – das Volk hungert, man bekommt weder Mehl noch Fett oder Milch. Fleisch unerschwinglich, wovon sollen die Leute leben? Dabei sollen aber hinreichende Vorräte vorhanden sein – mangelnde Organisation, ganz unfähige Regierung und schamlose Gewinnsucht sind Schuld an diesen betrübenden Zuständen. Seine Majestät hat auch das Lärmen (der Demonstranten, Anm.) gehört und sich berichten lassen.« Das Essen im Schloss sei kaum besser: »Das Hofmischbrot ebenso miserabel wie jenes bei den Bäckern in Wien.«

»Die rote Erzherzogin« Elisabeth, 1883–1963, Enkelin Kaiser Franz Josephs

Der Kaiser hat auch private Sorgen. Die Ehe seiner Enkelin Elisabeth – die später als »rote Erzherzogin« bekannt gewordene Tochter des Kronprinzen Rudolf – scheint gescheitert zu sein. Sie und ihr Mann, Otto Fürst Windisch-Graetz, kommen getrennt zum Kaiser. »Es scheint sich zu bewahrheiten, dass eine Scheidung bevorsteht, denn dass die Familienmitglieder einzeln und an verschiedenen Tagen empfangen werden, ist abnorm«, vermutet der Adjutant.

Der Kaiser freut sich besonders, dass es ein Bub ist

Am 31. Mai 1916 herrscht Aufregung bei Hof. Erzherzogin Zita erwartet ihr viertes Kind, muss aber infolge überraschend auftretender Komplikationen in ein Sanatorium gebracht werden, »man will eben für alle Fälle vorsorgen«. Alles geht gut, Spanyi meldet am selben Tag noch dem Kaiser, »dass Erzherzogin Zita von einem Jungen glücklich entbunden wurde. Seine Majestät hat sich über diese Nachricht sichtlich gefreut und mich beauftragt, in Seinem Namen Erzherzogin Zita zu gratulieren. Er freut sich besonders, dass es ein Bub ist. Dann musste ich dem Papa,

Ein Bild aus besseren Tagen: Kaiser Franz Joseph (ganz links), sein Adjutant Adalbert von Spanyi (ganz rechts)

Erzherzog Karl, ein Glückwunschtelegramm im Namen Seiner Majestät absenden.« Das vierte Kind des Thronfolgerpaares wird auf den Namen Felix getauft.

Auch wenn er sich nichts anmerken lässt, scheint der alte Kaiser sein nahendes Ende zu spüren, lässt er doch am 29. Juni 1916 sein Testament ändern. Vier enge Mitarbeiter begeben sich in sein Arbeitszimmer, »die Herren haben als Zeugen das Dokument unterfertigen müssen«.

Als ich diese Passage in Adalbert von Spanyis Tagebuch las, wurde ich hellhörig. Welche Änderung an seinem Testament hat der Kaiser knapp ein halbes Jahr vor seinem Tod vornehmen lassen, fragte ich mich und begab mich ins

Haus-, Hof- und Staatsarchiv am Wiener Minoritenplatz. Und wurde fündig. Tatsächlich lagert in den weitläufigen Kellerräumen das »Codicill Sr. k. u. k. Apost. Majestät des Kaisers und Königs Franz Joseph I.«, datiert in Schönbrunn am 29. Juni 1916. In dem zweiseitigen Handschreiben findet sich eine Änderung, die den Schluss zulässt, dass sich des Kaisers Enkelin Elisabeth und ihr Mann Otto Windisch-Graetz – ohne Wissen des Adjutanten Spanyi – doch wieder zusammengerauft hatten. Denn der Kaiser bewilligt »dem Gemahle meiner Enkelin Elisabeth Maria, Otto Fürsten zu Windisch-Graetz auf Grund der jüngst geschlossenen ehelichen Versöhnung und auf die Dauer des hiedurch geschaffenen ehelichen Zusammenlebens vom 1. Juli 1916 an eine ... Rente jährlich fünfzigtausend Kronen* aus Meiner Privatkassa.« Die großzügige finanzielle Abgeltung dürfte ihre Wirkung nicht verfehlt haben, auf Dauer war die Ehe aber nicht zu retten. Tatsächlich sollten freilich noch 32 Jahre vergehen, bis sie 1948 geschieden wurde.

Otto Fürst Windisch-Graetz, 1873–1952, erster Ehemann der Erzherzogin Elisabeth

Während Kaiser Franz Joseph die Monate Juli und August seit Kindestagen bis ins hohe Alter in Bad Ischl verbrachte, notiert Spanyi am 7. Juli 1916, es sei schon »der dritte Sommer, dass Seine Majestät Wien nicht verlassen hat. Eine kaum ½-stündige Promenade im Kammergarten, die übrige Zeit sitzt Seine Majestät im Zimmer, zumeist am Schreibtisch, ein recht trauriges Leben – stets alleine – nur dienstlicher Verkehr – hie und da die

Katharina Schratt, 1853–1940, Hofschauspielerin und Freundin des Kaisers

* Entspricht laut »Statistik Austria« im Jahr 2017 einem Betrag von rund 72 000 Euro.

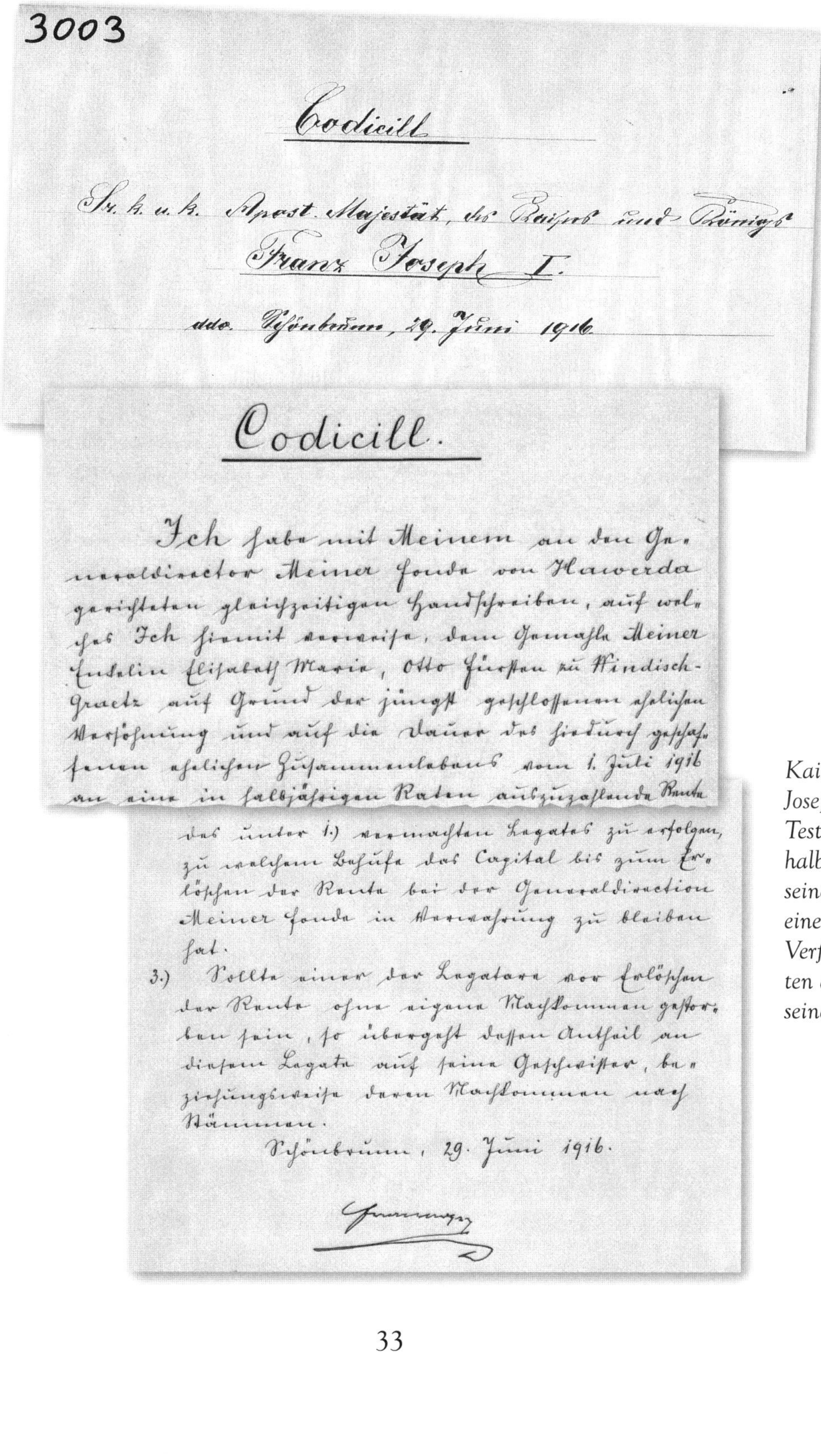

Kaiser Franz Joseph änderte sein Testament ein halbes Jahr vor seinem Tod durch eine letztwillige Verfügung zugunsten des Ehemannes seiner Enkelin.

alte Frau Schratt – als einzige Gesellschaft zu einem Plausch.«

Am 18. August 1916 feiert Franz Joseph seinen 86. Geburtstag – es sollte der letzte sein. »In Schönbrunn«, notiert Spanyi, »war Vormittag Gratulation der Erzherzoge und deren Familien, um 6 Uhr war Familiendiner für Seine Majestät, ein recht ermüdender Tag.«

Erzherzogin Marie Valerie, 1868–1924, die jüngste Tochter des Kaisers

Eben noch fanden sich im Tagebuch immer wieder Worte wie »Seine Majestät fühlen Sich vollkommen wohl«, doch am 11. November 1916 zeigt sich der Adjutant ernsthaft besorgt: »Seine Majestät befindet sich in letzter Zeit nicht gut, klagt über Schlaflosigkeit – Appetit auch nicht gut, kein Wunder – es ist Überanstrengung ... Gestern Abend war (der Internist) Prof. Ortner bei Seiner Majestät – diese Schwächezustände sind in so hohem Alter bedenklich ... Gottlob ist der Zustand nicht eben schlecht, sonst wäre auch Erzherzogin Marie Valerie nicht abgereist ... Hoffentlich wird man alle unnötigen Audienzen einstellen, damit Seine Majestät wieder in Ordnung kommt.«

»Seine Majestät absolviert wieder längere Empfänge«

Am selben Abend noch verschlimmert sich die Situation: »Temperatur 38 Grad, große Schwäche, schwacher Puls. Prof. Ortner fand Zustand bedenklich, unsere Aufregung und Angst war groß, die Nacht auf den Sonntag war alles in Spannung. Glücklicherweise ist die Nacht günstig verlaufen. Sonntag fieberfrei, guter Appetit.« Es scheint neuerlich bergauf zu gehen, »Seine Majestät absolviert wieder längere Empfänge.«

Am 19. November 1916 diagnostizieren die Ärzte eine Rippenfellentzündung, »kein Appetit, wenig Schlaf. Heute wurde im Schlafzimmer Seiner Majestät eine Messe gelesen.« Auch wenn der Kaiser nach wie vor seine engsten Mitarbeiter zu Besprechungen empfängt, kann nichts darüber hinwegtäuschen, dass Franz Josephs letzte Stunde naht.

Der Burgpfarrer überbringt den Segen des Papstes

»Leider hat sich gestern wieder Fieber eingestellt«, notiert Spanyi am 21. November 1916. »Heute weitere Temperaturerhöhung, – zum ersten Frühstück nahm Sr. Majestät nur sehr wenig – Mittag nichts. – Sr. Majestät hat noch (die engen Mitarbeiter) Paar und Bolfras empfangen, um 10 Uhr kam Burgpfarrer Dr. Seydl, überbrachte den Segen des Hl. Vaters – gleichzeitig spendete er Sr. Majestät die hl. Kommunion. Nach 11 Uhr kam Erzherzog Karl und Erzherzogin Zita, ich sollte Beide anmelden.« Das Thronfolgerpaar erklärt dem Adjutanten Spanyi, nur dann das Zimmer des fiebernden Kaisers betreten zu wollen, wenn dieser am Schreibtisch sitzen bleibt. Als Franz Joseph sich weigert, eine Dame sitzend zu empfangen, drohen Karl und Zita wieder wegzugehen. Jetzt erst ist der Kaiser bereit, sitzen zu bleiben. »Seine Majestät ist eben der größte Kavalier unserer Zeit«, schwärmt der Adjutant.

Die Ärzte sagen, »dass keine Rettung mehr möglich«

Am Nachmittag schläft Franz Joseph mit 39 Grad Fieber, an seinem Schreibtisch sitzend, ein. »Ich beobachtete sehr oft aus dem Nebenzimmer unseren Allerhöchsten Herrn, man kann sagen von Stunde zu Stunde machte sich der Kräfteverfall bemerkbar. Um 8 Uhr Abend sagen (die Ärzte) Kerzl und Ortner, die Seine Majestät zu Bett gebracht haben, dass keine Rettung mehr möglich.«

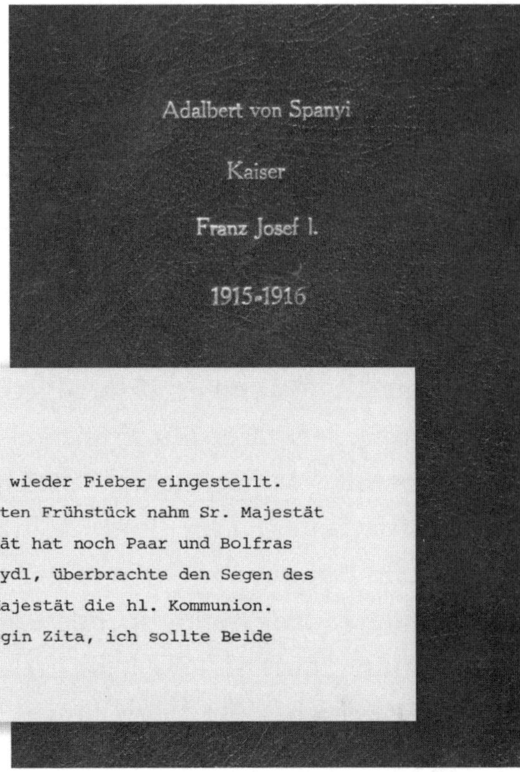

Der Burgpfarrer spendet die Kommunion: der letzte Tag im Leben des alten Kaisers, geschildert im Tagebuch des Adjutanten Adalbert von Spanyi

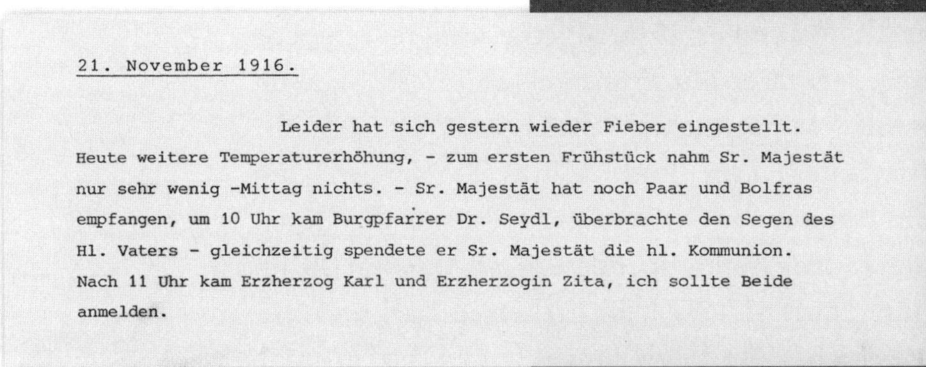

21. November 1916.

Leider hat sich gestern wieder Fieber eingestellt. Heute weitere Temperaturerhöhung, - zum ersten Frühstück nahm Sr. Majestät nur sehr wenig -Mittag nichts. - Sr. Majestät hat noch Paar und Bolfras empfangen, um 10 Uhr kam Burgpfarrer Dr. Seydl, überbrachte den Segen des Hl. Vaters - gleichzeitig spendete er Sr. Majestät die hl. Kommunion. Nach 11 Uhr kam Erzherzog Karl und Erzherzogin Zita, ich sollte Beide anmelden.

Der Kaiser stirbt am 21. November 1916 um 21.05 Uhr

Franz Josephs Töchter, weitere Angehörige sowie Regierungsmitglieder werden verständigt. »Gegen 9 Uhr waren bereits viele der Herrschaften anwesend. – Fürst Montenuovo geleitete mich ins Sterbezimmer unseres Allerhöchsten Herrn. Der Burgpfarrer spendete die letzte Ölung und während der Handlung hat Seine Majestät Kaiser Franz Joseph I. seine edle Seele still ausgehaucht. Es war 9 Uhr 5 Minuten Abends.«

Die letzten Zeilen in Adalbert von Spanyis Tagebuch lauten: »So endete meine zweite Flügeladjutantenzeit beim großen Kaiser. Bis zum letzten Tag seines Lebens habe ich ihm gedient ... Gott gebe ihm die ewige Ruhe!«

»Das Mädchen ist allerliebst«
Der frühe Tod von Goethes Enkelin in Wien

Sie war sein Augenstern, Goethe liebte die kleine Alma über alles. In seinen letzten Lebensjahren holte er seine Enkelin oft zu sich und ließ sie in seinem Arbeitszimmer spielen, um ihren Reifeprozess zu beobachten, während er mit dem Abschluss seines Lebenswerks beschäftigt war. Was für ein Glück, dass der Dichterfürst den Tod des Kindes nicht erleben musste. Alma von Goethe starb, noch nicht 17 Jahre alt, am 29. September 1844 in Wien. Von ihrem Leben, ihren letzten Tagen in Österreich und ihrem Tod ist bisher wenig bekannt – Briefe und Zeitzeugenberichte liefern biografische *Fundstücke.*

August von Goethe, 1789–1830, Goethes Sohn

Goethe und seine Frau Christiane hatten fünf Kinder, von denen nur der erstgeborene Sohn das Erwachsenenalter erreichte. Dieser, August von Goethe, brachte es nach dem Studium der Rechtswissenschaften zum Geheimen Kammerherrn im Hofstaat des Großherzogs Karl August von Sachsen-Weimar, litt aber zeitlebens unter der Übermacht seines Vaters. August von Goethe und seine Frau Ottilie geb. von Pogwisch machten den Dichter zum dreifachen Großvater: nach den Söhnen Walther und Wolfgang erblickte am 29. Oktober 1827 Alma in Weimar das Licht der Welt.

Alma von Goethe, 1827–1844, Goethes Enkelin

Der den absoluten Mittelpunkt der Familie bildende und alles bestimmende »Opa« war es auch, der entschied, welchen Vornamen das Kind bekommen sollte. Als er seine Enkelin in der Wiege sah und sich liebevoll über sie beugte, erklärte Goethe kategorisch: »Alma soll sie heißen!« Der Wunsch des Patriarchen war Befehl, und selbstverständlich fand dann auch die Taufe des Kindes in Goethes Salon am Weimarer Frauenplan statt, wobei sich »die geladenen Herren in Hofuniform einfanden, um während der Taufhandlung Hut und Degen abzulegen«. Die Taufe, bei der Alma noch drei weitere Vornamen – Sedina, Henriette und Cornelia – erhielt, nahm der evangelische Generalsuperintendent vor.

Die Ehe ihrer Eltern war denkbar schlecht. Während der unter dem väterlichen Genie leidende August dem

»Alma soll sie heißen«: Johann Wolfgang von Goethe und seine Enkelin

Alkohol zusprach und viele Abende in zwielichtigen Weimarer Kaschemmen zubrachte, litt die ehrgeizige Ottilie – immer den berühmten Schwiegervater vor Augen – unter der Bedeutungslosigkeit ihres Mannes. Ständig mit neuen Liebschaften beschäftigt, hatte sie ihr ausgeprägt erotisches Temperament zweifellos von ihrer Mutter Henriette geb. Gräfin Henckel von Donnersmarck geerbt, die sich in jungen Jahren schon von ihrem Mann getrennt hatte. Henriette weihte ihre Tochter, damals ziemlich ungewöhnlich, frühzeitig in ihre zahlreichen Affären ein und wurde ihr dabei ganz offensichtlich zum Vorbild.

Ottilie von Goethe, 1796–1872, Goethes Schwiegertochter

Ottilie von Goethe wird als kleine, graziöse Person mit leuchtenden Augen beschrieben, die eine starke Anziehung auf Männer ausübte und diese auch leidlich zu nützen wusste.

Da sie zudem anmutig und scharfsinnig war, wurde die Schwiegertochter auch vom alten Goethe verehrt, in dessen Haus sie mit Ehemann und Tochter lebte. Ottilie kam oft aus ihrer Mansardenwohnung in den Wohntrakt des Dichters, den sie liebevoll »Vater« nannte, um sich mit ihm in geistvollen Gesprächen auszutauschen. Goethe schätzte Esprit und Schlagfertigkeit der quirligen jungen Frau, der er schnell sein Herz schenkte. Eine Mischung aus Salondame und ausgelassener Boheme, nahm sie bald auch die Stellung der ersten Dame im Haus des seit 1816 verwitweten Dichters und Universalgelehrten ein und versuchte mit Klugheit und Takt alles Unangenehme von ihm fernzuhalten. Bisweilen zerstreute sie den vergötterten Schwiegervater mit Musik und Gesang und holte sich auch als Vorleserin seine Sympathien.

Johann Wolfgang von Goethe, 1749–1832, Dichter

Alma war erst drei Jahre alt, als sie ihren Vater verlor. Der vierzigjährige August von Goethe unternahm eine Italienreise, die ihn – einmal mehr, um sich vom überragenden Vater zu emanzipieren – nach Mailand, Venedig, Mantua, Florenz, Neapel und Rom führte. Er starb am 27. Oktober 1830 in der Ewigen Stadt an den Pocken.

»Mit dem Großvater im besten und liebevollen Vernehmen«

Witwe, Söhne und Tochter verblieben nach Augusts Tod in Goethes Haus, und bald gesellte sich auch Ottilies jüngere Schwester Ulrike zu ihnen. Wie sehr er seine Schwiegertochter schätzte, bewies der Dichter, als er sie jetzt sogar zur Ausarbeitung des »Faust, Zweiter Teil«, heranzog. Niemand stand dem alten Goethe so nahe wie Ottilie mit ihrer kleinen Tochter Alma, der der über Achtzigjährige diese Tagebucheintragung widmete: »Das Mädchen ist allerliebst, und als ein ächt geborenes Frauenzimmerchen schon jetzt inkalkulabel. Mit dem Großvater im besten und liebevollen Vernehmen, aber doch, als wenn es nichts wäre, ihre Herkömmlichkeiten verfolgend. Anmutig, indem sie bei entscheidendem Willen, sich ablenken und beschwichtigen lässt. Übrigens keinen Augenblick ruhig. Lärmig, aber leidlich, und mit einigem Scherz gar bald in Ordnung und Zucht gebracht.«

Ottilie von Goethe darf nie wieder heiraten

Als Goethe am 22. März 1832 in seinem Weimarer Haus starb, war es Ottilie, die ihm die Hand hielt und an die er seine letzten Worte richtete (ob sie tatsächlich, wie oft zitiert, »Mehr Licht!« lauteten, ist nicht erwiesen). Nach seinem Tod musste die mittellose Schwiegertochter dem Testament des vermögenden Dichters entnehmen, dass sie sein Erbe nur unter der Bedingung antreten durfte,

Alma hatte problematische Eltern: August und Ottilie von Goethe

fortan ledig zu bleiben. Die mannstolle Ottilie war von dem Gedanken, nie wieder heiraten zu dürfen, geschockt.

Ein Offizier, der sich gleich wieder aus dem Staub macht

Über einen Mangel an Männerbekanntschaften hatte sie sich freilich auch weiterhin nicht zu beklagen, sie verliebte sich ständig, geradezu zwanghaft, oft auch gleichzeitig in mehrere, meist viel jüngere Männer, was dazu führte, dass sie – wahlweise mit oder ohne Alma – viel unterwegs war, wobei Wien das von ihr bevorzugte Ziel war. Keine ihrer vielen Beziehungen hielt lange, und so verliebte sie sich 1834 in einen englischen Offizier namens Captain Story, der sich allerdings gleich wieder aus dem Staub machte, nicht ohne sie geschwängert zu haben. Eine Katastrophe in der damaligen Zeit für eine dreifache Mutter und Witwe, noch dazu eine adelige und – als ob das alles nicht schon schlimm genug gewesen wäre – eine, die den Namen Goethe trug!

Franz Romeo Seligmann, 1808–1892, Arzt und Medizinhistoriker

Die nunmehr fast vierzigjährige Nymphomanin Ottilie von Goethe flüchtete, um die Schwangerschaft zu verbergen, nach Wien, wo sie im Hotel Zum Römischen Kaiser, das damals an der Freyung lag, Quartier nahm. Im selben Haus ordinierte der Arzt Romeo Seligmann, der sie am 15. Februar 1835 nicht nur von einer Tochter entband – sondern gleich auch Ottilies neuer Liebhaber wurde. Dr. Seligmann war um zwölf Jahre jünger als sie und hatte noch eine steile Karriere als Arzt und Ordinarius an der Universität Wien vor sich, berühmt wurde er aber, weil er im Jahr 1888, bei der Umbettung der sterblichen Überreste Ludwig van Beethovens auf dem Wiener Zentralfriedhof, widerrechtlich mehrere Schädelknochen an sich nahm, die viel später zur Erforschung der Taubheit des Musikgenies beitragen sollten.

Ottilies uneheliche Tochter hieß Anna Sybille, den Namen Goethe konnte sie ihr nicht geben, also verballhornte sie ihren Mädchennamen Pogwisch zu Poywisch und gab sie bei Pflegeeltern in Kost und Quartier. Romeo Seligmann versprach, sich um das Kind zu kümmern, aber Anna Sybille verstarb nach nur einem Jahr.

Ottilie kümmert sich wenig um ihre Kinder

In Weimar wurde Ottilie nach mehrmonatiger Abwesenheit von ihren drei ehelichen Kindern sehnsüchtig erwartet. Töchterchen Alma und die Söhne Walther und Wolfgang wurden derweil von Tante Ulrike, von ihrer Großmutter und von privaten Hauslehrern betreut, ihre Mutter bekamen sie auch nach deren Rückkehr nur selten zu Gesicht.

Ottilie zog es weiterhin in die Ferne, ab Februar 1840 blieb sie mit Alma eineinhalb Jahre in Wien, nahm am gesellschaftlichen und kulturellen Leben der Donaumetropole teil, geriet durch Romeo Seligmann in den Kreis um die Dichter Franz Grillparzer, Eduard von Bauernfeld, Ernst von Feuchtersleben und den einstigen Schubert-Freund Franz von Schober. Vor allem faszinierte sie die Leichtlebigkeit der Stadt, in der sie stets hoffte, neue Eroberungen zu machen. Glücklich ist Goethes Schwiegertochter mit ihren rasch wechselnden Begleitern nie geworden. »Mit einem wilden, angeborenen Freiheitstrieb«, schrieb sie einer Freundin, »war ich doch immer vollkommen Sklavin, wo ich liebte.«

Im Künstlerkreis um Franz Grillparzer

Alma hatte trotz ihrer nicht unkomplizierten Kindheit ein sonniges Naturell, sie war eine begabte Schülerin, sprachlich gewandt, nahm teils in Weimar, teils in Wien Mal- und Zeichenunterricht, tanzte und spielte Klavier. Nach ihrer Konfirmation durch einen protestantischen Pfarrer in Wien hatte sie bei ihrer Rückkehr nach Weimar die Reife erlangt, an den Fürstenhof geladen zu werden. Anlässlich eines glänzenden Hofballs, bei dem der Erbgroßherzog Karl Alexander und seine Cousine Prinzessin Sophie der Niederlande ihre Vermählung feierten, forderte sie der hochgeborene Bräutigam zum Tanz zur Melodie des populären Sternenwalzers auf – und das war wohl der gesellschaftliche Höhepunkt in Alma von Goethes kurzem Leben. Die Ballgäste waren von ihrem offenen Wesen angetan und priesen »ihr frisches Lachen, ihre energischen Bewegungen und die großen, strahlend braunen Goethe-Augen«, wie man sie auch an ihrem Großvater so geschätzt hatte.

»Die großen, strahlend braunen Goethe-Augen«

Alma schloss sich in Weimar einem Wohltätigkeitsverein an, in dem junge Damen Gewänder für notleidende und kranke Kinder nähten. Weimar war auch der Ort, den sie als ihr Zuhause sah. Mit der ihr zunehmend peinlich werdenden, liebestollen Mutter auf Reisen zu gehen, gefiel ihr weit weniger, auch weil sie in Weimar einen großen Freundeskreis hatte, dem nun schon zwei Verehrer angehörten. Hugo von Schmeling hieß der eine, seines Zeichens Fähnrich des Gardebataillons zu Potsdam, der andere war ein Herr von Boynburg, »ein sehr hübscher Mensch, welcher eine süperbe Figur hatte und prächtig tanzte«.

»Über Deinen Brief konnte ich wohl nur außer mir sein«

Alma hatte den innigen Wunsch, nach Beendigung ihrer Schulstudien die Stelle einer Hofdame im Hause Sachsen-Weimar anzutreten, was ihre Mutter brüsk ablehnte, weil sie vermutete, dass dies nur ein Vorwand ihrer Tochter wäre, sich von ihr loszusagen. »Liebe gute Mutter«, antwortete Alma, »über Deinen Brief konnte ich wohl nur außer mir sein, ich habe so geweint, dass ich nicht Zeichenstunden nehmen konnte. Ich hätte nicht gedacht, dass Du so an meiner Liebe zweifeln kannst ... es ist töricht von mir gewesen, den Wunsch Hoffräulein zu werden, zu haben.« Nur ihrem Bruder Walther gestand sie in einem anderen Schreiben, dass sie ihren Traum noch nicht ausgeträumt hätte: »Es umarmt Dich Deine sehr gern Hoffräulein werden möchtende Schwester Alma.«

Ottilie behandelt Alma, als wäre sie ihr Eigentum

Ottilie von Goethe behandelte Alma mit zunehmendem Alter und abnehmender Anzahl ihrer Liebhaber, als wäre sie ihr Eigentum, und wenn ihr danach war, musste das Töchterchen mit ihr reisen. Wie unerfreulich das sein konnte, erfuhr Alma im Sommer 1842, als sie in einem

Landgasthof abstiegen, von dem aus Ottilie ihrem Sohn Walther brieflich von einem »Reiseabenteuer« berichtete. »Drei englische Gentlemen« hätten sich vor ihrer Zimmertür laut miteinander unterhalten, worauf sie »ohne Schuh und Strümpfe« die Tür geöffnet und eine »kleine Flirtation« mit den Herren begonnen hätte, um – wie sie kokett hinzufügte – »nicht aus der Übung zu kommen«. Ottilie bedauerte, nicht auch noch am Abend in der Gaststube mit den Engländern geflirtet zu haben, aber sie hätte eingesehen, dass dies »für eine Lady unschicklich« gewesen wäre.

Alle drei Goethe-Enkel lehnen das lasterhafte Leben ihrer Mutter ab

Die krankhaften Protzereien mit irrealen Romanzen im Beisein seiner 15-jährigen Schwester versetzten den 24-jährigen Walther in Wut. »Ich finde Deine Abenteuerlust«, schrieb er an seine Mutter, »nicht sehr günstig für Alma und wollte, Du bliebst immer als Lady oben in Deiner Stube; überhaupt sehe ich für Alma die größten Gefahren, da Du viel zu sehr mit Dir beschäftigt bist, um sie immer zu hüten.«

Alle drei Goethe-Enkel lehnten das lasterhafte Leben ihrer Mutter ab, bei Walther schlugen sich die erotischen Eskapaden auch aufs Gemüt, und er hatte sein Leben lang Angst davor, mit der weiblichen Sexualität in Berührung zu kommen.

Almas letzte Reise führt nach Wien

Im Sommer 1844 treibt es Ottilie einmal mehr nach Wien, und Alma muss wieder mit dabei sein, so wollte es ihr unbarmherziges Schicksal. »Ich freue mich ungeheuer auf Weimar«, schreibt sie aus Wien voller Heimweh an ihre Großmutter, »ach, wie viele Bälle wird es im Winter dort geben«.

Sie musste, ohne es zu wollen, mit ihrer Mutter nach Wien reisen: Alma von Goethe in ihrem letzten Lebensjahr

Doch es gibt keinen Winter mehr. Von der Mutter alleingelassen, baut sich Alma in Wien ihren eigenen Freundeskreis auf. Als der berühmte Botaniker und Goethe-Verehrer Stephan Endlicher, Direktor des Botanischen Gartens der Universität Wien, von Almas Anwesenheit erfährt, gibt er ihr zu Ehren am 27. September 1844 ein Gartenfest mit Tanz, das als Huldigung für die prominente Enkelin gedacht ist. Schüchtern und fast hilflos nimmt Alma, in einem rosafarbenen Moirékleid glänzend, den Applaus und die Verbeugungen der Gäste entgegen und zeigt sich glücklich über den freundlichen Empfang. Keiner der Anwesenden ahnt, dass dies ihr letzter Auftritt sein sollte.

Niemand ahnt, dass dies ihr letzter Auftritt sein würde

Strahlend vergnügt kommt Alma heim zu ihrer Mutter, beginnt aber bald darauf über Kopfschmerzen zu klagen. Nach einer unruhigen Nacht stellen sich Symptome einer ernsten Erkrankung ein. Das Mädchen liegt den ganzen Tag über auf dem Sofa, Ottilie weicht nicht von ihrer Seite und liest aus einem Buch vor. Am Abend richtet sich Alma plötzlich auf, schlingt die Arme um den Hals ihrer Mutter und ruft: »Mein Mütterchen, Mamachen!« Als sie am nächsten Morgen erwacht, geht hohes Fieber mit einer Bewusstseinstrübung einher. Die befreundeten Ärzte Romeo Seligmann und Ernst von Feuchtersleben – letzterer auch Lyriker und ein Bewunderer Goethes – werden gerufen und stellen eine Typhuserkrankung fest. Verschmutztes Trinkwasser hat in Wien zu einer Epidemie, die viele Todesopfer fordert, geführt.

Der Tod ereilt Alma auf der Mölker Bastei Nr. 87

Alma stirbt noch am selben Tag, dem 29. September 1844, einen Monat vor ihrem siebzehnten Geburtstag, in der von ihrer Mutter gemieteten Wohnung an der Mölker Bastei Nr. 87.

Die Enkelin des Dichters wurde zwei Tage nach ihrem Tod auf dem Ortsfriedhof Währing – dem heutigen Schubertpark – beigesetzt. Mehr als vierzig Jahre später, inzwischen ist auch ihre Mutter schon verstorben, wurden Almas Gebeine auf Initiative der Familie Henckel von Donnersmarck nach Weimar überführt, wo sie zu Füßen des geliebten und verehrten Großvaters ruhen.

Ein Wiener Brunnen erinnert an Goethes Enkelin

Alma hatte bei ihrem letzten Wien-Besuch aufgrund ihrer Herkunft, ihrer Lebensfreude und ihres einnehmenden Wesens in kurzer Zeit Aufsehen erregt. Der Münchner Bildhauer Ludwig Schwanthaler arbeitete in diesen Tagen am Standbild der Austria, die Österreich personifizieren und den von ihm entworfenen Austriabrunnen krönen sollte. Kurz vor ihrem Tod war Alma ihm für diese Figur Modell gestanden. Der Brunnen befindet sich heute auf der Wiener Freyung.

Grillparzers Nachruf auf Alma von Goethe

Franz Grillparzer, der Goethe einst in Weimer besucht und zu Ottilies Wiener Freundeskreis gezählt hatte, schrieb, tief getroffen vom Tod der Mädchens, das Gedicht »Alma von Goethe«, in dem er den verewigten Dichterfürsten persönlich anspricht:

Das hast du nicht gedacht, Gewaltger du,
Als du noch weiltest in der Menschheit Schlacken,
Dass einst dein Enkelkind frühzeitge Ruh
Soll finden in dem »Lande der Phäaken« …

Sie fühlte wohl den Wink der fernen Hand,
Die Sehnsucht nach dem Land der reinen Lilien,
Und ging dahin, so stamm- als wahlverwandt,
Verwaisend und verdoppelnd die Ottilien.

Du aber schaust mit ernstem Blick herab,
Wo sie der Grund, Beethoven nah, verschlungen,
Und sprichst kopfschüttelnd ob dem frühen Grab:
»Das war dir an der Wiege nicht gesungen!«

Alma als »letzter Sonnenstrahl« im Hause Goethe

Ottilie von Goethe dankte Grillparzer noch 1860, als ihre Tochter 33 Jahre alt geworden wäre, für diese Zeilen: »Sie haben mir durch Ihre Freundlichkeit gegen Alma, als sie noch mein Dasein schmückte, eine große Freude bereitet, doch was war es in dem Vergleich mit dem Gefühle der Dankbarkeit, das mein ganzes Herz ergriff, als Sie ihrem Gedenken unvergängliche Zeilen widmeten.« Der Schmerz um den Tod des Kindes hat die Familie nie verlassen, auch Almas Bruder Wolfgang schreibt viele Jahre später an

Mit der Figur der »Austria« am Austriabrunnen auf der Wiener Freyung setzte der Bildhauer Ludwig Schwanthaler Alma von Goethe ein Denkmal.

Goethes letzten Sekretär Johann Christian Schuchardt: »Alma war der letzte Sonnenstrahl gewesen, der in das von Staub und Spinnweben umschleierte Dasein der Brüder hineinleuchtete.«

Die verzweifelte Ottilie blieb noch ein halbes Jahr nach dem Tod ihrer Tochter in Wien, um dann nach Weimar zurückzukehren. Was Goethe ihr hinterlassen hatte, war längst aufgebraucht, sodass sie ihren Lebensabend in wirtschaftlicher Not verbringen musste. Das schlechte Gewissen, ihrer Tochter zu wenig Zeit geschenkt zu haben, hat sie nie mehr verlassen.

Ottilie von Goethe beendet ihr unstetes Leben

Mit ihrem fünfzigsten Lebensjahr beendete Ottilie ihr unstetes Leben und ließ sich in dem ihr verbliebenen Zimmer im Dachgeschoß des Goethe-Hauses dauerhaft nieder. Dort starb sie am 26. Oktober 1872 im Alter von 76 Jahren an einem Herzleiden.

Nach Johann Wolfgang von Goethe gibt es keine direkten Nachkommen, da auch seine beiden Enkelsöhne Walther und Wolfgang kinderlos blieben. Die Familie lebt jedoch durch die Kinder und Kindeskinder seiner Schwester Cornelia fort, die heute noch unter dem Namen Nicolovius in mehreren deutschen Städten anzutreffen sind.

Frau Alma hatt' auch einen Pfarrer
Der unbekannte Liebhaber einer sehr bekannten Muse

Noch eine Alma, aber eine ganz andere Geschichte. Man vermeint sämtliche Namen ihrer Verehrer zu kennen. Die da wären als Liebhaber und Ehemänner: die Herren Gustav Klimt, Alexander von Zemlinsky, Gustav Mahler, Oskar Kokoschka, Walter Gropius und Franz Werfel. Sie alle finden in den Biografien der legendären Muse Alma Mahler-Werfel Erwähnung.

Doch da gibt es noch einen, dessen Name es an Prominenz mit den anderen nicht aufzunehmen vermag. Also stellt sich die Frage: Wer bitte war Johannes Hollnsteiner?

Auch er gehört in die Sammlung der offenbar betörenden Frau. Hollnsteiner war katholischer Priester und hatte gute Chancen, Wiens Erzbischof zu werden, er war ein enger Vertrauter von Kardinal Innitzer und der Beichtvater des späteren Bundeskanzlers Kurt Schuschnigg. Und mit eben diesem hochwürdigen Herrn erlebte die Vielgeliebte während ihrer Ehe mit Franz Werfel ihren zweiten Frühling.

Johannes Hollnsteiner, 1895–1971, Priester, Ordensmann, Theologieprofessor

Werfel arbeitete in den Jahren 1932 und 1933 an seinem großen historischen Roman »Die vierzig Tage des Musa Dagh«. Er und seine Frau hatten eben erst eine von

Josef Hoffmann erbaute Villa auf der Hohen Warte in Wien-Döbling bezogen, in der Alma große Gesellschaften gab. In ihrem Salon traf sich Wiens geistige und kulturelle Elite.

Franz Werfel, 1890–1945, Schriftsteller

Doch Werfel konnte in diesem Haus nicht arbeiten. Alma hatte ihm im Dachgeschoß ein Atelier eingerichtet, aber dem Bestsellerautor war die pompös möblierte Villa mit ihren 38, teils marmorverkleideten Zimmern zu groß, zu kalt, zu unpersönlich. Er zog sich deshalb für mehrere Monate in Almas Sommerhaus am Semmering und danach noch ins italienische Santa Margherita Ligure zurück, um dort in Ruhe an seinem Buch schreiben zu können.

In dieser Zeit hatte es sich Alma nach einem nicht gerade klösterlichen Lebenswandel in den Kopf gesetzt, der katholischen Kirche beizutreten. Und die jetzt 53-jährige Tochter einer protestantischen Mutter und eines katholischen Vaters erwählte den 37-jährigen Augustiner-Chorherrn des Stifts St. Florian, Johannes Hollnsteiner, als ihren geistlichen Berater.

Hollnsteiner ist als Erzbischof von Wien im Gespräch

Hollnsteiner war als Theologe trotz seiner jungen Jahre dermaßen anerkannt, dass er im April 1932, nach dem Tod des Wiener Erzbischofs Kardinal Friedrich Gustav Piffl, als dessen Nachfolger in der engeren Wahl stand, man sagte dem ehrgeizigen Geistlichen nach, dass er »dringend gerne Erzbischof« geworden wäre. Tatsächlich folgte dem verstorbenen Kirchenfürsten jedoch der um zwanzig Jahre ältere Theodor Innitzer. Hollnsteiner, der in Innitzers Gunst stand, übernahm dafür dessen bisherige Funktion als Direktor des Thomaskollegs, einer Kaderschmiede für begabte Kleriker. Gleichzeitig bezog er auch die bisherige Dienstwohnung seines Vorgängers in der Habsburgergasse 7 in der Wiener Innenstadt.

Die Frau mit bewegter Vergangenheit und der bisher überaus sittsame Pater lernten einander im Zuge der Vorbereitungen zur Inthronisation des neuen Erzbischofs kennen. »Hollnsteiner«, notierte sie in ihr Tagebuch, einem historischen *Fundstück* von einzigartiger Dimension, »machte mir sofort einen Besuch und war mir ebensofort vertraut«. Bei der Amtseinführung Innitzers am 30. Oktober 1932 trafen sie einander wieder, wobei Alma – ganz in ihrem Element – nach der Messe im Stephansdom zu einem Festessen für die geistlichen Würdenträger in ihre Villa bat, zu dem klarerweise auch Hollnsteiner geladen war. Wahrscheinlich an diesem Abend, sicher aber in dieser Zeit, hat es zwischen den beiden gefunkt. Alma: »Ich hatte die Empfindung, als seien all die anderen Menschen, die um uns waren, graue Schemen ... Die unbegreiflich lange Nacht dieses Winters ist einem föhnigen Frühlingsahnen gewichen. Es ist kaum zum Aushalten.«

Nach Innitzers Amtseinführung dürfte es gefunkt haben

Johannes Hollnsteiner wurde in den engeren Kreis der illustren Salongesellschaft auf der Hohen Warte aufgenommen, in dem er die führenden Künstler und Politiker des Ständestaates kennenlernte und durch sie zu einer Art »Promi-Priester« wurde. Wen er dort aller traf, verrät Klaus Mann, der ebenfalls der erlesenen Gästeschar angehörte, in seinen Lebenserinnerungen: »Frau Alma, die Schuschnigg und seinem Kreis nahe stand, machte den Salon, wo *tout Vienne* sich traf: Regierung, Kirche, Diplomatie, Literatur, Musik, Theater – es war alles da. Die Hausfrau, hoch

Alma Mahler-Werfel, 1879–1864, Muse und Salondame

Wer in Almas Salon ein und ausgeht

gewachsen, sorgfältig geschmückt, von immer noch schöner Miene und Gestalt, bewegte sich triumphierend vom Päpstlichen Nuntius zu Richard Strauss oder Arnold Schönberg, vom Minister zum Heldentenor, von stilvoll vertrottelten alten Aristokraten zum viel versprechenden jungen Dichter. In einer Ecke des Boudoirs wurde im Flüsterton über die Besetzung eines hohen Regierungspostens verhandelt, während man sich in einer anderen Gruppe über die Besetzung einer neuen Komödie am Burgtheater schlüssig ward.« Ebenfalls in Almas Salon gesichtet wurden die Dichter Ödön von Horváth, Franz Theodor Csokor und Carl Zuckmayer.

Nun zählte also auch Hollnsteiner zur illustren Runde. Da Franz Werfel nichts anderes als seinen Roman im Kopf hatte, merkte er lange nicht, dass Alma seine Abwesenheit für intime Begegnungen mit dem Ordensmann und Theologieprofessor nutzte, von dem man ja annehmen konnte, dass er ein zölibatäres Leben führen würde. Doch in Almas Tagebuch ist am 5. März 1933 vermerkt: »J. H. ist 38 Jahre alt und ist der Frau bis jetzt noch nicht begegnet. Er will und ist nur Priester. Mich sieht er anders, und ich segne mich dafür. Er sagte: ›Niemals war ich einer Frau nah. Du bist die Erste und wirst die Letzte sein.‹« Und dann notierte sie noch: »Ich verehre diesen Menschen bis zum Niederknien. In mir sehnt sich alles nach Unterwerfung, aber immer musste ich gegen meinen Willen dominieren. Hier ist der erste Mann, der mich überwunden hat.«

»Der erste Mann, der mich überwunden hat«

Fest steht, dass sie das Erobern in die Hand nahm und nicht er, Hollnsteiner war diesbezüglich völlig unerfahren und wäre von sich aus wohl kaum auf die Idee gekommen, mit einer Frau intim zu werden. Jetzt aber loderte auch in ihm das Feuer der Liebe.

Eine Absteige in der Nähe des Erzbischöflichen Palais

In Wien bemerkt man, dass die *Femme fatale* Alma plötzlich mit erstaunlicher Häufigkeit die Heilige Messe besucht und dass Hollnsteiners Wagen regelmäßig vor der Werfel-Villa auf der Hohen Warte parkt. Der bevorzugte Treffpunkt für intime Rendezvous ist aber Hollnsteiners Wohnung in der Habsburgergasse. Als dies von seinen Nachbarn mit Erstaunen registriert wird, mietet Alma in der Wollzeile Nr. 12, in unmittelbarer Nachbarschaft zum Erzbischöflichen Palais, eine Absteige für diskrete Treffs, wo die beiden laut ihrer Tochter Anna Mahler unter anderem auch »fürstlich getafelt haben«.

Almas Begehren scheint grenzenlos zu sein. »Ich liebe Dich«, schreibt sie in einem nicht näher datierten Brief aus dem Jahr 1933, »ich liebe Dein Wirken in der Welt und auf mich ... in jeglicher Form. Immer bist Du süß und erhaben zugleich. In jedem Moment. Ich sehne mich nach Dir – Alma.«

Werfel freut sich, »Almas erotische Träume verwirklicht zu sehen«

Werfel ist in seiner Naivität sogar erfreut, dass Hochwürden sich um seine Frau kümmert. Und mehr noch: Als der 43-jährige Schriftsteller endlich während eines Wien-Aufenthalts der Beziehung seiner Gemahlin mit dem Geistlichen auf die Spur kommt, zeigt er keinerlei Anzeichen von Eifersucht, sondern freut sich, »Almas erotische Träume verwirklicht zu sehen«.

Hollnsteiner war äußerlich – wie manch anderer von Almas Liebhabern – keine besonders attraktive Erscheinung, er war eher blass und verbarg sein Gesicht hinter dicken Brillen. Für die berühmte Muse zählten aber Geist,

»Immer bist Du süß und erhaben zugleich. In jedem Moment. Ich sehne mich nach Dir«: das ungleiche Paar Alma Mahler-Werfel und Johannes Hollnsteiner

Alma als »prächtig aufgetakeltes Schlachtschiff«

Witz, künstlerisches Verständnis, Gesprächskultur und sprühende Fantasie weit mehr als körperliche Schönheit. Freilich hatte auch sie ihre besten Tage schon hinter sich gelassen, wird sie doch von ihrem Schwiegersohn Ernst Krenek genau in diesen Tagen als »prächtig aufgetakeltes Schlachtschiff« und als »etwas zu korpulent« beschrieben. Laut ihrer Tochter Anna erklärte Franz Werfel ob der Affäre seiner Frau in Anspielung auf ihre 54 Lebensjahre, es wäre wohl »Almas letzter Versuch«.

Dank der in Almas Salon geschmiedeten Kontakte spielt Hollnsteiner in den ausgehenden 1930er-Jahren nicht nur als Professor für Kirchengeschichte an der Universität Wien eine bedeutende Rolle, sondern auch in den politischen Zirkeln. Durch die von seiner Geliebten geschickt eingefädelte Freundschaft mit dem damaligen Justiz- und Unterrichtsminister und späteren Bundeskanzler Kurt Schuschnigg hat er großen Einfluss auf das Wirken der Regierung. Der Kulturhistoriker Friedrich Heer nannte Hollnsteiner sogar den »Chefideologen des Ständestaates«. Der Priester wird nach Aufnahme in den erlauchten Mahler-Werfel-Kreis zu einem der mächtigsten Männer im Hintergrund und mischt – immer in Abstimmung mit Alma – insbesondere in der Kulturpolitik heftig mit.

Felix Weingartner, 1863–1942, Dirigent, Direktor der Wiener Staatsoper

So kann er bei Schuschnigg durchsetzen, dass Felix Weingartner (den Alma hasst) 1936 als Direktor der Wiener Staatsoper entfernt wird – mit dem Hinweis, dass Weingartner »eine Jüdin nach der anderen zur Frau genommen« habe. Antisemitische Untertöne sind Hollnsteiner nicht fremd, er selbst betont in einem Brief an Schuschnigg den ihm eigenen »gesunden Antisemitismus«, der im Gegensatz zum »kranken« rassistischen Antisemitismus der Nationalsozialisten stehen soll. Wie übrigens auch von Alma Mahler-Werfel, die mit mehreren Juden liiert und verheiratet war, antijüdische Zitate überliefert sind. Auch politisch steht sie Schuschnigg und Hollnsteiner nahe, wohl weil sie den autoritären Ständestaat als Rettung vor den Nationalsozialisten sieht.

Bruno Walter, 1876–1962, Dirigent, künstlerischer Berater der Wiener Staatsoper

Kaum ist Weingartner abserviert, gelingt es durch Intervention Hollnsteiners, dass (der jüdische, aber Alma genehme) Dirigent Bruno Walter nach Wien berufen wird. Almas Intimus verhindert weiters, dass Fritz Wotruba den Auftrag zur Schaffung eines Gustav-Mahler-Denkmals in Wien erhält, Hollnsteiner trifft aber auch mit Thomas Mann zusammen, dem die Nationalsozialisten nach einem regimekritischen Beitrag in der »Neuen Zürcher Zeitung« die deutsche Staatsbürgerschaft aberkannt haben. Der Priester mit besten politischen Vernetzungen arrangiert eine Begegnung des Literaturnobelpreisträgers mit Schuschnigg, der diesem die sofortige Verleihung der österreichischen Staatsbürgerschaft in Aussicht stellt. Thomas Mann entscheidet sich dann aber für die tschechoslowakische Staatsbürgerschaft.

Die Gelegenheit, sich bei Schuschnigg zu bedanken

Hollnsteiner, dessen ungestümer Ehrgeiz in Almas Salon Befriedigung findet, sollte noch Gelegenheit bekommen, sich bei Schuschnigg – dem er auch die Ernennung zum Ordinarius für Kirchengeschichte und zum Dekan der Universität Wien zu verdanken hat – für die Aufnahme ins politische Establishment zu revanchieren.

Nicht nur durch fanatische Artikel, in denen er den Kurs des Kanzlers bedingungslos unterstützt – viel wichtiger ist es, dass er ihm auch in einer sehr persönlichen Angelegenheit helfen kann. Seit 1934 Präsident am Wiener Metropolitan- und Diözesangericht, wird Hollnsteiner bald mit einer äußerst pikanten Eheannullierung konfrontiert. Ein Jahr nachdem Schuschniggs Frau Herma 1935 bei einem Autounfall ums Leben kam, verliebt sich der 39-jährige Kanzler in die um sieben Jahre jüngere, verheiratete Vera Fugger geb. Gräfin Czernin. Die Liebe ist groß, doch eine Scheidung gilt im streng katholischen Ständestaat als ausgeschlossen. Hollnsteiner freilich kann durch seine Position beim Diözesangericht Unmögliches möglich machen: Die Ehe wird geschieden und 1937 kirchlich annulliert, mit der fadenscheinigen Begründung, dass sie – obwohl das Ehepaar Fugger vier gemeinsame Kinder hat – »nicht

Veras Ehe wird geschieden und kirchlich annulliert

vollzogen« worden sei. Schuschniggs Hochzeit mit Vera erfolgt am 1. Juni 1938, als sich der Ex-Kanzler bereits in Gestapo-Haft befindet.

Der Priesterrock wirkt unwiderstehlich auf Alma

Die französische Schriftstellerin und frühere Kultur- und Frauenministerin Françoise Giroud kommt in ihrem Buch »Alma oder Die Kunst geliebt zu werden« zu dem Schluss, dass »neben Hollnsteiners außergewöhnlicher Begabung auch sein Priesterrock unwiderstehlich auf Alma Mahler-Werfel gewirkt habe ... Männer hatten für sie komponiert, für sie gemalt, aber noch nie hatte einer für sie die Messe gelesen. Ein berauschendes Gefühl. Sie war hingerissen von Hollnsteiner ... Er war sicher Almas originellste, wenn auch nicht unbedingt ihre strahlendste Eroberung.« Für den Hollnsteiner-Biografen Fritz Buchmayr war es »zusammen mit der körperlichen Faszination gerade sein exzellentes theologisches Fachwissen, das Alma Mahler-Werfels Interesse für ihn erregte«.

»Die glücklichste Zeit« in Alma Mahler-Werfels Leben

Dem sexuellen Teil der Beziehung hat die große Liebende bereits im November 1933 von sich aus ein Ende gesetzt. »Nun sitzt er draußen«, vertraut sie ihrem Tagebuch an, »meine ganze Kraft, meinen guten Willen lenke ich dahin, mein Leben in meinen Bahnen weiter zu leben, nicht pfäffisch beeinflusst ein ödes Knierutscherdasein zu leben.« Und bald danach, zu Weihnachten, zieht sie Bilanz: »Ich habe schwere, uferlos schwere Zeiten durchgemacht. Meine intensive Liebe brach an der Lichtumgürteltheit meines Geliebten ab ... Ich bin in diesem Jahr körperlich und gesundheitlich sehr herunter gekommen und stark gealtert. Die Ruhe vor meinem ›großen‹ Erlebnis hat mir besser angeschlagen. Das Frühjahr aber war die glücklichste Zeit meines Lebens.«

Mit Schuschnigg verkehrt Österreichs mächtigster Mann in Almas Salon

Das abrupte Ende der heimlichen Rendezvous in der Wollzeile ändert nichts daran, dass Alma den Ordensmann weiterhin zu ihrem engsten Freundeskreis zählt und ihn an den Treffen mit diesem teilhaben lässt, auch und gerade nach den bürgerkriegsähnlichen Zuständen im Februar 1934 und der Ermordung von Engelbert Dollfuß. Mit dem neuen Bundeskanzler Schuschnigg geht nun in Almas Salon der mächtigste Mann des Landes ein und aus. Und Hollnsteiner bleibt Almas Beichtvater, Seelsorger und Vertrauter – Letzteres immer mehr auch von Franz Werfel, der ihn ebenfalls sehr schätzt.

Zum wirklichen Bruch des einstigen Liebespaares kommt es erst durch den »Anschluss« an Hitler-Deutschland. Während Alma Österreich noch am 12. März 1938 mit ihrer »halbjüdischen« Tochter Anna Mahler verlässt, um ihren in Mailand weilenden Mann zu treffen und mit ihm in die USA zu emigrieren, fährt Hollnsteiner von Wien nach St. Florian, wo er einer Verhaftung durch die Gestapo zu entgehen hofft. Doch die Flucht hilft nichts, der Ordensmann wird aufgrund seiner Nähe zu Schuschnigg und dem Ständestaat, aber auch seiner Freundschaft mit dem Ehepaar Werfel am 30. März 1938 festgenommen, als Dekan und Ordinarius für Kirchengeschichte entlassen und in das Konzentrationslager Dachau deportiert. Er bleibt dort etwas mehr als ein Jahr, ehe er, infolge übelster Misshandlungen physisch und psychisch schwer gezeichnet, wieder freikommt.

Johannes Hollnsteiner wird nach Dachau deportiert

Die Zeit des Salons und des Gefühls, der High Society anzugehören, ist nun endgültig vorbei, aber Hollnsteiner hofft, wenigstens seine Karriere als Priester und Universitätslehrer fortsetzen zu können. Und er scheut nicht davor zurück, sich mit den neuen Machthabern, die er so lange als glühender Verfechter des Ständestaates bekämpft hat, zu arrangieren. »Ich bitte darlegen zu dürfen«, schreibt er am 26. Mai 1939 an die Gestapoleitstelle Wien, »dass ich in meinen ganzen akademischen Lern- und Lehrjahren eine nationale Haltung einnahm und in manchen Punkten – lange vor der Machtergreifung der NS-Partei in Deutschland – einen Standpunkt vertrat, der Ideen des Nationalsozialismus verwandt ist.« Hollnsteiner betont, dass er schon als Student »deutschnational und antisemitisch« gedacht und damals die Notwendigkeit von »Ariernachweisen« erkannt habe. »Diesen rassenpolitischen Standpunkt habe ich bis heute in keiner Weise geändert, da ich ihn mit der christlichen Weltanschauung durchaus für vereinbar halte.«

Der Priester arrangiert sich mit den Nationalsozialisten

Die von ihm erwünschte Rückkehr an die Universität Wien kann er sich mit dieser Erklärung und auch mit dem Beitritt zur »Nationalsozialistischen Volkswohlfahrt« (NSV) nicht erkaufen, die Gestapo lässt es aber zu, dass er zum Leiter der von den Nazis beschlagnahmten Stiftsbibliothek St. Florian bestellt wird.

Der Augustiner-Chorherr verlässt den Orden und heiratet

Am 5. Mai 1941 tritt Hollnsteiner – zur großen Überraschung seiner Mitbrüder, die ihn als Überläufer und Verräter sehen – aus dem Orden der Augustiner-Chorherren aus, er bleibt dem Stift als Bibliothekar aber weiter erhalten. Der Austritt wird erst verständlich, als er am 7. September desselben Jahres die geschiedene Opernsängerin Almut Schönigh heiratet, deren erste Ehe er getraut und die zeitweise als Wirtschafterin in seinem Haushalt gearbeitet hat. Almut schenkt Hollnsteiner eine Tochter, mit der das Ehepaar in einer Dienstwohnung des Klosters weiterhin wohnen darf.

Der Schuschnigg-Freund führt Hitler

Als Hitler am 4. April 1943 das nunmehrige Brucknerstift St. Florian besucht, ist es an dem ehemaligen KZ-Insassen Johannes Hollnsteiner, den »Führer« eineinhalb Stunden lang durch das Barockgebäude und in die Gruft zum Sarkophag Anton Bruckners zu führen. Während Hitler die Sachkenntnis des ehemaligen Ordensbruders schätzt, beklagt sich »Gaukämmerer« Franz Danzer drei Wochen später über »den Treppenwitz, dass der alte Schuschnigg-Freund Hollnsteiner ausgerechnet den Führer habe führen dürfen«.

Im Oktober 1945 wird Hollnsteiner neuerlich verhaftet, diesmal von amerikanischen Besatzungstruppen, die ihn in das Internierungslager Glasenbach bei Salzburg einweisen. Nach eineinhalb Jahren freigelassen und als Universitätsprofessor rehabilitiert, wird der jetzt Fünfzigjährige dennoch in den dauernden Ruhestand versetzt – schon weil eine Rückkehr an die Theologische Fakultät wegen seiner Ehe mit einer geschiedenen Frau ausgeschlossen ist.

Alma weigert sich, Hollnsteiner zu treffen

Das einstige Liebespaar Alma und Johannes hatte einander durch Flucht, Haft und geografische Trennung aus den Augen verloren. Dabei blieb es zunächst auch, als die Gelegenheit zu neuerlicher Begegnung wieder bestanden hätte. Denn als Alma Mahler-Werfel 1947 das erste und einzige Mal nach dem Krieg Wien besuchte, um ihre Eigentumsverhältnisse zu regeln, weigerte sie sich den einstigen Galan zu treffen. Sie hatte erfahren, dass er »zu den Nazis übergelaufen« wäre und wegen einer Frau seinen Orden verlassen hätte. Hollnsteiners briefliche Rechtfertigung konnte zwar Almas Ehemann Franz Werfel, nicht aber sie selbst überzeugen. Johannes blieb für sie ein Verräter. »Zielstrebig war er immer«, schrieb sie ins Tagebuch, »das wusste ich ... eitel ... und jetzt legt er eine Parteileiter an, und siehe da – Gott donnert nicht ... und man lebt wieder angenehm – hat nun eine Frau – ja vielleicht hat dieser Gott nie existiert, alles war ein Holler ... Und Eines, was ich ihm nie verzeihen werde – er hat mir den Katholizismus wanken gemacht in mir selbst.«

Sie erträgt es nicht, dass er sich an sein einstiges Gelöbnis nicht hält

Neben seiner Anbiederung an das Nazi-Regime dürfte bei Alma auch Eifersucht mit im Spiel gewesen sein, die besitzergreifende Frau ertrug es wohl nicht, dass er sich nicht an sein einstiges Gelöbnis »Du bist die Erste und wirst die Letzte sein« gehalten hat.

Hollnsteiner hielt wieder Vorträge, doch deren Inhalte unterschieden sich jetzt fundamental von denen des »Priesters in Almas Salon«. Aus dem strengen Katholiken und demokratiefernen Ständestaatler wurde ein liberaler »Vermittler«. Hatte er einst Sozialisten und Kommunisten als Staatsfeinde gesehen, so war er jetzt geläutert. Das lag in erster Linie daran, dass er sich im Konzentrationslager mit dem kommunistischen Mithäftling und Stubenältesten Castello angefreundet hatte, der ihm mehrfach das Leben rettete, indem er etwa dafür sorgte, dass der von schwerer körperlicher Arbeit völlig erschöpfte Priester vom Straßenbau in die Bekleidungskammer überstellt wurde. Hollnsteiner bezeichnete Castello als »einen der wertvollsten Menschen«, den er in seinem Leben kennengelernt hatte. Der frühere Priester engagierte sich in seinen letzten Lebensjahren für die Vereinten Nationen und wurde Freimaurer.

Alma Mahler-Werfel meldet sich völlig überraschend

Zehn Jahre nach Kriegsende, am 18. Februar 1955, meldet sich Alma Mahler-Werfel völlig überraschend doch noch bei ihrer einstigen großen Liebe: »Liebster Freund«, schreibt sie aus Amerika, »ich bitte Dich, mir mitzuteilen, ob und wie Du lebst – ob Du zufrieden bist ...? – etc und ob Du Dich manchmal meiner erinnerst? – Ich grüße Dich, Alma Mahler Werfel.«

Hollnsteiner antwortet euphorisch: »Meine liebste Alma! Du kannst nicht wissen – oder eigentlich müsstest Du es doch – welch ein Geschenk Du mir mit Deinem kurzen u. doch viel sagenden Briefchen gemacht hast ... Alma, Du frägst, ob ich mich manchmal Deiner erinnere! Als ob ich einen Menschen, der wie kein anderer in mein Leben eingriff, je vergessen könnte ... Ich hatte so sehr auf Deinen Ruf zu einer Aussprache nach Wien gewartet. Ich war so überzeugt, Du würdest mich verstehen u. ich litt schwer darunter, dass Dein Ruf ausblieb ... Immer aber habe ich mit Liebe und Dankbarkeit an Dich gedacht, an die unvergesslichen, schönen Jahre in Wien, als Du mich aus meiner Enge herausholtest, meinen Horizont weitetest und mir unvergessbares Erleben schenktest. Ich wurde durch Dich, an Deiner Hand ein anderer Mensch.«

Einmal noch stehen sie einander gegenüber

Ende September 1955 stehen sie einander dann in New York noch einmal gegenüber, und »die Briefe und Karten, die Alma Mahler-Werfel später an Hollnsteiner schrieb, zeugen von einer neuen, verständnisvollen Sicht der Dinge«, meint Hollnsteiner-Biograf Friedrich Buchmayr, der trotz eindeutiger Brief- und Tagebuchstellen »keinen Hinweis auf eine sexuelle Beziehung« zwischen den beiden zu erkennen glaubt. Buchmayr ist Hollnsteiners Nachfolger als Stiftsbibliothekar in St. Florian.

Die erste Liebe, die aber nicht die einzige bleibt

Alma hat sich mit Hollnsteiner dermaßen versöhnt, dass sie in ihren letzten Briefen sogar seine Frau und seine Tochter grüßen lässt: »Seid alle Drei umarmt, Alma.«

Die berühmte Muse stirbt 1964 im Alter von 85 Jahren in New York, Johannes Hollnsteiner 1971 mit 76 Jahren in Linz. Sechs Jahre nach seiner ersten Liebe, die dann doch nicht die einzige geblieben ist.

Eine Kaiserin wird wahnsinnig
Der Leidensweg der Charlotte von Mexiko

Das Schicksal hatte ihr wahrlich übel mitgespielt; mehr als Charlotte, die Gemahlin des unglücklichen Kaisers Maximilian von Mexiko, kann eine Frau kaum ertragen. Der um zwei Jahre jüngere Bruder Kaiser Franz Josephs hatte sich auf das gefährliche Abenteuer eingelassen, die Herrschaft in dem nord- und zentralamerikanischen Land zu übernehmen. Als er von einem Kriegsgericht zum Tod verurteilt und erschossen wurde, sei seine Frau dem Wahnsinn verfallen. So jedenfalls wird ihr verhängnisvolles Geschick meist dargestellt, doch so war es nicht: Die Merkmale einer Geisteskrankheit begannen sich bei Kaiserin Charlotte schon vor Maximilians Hinrichtung abzuzeichnen. Von seinem Tod hat sie vermutlich nie erfahren, den haben ihr Ärzte und Betreuer verheimlicht.

Maximilian, 1832–1867, Erzherzog von Österreich, Kaiser von Mexiko

Der 34-jährige Kaiser von Mexiko wurde am 19. Juni 1867 in der mexikanischen Stadt Querétaro gemeinsam mit zwei Mitstreitern standrechtlich erschossen. Zu diesem Zeitpunkt litt seine Frau längst an Verfolgungswahn und einer schweren Bewusstseinsstörung. Die Tochter des belgischen Königs Leopold I. hatte schon in ihrer Jugend zu Melancholie geneigt und über »schwarze Stimmungen«

geklagt, erste Anzeichen einer Geisteskrankheit wurden ein Jahr vor Maximilians Tod deutlich, als die 26-jährige Charlotte in seinem Auftrag nach Paris und Rom fuhr, um Kaiser Napoleon III. und den Papst um Hilfe für das mexikanische Kaiserreich zu bitten. Schon während dieser Reise setzte sie ihre Entourage immer wieder in Erstaunen, als sie in Hotels oder bei offiziellen Empfängen die Einnahme von Mahlzeiten verweigerte, weil sie überzeugt davon war, dass man sie vergiften wollte.

Charlotte war 17 Jahre jung, als sie sich in den vielfach begabten und weltoffenen österreichischen Erzherzog Max verliebte und ihn heiratete. Sie galt als kluge, energische und belesene Frau, beherrschte mehrere Sprachen und wurde ob ihrer Schönheit bewundert, was ihrer Schwägerin, Kaiserin Elisabeth, gar nicht recht war, weil »Sisi« durch sie ihre Position als schönste Frau Europas gefährdet sah.

Charlotte von Belgien, 1840–1927, Frau des Kaisers von Mexiko

Charlottes auffälligster Wesenszug war aber ihr übersteigerter Ehrgeiz. Nachdem Österreich 1859 die Lombardei als Folge der Schlacht bei Solferino verloren hatte und Maximilian seines Postens als Gouverneur des lombardo-venetianischen Königreichs enthoben wurde, wartete Charlotte verbissen darauf, Max eine bedeutende Rolle zukommen zu lassen. Sie musste sich vorerst noch gedulden und bezog mit ihm das neu errichtete Prachtschloss Miramare bei Triest, wo das Paar eine glückliche, wenn auch politisch bedeutungslose Zeit verbrachte.

Nach zwei Jahren erreichte Maximilian die Aufforderung des französischen Kaisers Napoleon III., die mexikanische Kaiserkrone anzunehmen. Es war ein obskures Angebot, das Berater und wohlmeinende Familienangehörige – allen

Napoleon III., 1808–1873 Kaiser der Franzosen

voran Kaiser Franz Joseph – als gefährliche Falle erkannten. Auch Max wollte die mexikanische Krone von sich aus ablehnen, doch die übereifrige Charlotte redete so lange auf ihn ein, bis der als entscheidungsschwach beschriebene Erzherzog zusagte. Nun sollte auch er, wie sein Bruder, Herrscher eines großen Habsburgerreiches sein.

Benito Juárez, 1806–1872, mexikanischer Politiker

Maximilian und Charlotte brechen am 14. April 1863 an Bord der Fregatte »Novara« von Triest auf und landen nach sechswöchiger Seefahrt im Hafen von Veracruz. Statt aber, wie erwartet, herzlich empfangen zu werden, gerät der neue Throninhaber in einen blutigen Bürgerkrieg. Während das Kaiserreich von den großen europäischen Mächten anerkannt wird, sehen die amerikanischen Staaten in Benito Juárez den rechtmäßigen republikanischen Präsidenten von Mexiko.

Wie sich überhaupt sehr schnell erweisen sollte, dass sich Maximilians Herrschaft nur auf die Träume einer reichen, klerikalen Oberschicht des Landes und auf die Macht französischer Kolonialtruppen stützen kann. Napoleon III. hat Maximilian wohl wider besseren Wissens zur Krönung in Mexiko ermuntert und zu seinem persönlichen Schutz französische Truppen bereitgestellt.

Die Bevölkerung hat andere Sorgen und beachtet den Kaiser kaum

Dabei hat der idealistische Maximilian nur die besten Absichten für das Land. Er will eine liberale demokratische Verfassung verabschieden, gründet eine Akademie der Wissenschaften, Museen und ein Kaiserliches Theater, baut Schlösser und Parkanlagen. Doch die von langen Bürgerkriegen geplagte Bevölkerung hat ganz andere Sorgen, leidet unter drückender Armut und beachtet den Kaiser aus Europa kaum.

Es stand bald fest, dass die Herrschaft über Mexiko eher Träume als Realität waren: Kaiser Maximilian mit seiner Frau Charlotte

Als Napoleon III. im Frühjahr 1866 seine Truppen aus Mexiko abzieht, steht Maximilian über Nacht schutzlos da. Der Kaiser erkennt die Aussichtslosigkeit seines Unternehmens, will abdanken und nach Europa zurückkehren. Doch der fatale Ehrgeiz seiner Gemahlin hält ihn auch davon ab: »Abdanken, sich selbst ein Unfähigkeitszeugnis auszustellen, das ist nur annehmbar bei Greisen und Blödsinnigen«, erklärt sie. »Ich kenne keine Lage, in der Abdankung etwas anderes wäre als Fehler und Feigheit.«

Am 13. Juli desselben Jahres tritt Charlotte an Bord des französischen Schiffs »Kaiserin Eugénie« die verhängnisvolle Reise nach Europa an, wo ihre Geisteskrankheit zum Durchbruch gelangen sollte. Sicher hat die Kaiserin gewaltige Probleme: Da ist die Angst vor der Schmach, mit ihrem Mann vom Thron gestürzt und in die Bedeutungslosigkeit zurückgedrängt zu werden. Da ist das schlechte Gewissen, Max zu dem mexikanischen Abenteuer gedrängt zu haben. Und da ist die Last, dass die verzweifelten Versuche, ihrem Mann einen sehnsüchtig erwarteten Thronfolger zu schenken, zum Scheitern verurteilt sind.

Der Beginn der geistigen Verwirrung

Und doch können all die Sorgen nicht für ihre hysterischen Anfälle, Nervenzusammenbrüche und schließlich ihre totale Sinnesverwirrung verantwortlich gemacht werden.

Schon in Paris, der ersten Station ihrer Reise, machen sich Anzeichen eines sonderbaren Verhaltens bemerkbar. Charlotte wird von Napoleon III. und seiner Frau Eugénie mit allen Ehren empfangen, doch als man ihr ein Glas Champagner anbietet, schreit die Kaiserin von Mexiko laut auf, weicht erschreckt zurück und erklärt, dass man sie vergiften wolle.

Napoleon verlässt, ohne ein Wort zu sagen, den Raum

Der eigentliche Zweck ihres Besuches ist es, Napoleon zu bewegen, wieder Truppen und vor allem Geld nach Mexiko zu schicken, um so die Monarchie zu retten. Als ihr Napoleon erklärt, dass das französische Volk nicht bereit sei, weitere Opfer für Mexiko zu bringen, reagiert Charlotte entgegen allen Regeln der Etikette mit einer unkontrollierten

Schreiorgie. Der Kaiser erhebt sich und verlässt ohne ein Wort zu sagen den Raum.

Ein bedenklich erscheinender Brief an Maximilian

Charlotte schickt daraufhin einen wirren Brief an ihren Mann nach Mexiko: »Ich reise morgen früh von Paris ab nach Miramare über Mailand, dies beweist Dir, dass ich nichts erreicht habe … Da hilft keine Gewalt, weil Napoleon die Hölle bei sich hat und ich nicht … Für mich ist er der Teufel selbst und bei unserer letzten Unterredung gestern hatte er einen Ausdruck, um die Haare in die Höhe stehen zu machen, dies war der Ausdruck seiner Seele … Also von Anfang bis zum Ende hat er Dich nie geliebt, weil er nicht lieben kann, er hat Dich fasciniert wie die Schlange … Ich finde Du musst womöglich bald aus seinen Klauen gehen …«

Charlotte wird von zwei Leibärzten begleitet, die dem Kaiser Bericht erstatten

Eigentlich hätte Maximilian durch diesen und ähnliche Briefe gewarnt sein müssen, doch er kann die wahre Dimension der Zwangsvorstellungen seiner Frau nicht erkennen. Dabei wird Charlotte während ihrer Europareise von den kaiserlichen Leibärzten Jilek und Bohuslavek begleitet, die ihr mehrmals am Tag heimlich zur Beruhigung eine Dosis Bromid in den Kaffee schütten und Maximilian ständig Bericht über ihren labilen psychischen Zustand erstatten. Der Kaiser liest die Befunde, glaubt aber lediglich an harmlose Erschöpfungszustände und rät seiner Gemahlin, sich Ruhe zu gönnen und ihre Verhandlungen dennoch fortzusetzen.

Das hat Charlotte auch vor. Sie verlässt Paris am 23. August 1866, um über Umwege nach Rom zu gelangen, wo sie bei Papst Pius IX. gemeldet ist. Diese Audienz erscheint ihr als letzte Möglichkeit, das mexikanische Kaiserreich zu retten.

Mittlerweile sind Charlottes Begleiterinnen nicht nur von ihrem Benehmen schockiert, sie erschrecken zunehmend auch über das Aussehen der immer noch jungen, schönen Frau, deren Gesicht jetzt aber ständig gerötet und deren Blick wirr ist. Auch lässt sich die Kaiserin nicht davon abbringen, trotz der ständigen Hitze in den Sommermonaten Mantel und Schal zu tragen. Allerdings gibt es immer wieder Zeitspannen, in denen Charlotte sich beruhigt und völlig normal wirkt, was Ärzte und Kammerzofen hoffen lässt, dass eine Genesung doch noch möglich sei.

Hofdamen werden verdächtigt, Komplizen ihrer Mörder zu sein

Im Allgemeinen lebt ihr Gefolge aber in der ständigen Angst vor ihren Stimmungen. Als sie auf der Reise nach Rom mit ihrer Equipage ein Dorf in den Dolomiten passieren und einen harmlosen Bauern mit einer Flinte in der Hand sehen, klammert die Kaiserin sich zitternd vor Erregung an eine ihrer Begleiterinnen und ruft dem Kutscher zu, so schnell wie möglich weiterzufahren, weil sie fest davon überzeugt ist, dass der Bauer sie auf Befehl Napoleons umbringen wolle. Hofdamen, die sie zu beruhigen versuchen, werden verdächtigt, Komplizen ihrer Mörder zu sein.

Charlotte wird im Vatikan mit allen Ehren empfangen

Auch in Rom, wo sie am 27. September 1866 eintrifft, wird Charlotte mit allen Ehren, die einer Kaiserin gebühren, erwartet. Mitglieder der Schweizergarde flankieren die große Treppe, von der aus sie die Kammerherren zum Thronsaal des Vatikanspalastes geleiten, in dem der Papst sie empfängt. »Als die Kaiserin eintrat, erhob sich der Heilige Vater von seinem Thron«, erinnert sich der junge Dolmetscher José Luis Blasio an die Audienz. »Ihre Majestät kniete nieder, um den Schuh des Papstes zu küssen, aber er hinderte sie daran und erlaubte ihr nur, indem er die rechte Hand ausstreckte, den päpstlichen Ring zu küssen … Dann lud er sie ein, zu seiner Rechten Platz zu nehmen. Er erteilte uns allen den Segen, und jedermann zog sich zurück, während der Papst die Kaiserin in einen angrenzenden Raum geleitete.«

Papst Pius IX., 1792–1878, übt das längste Pontifikat in der Kirchengeschichte aus

Die Audienz dauert eineinhalb Stunden, in denen Pius IX. auf alle Fragen nach einem für Mexiko günstigen Konkordatsvertrag mit dem Heiligen Stuhl ausweichend reagiert und der Kaiserin schlussendlich Bescheid gibt, dass auch er ihr und ihrem Mann bei der Aufrechterhaltung der Monarchie nicht helfen könne.

Noch ist Charlotte in der Lage zu erkennen, dass mit dieser Absage der Traum vom eigenen Kaiserreich zu Ende geht. Doch der Schock dieser letzten Enttäuschung trägt möglicherweise dazu bei, die Kaiserin noch tiefer in den Zustand der geistigen Umnachtung zu versetzen.

»Offensichtlich hat jemand vor, mich zu vergiften«

Beim anschließenden Abendessen im Hotel, berichtet der Dolmetscher, lässt sich die Kaiserin erst nach den anderen servieren, um so kontrollieren zu können, ob alle das Essen überlebt haben. Als sie sieht, dass die silberne Kaffeekanne beschädigt ist, lässt sie sie unverzüglich abtragen und sagt zu ihren Begleitern: »Offensichtlich hat jemand vor, mich zu vergiften.« Sie leidet auch unter der wahnhaften Vorstellung, dass Napoleons Agenten ihr nach Rom gefolgt seien, um sie hier zu bespitzeln. Charlotte misstraut jetzt schon ihren ältesten und treuesten Dienern, und dem nach Rom mitgereisten Arzt, den sie einmal dabei ertappt, wie er ein Beruhigungsmittel in ihren Kaffee mischt.

Der Papst hat Charlottes Sinnesstörungen längst erkannt

Als der eigentliche Auftakt zu ihrem nun folgenden, sechzig Jahre dauernden Drama wird der Morgen des 30. September 1866 gesehen. Die Kaiserin befiehlt einer Hofdame, einen Wagen kommen zu lassen, der sie in den Vatikan bringen soll, wo sie den Papst erneut treffen will. Als die Hofdame darauf hinweist, dass dies ohne vorherige Terminvereinbarung nicht möglich und Ihre Majestät auch nicht für eine päpstliche Audienz gekleidet sei, erwidert Charlotte: »Sie vergessen wohl, dass die Regeln der Etikette von der Kaiserin gemacht werden.«

Das Wunder geschieht, dass der Papst – der Charlottes Sinnesstörungen längst erkannt hat – die Kaiserin noch einmal empfängt. Sie stürzt in sein Arbeitszimmer, wirft sich dem Heiligen Vater zu Füßen und fleht ihn an, sie vor Napoleons Meuchelmördern zu schützen. »Sie sind überall«, ruft sie, »meine Diener, sogar meine Minister stehen in seinem Sold.« Sie bittet inständig darum, im Vatikan bleiben zu können, weil sie sich nur hier sicher fühle. Die Knie des Papstes umklammernd, weigert sie sich aufzustehen, bis er ihr seinen Schutz versprechen würde.

Charlotte ist nicht bereit, in ihr Hotel zurückzukehren

Pius IX. sagt ihr seine Hilfe zu, worauf sie sich beruhigt und mit mehreren Kardinälen vernünftig über Mexiko und die politische Situation im Land spricht. Aber sie ist nach wie vor nicht bereit, in ihr Hotel zurückzukehren, und besteht darauf, auch über Nacht im Vatikan zu bleiben. Pius sieht ein, dass er diese Frau nicht mit sanfter Gewalt aus dem Palast entfernen lassen kann, sie ist immerhin die Kaiserin von Mexiko, die Schwägerin des Kaisers von Österreich, die Schwester des Königs von Belgien und die Cousine der englischen Königin. Also lässt er gegen

22 Uhr zwei Bronzebetten in die Vatikanische Bibliothek stellen, in denen Charlotte und eine Hofdame nächtigen.

Doch die Kaiserin weigert sich auch am nächsten Tag, die Bibliothek zu verlassen. Auch will sie, als man ihr ein Frühstück reicht, keine Speisen berühren, die nicht für den Heiligen Vater zubereitet wurden. Charlotte ist überzeugt davon, dass sie nur noch ein paar Tage zu leben habe und verabschiedet sich in dieser Stimmung mit einem Brief an Maximilian: »Ich nehme von Dir Abschied. Gott ruft mich zu sich. Ich danke Dir für das Glück, das Du mir stets gegeben hast.«

Ganz Rom spricht von dem Skandal, dass zwei Frauen im Vatikan übernachtet haben

Als Max den Brief einen Monat später erhält, ist Charlotte schon in Miramare. Doch jetzt sieht sie sogar schon in dem geliebten Gemahl ihren potenziellen Mörder, der ihr nach dem Leben trachtet, weil sie ihm keinen Erben schenken kann.

Am Nachmittag des 1. Oktober 1866 spricht ganz Rom von dem Skandal, dass zwei Frauen im Vatikan übernachtet hätten. Erst gegen Abend ist die Kaiserin bereit, in ihr Hotel zurückzukehren.

Einer der Ärzte fährt nach Mexiko, um den Kaiser zu informieren

Nun ist der Zeitpunkt gekommen, Kaiser Maximilian über den wahren Zustand seiner Gemahlin reinen Wein einzuschenken. Also schreiben ihm die sie begleitenden Hofärzte in aller Deutlichkeit, dass Charlotte an einer »schweren Kongestion des Gehirns« leide. Dr. Bohuslavek kündigt an, ehestmöglich nach Mexiko zu kommen, um Seine Majestät ausführlich über die Krankheit seiner Frau zu unterrichten.

Charlotte verbringt den Abend im Hotel, »das Gesicht war abgezehrt, der Blick entweder starr oder unbestimmt durchs Zimmer schweifend, als suchte sie nach jemandem, der nicht anwesend war«, beschreibt José Luis Blasio eine Begegnung vom 7. Oktober 1866. Die Kaiserin diktiert dem Dolmetscher eine Reihe von Verfügungen, in denen sie mehrere Personen aus ihrem Gefolge des Verrats bezichtigt. Der junge Mann wagt ihr nicht zu widersprechen und notiert gehorsam.

Der Direktor der Wiener Irrenanstalt reist nach Miramare

Am nächsten Tag fährt Charlotte nach Miramare, wohin ihr über ihren Zustand bereits informierter Schwager, Kaiser Franz Joseph, den Direktor der Wiener Irrenanstalt, Professor Riedel, eine internationale Kapazität für Nervenleiden, entsandt hat. Dieser konstatiert eine schwere Verwirrung, die immer wieder von hellen Phasen unterbrochen werde. Letztlich sei der geistige Zusammenbruch jedoch, der sie schließlich in den Wahnsinn stürze, nicht aufzuhalten.

Charlotte verbringt die nun folgenden Herbst- und Wintermonate in völliger Abgeschiedenheit und Isolation auf Schloss Miramare, ehe ihre Schwägerin, Königin Marie Henriette, zu ihr kommt, um sie in ihre belgische Heimat zu bringen. Die Königin ist entsetzt über Charlottes Zustand, aber auch über die Gefühllosigkeit und Härte, mit der man sie in Miramare behandelt.

Erzherzogin Sophie, 1805–1872, Mutter der Kaiser Franz Joseph und Maximilian

Diese Behandlung geht auf das Konto ihrer Schwiegermutter, Erzherzogin Sophie, die die Verantwortung für die Pflege der kranken Kaiserin übernommen hat. In all den Monaten darf Charlotte keinen Besuch empfangen, selbst für ihre ältesten Freundinnen aus Belgien bleiben die Türen von Schloss Miramare versperrt. Die Einsamkeit trägt dazu bei, die Symptome noch weiter zu verstärken.

Als Grund für die Isolation wird das Gerücht genannt, dass Charlotte während ihres Europa-Aufenthaltes schwanger geworden sei. Und das war eindeutig zu viel für ihre Schwiegermutter: Die Frau, die ihrem eigenen Mann keinen Thronfolger geschenkt hat, soll jetzt von einem anderen geschwängert worden sein!

Alfred Baron van der Smissen, 1823–1895, belgischer General

Dieser andere war dem Vernehmen nach ein Belgier namens Alfred van der Smissen, der die Kaiserin tatsächlich während ihrer Europareise mehrmals getroffen hat. »Es ist verständlich«, schreibt die britische Autorin Joan Haslip in ihrer Maximilian-Biografie, »dass sich Charlotte in ihrer Einsamkeit und unglücklichen Stimmung einem Landsmann zuwandte, mit dem sie über Belgien und ihren verstorbenen Vater sprechen konnte. Alfred van der Smissen war ein tapferer, schneidiger Offizier, von unerschütterlicher Treue und hielt, was Charlotte am meisten für ihn eingenommen haben muss, das Andenken ihres Vaters mit leidenschaftlicher Anhänglichkeit hoch.«

Maximilian kann nicht der Vater des Kindes sein

Das Gerücht, dass Charlotte trotz fortschreitender Geisteskrankheit in Miramare einen Sohn zur Welt gebracht haben soll, hielt sich hartnäckig. Die Schwangerschaft würde auch erklären, warum die Kaiserin ein halbes Jahr versteckt gehalten wurde, zumal ausgeschlossen werden konnte, dass Kaiser Maximilian der Vater dieses Kindes war.

Louis Weygand, 1867–1965, belgischer Offizier

Der Knabe soll von Miramare nach Belgien gebracht worden sein. Charlottes Bruder, König Leopold II., leistete in den kommenden Jahren regelmäßig Zahlungen für Ausbildung, Logis und Verpflegung eines jungen Mannes namens Louis Weygand, von dem man ausgeht, dass er der

Sohn des Offiziers Alfred van der Smissen und der Kaiserin Charlotte gewesen sei. Weygand, der später selbst General in der belgischen Armee wurde, hat sich nie zu diesen Vermutungen geäußert. Es blieb aber immer unklar, wer seine Eltern waren.

Der Kaiser glaubt, dass seine Frau gestorben ist

Das Gerücht, dass seine Frau ein Kind zur Welt gebracht habe, ist nie an Maximilians Ohr gedrungen. Hingegen wurde ihm in den letzten Tagen seines Lebens die Falschmeldung hinterbracht, dass Charlotte in Miramare gestorben sei.

In einem Brief, den er bereits als Häftling, der mit der Todesstrafe rechnen musste, an Eduard Baron Lago, den österreichischen Gesandten am mexikanischen Hof, schickte, schrieb Maximilian: »Soeben erfahre ich, dass meine arme Frau von ihren Leiden erlöst ist. Diese Nachricht, so sehr sie mein Herz zerschmettert, ist doch andererseits für mich im jetzigen Augenblicke von unnennbarem Trost. Ich habe nur noch einen Wunsch auf Erden, dass mein Leichnam an der Seite meiner armen Frau bestattet werde, womit ich Sie, bester Baron, als Vertreter Österreichs beauftrage.« Noch am Tag vor seiner Hinrichtung sagte Maximilian zu einem Mithäftling: »Ich werde morgen wieder mit meiner Frau vereint sein.«

Charlotte wird der Tod ihres Mannes verheimlicht

Während Maximilian fälschlich an den Tod seiner Frau glaubte, wurde diese vom tatsächlichen Ableben ihres Mannes nie verständigt. Ihr Leibarzt Dr. Jilek hatte angeordnet, die Hinrichtung ihres Gemahls vor der Kaiserin zu verheimlichen. Es war dem medizinischen Betreuer gelungen, Charlotte von dem Wahn zu befreien, Max hätte sie vergiften wollen, worauf sie wieder nur noch in liebevollen

Sie hat ihren Mann um sechzig Jahre überlebt: Altersbildnis der Kaiserin Charlotte (Mitte) mit einer Ehrendame und dem Schlosskommandanten

Maximilian findet in der Wiener Kapuzinergruft seine letzte Ruhe

Tönen von ihm sprach. Er würde bald zu ihr kommen, erklärte sie ihrer Umgebung, aber in Mexiko gebe es noch viel zu tun. Zuweilen fragte sie, wenn sie bei Tisch erschien, warum der Kaiser noch nicht da sei.

Ende Juli 1867, einen Monat nach Maximilians Hinrichtung, fuhr Kaiserin Charlotte mit ihrer Schwägerin in einem Salonwagen vom Privatbahnhof in Miramare nach

Brüssel. Im November wurden dann die sterblichen Überreste ihres Mannes an Bord der »Novara« nach Triest und von dort nach Wien gebracht, wo sein Leichnam in der Kapuzinergruft beigesetzt wurde.

Charlotte überlebt ihren Mann um sechzig Jahre

Seine Witwe überlebte ihn um sechzig Jahre. Sie starb 86-jährig am 19. Jänner 1927 auf Schloss Bouchout in Belgien. Charlotte hatte dort ihre Zeit mit Malen, Sticken und Klavierspielen verbracht und den Traum nie aufgegeben, eines Tages als Kaiserin zu ihrem Mann zurückzukehren, den sie in ihrer Fantasie zuweilen als den Herrscher der Welt sah. Maximilians letzter Wunsch, dass seine Frau an seiner Seite bestattet würde, ging nicht in Erfüllung. Charlotte fand in der Kirche von Laken, einem Stadtteil von Brüssel, ihre letzte Ruhe.

Der Hans-Moser-Film vom Flohmarkt
Die Entdeckung einer verloren geglaubten Rarität

Noch so ein *Fundstück*. Es geht hier um einen Film, der zu den bedeutendsten Werken der österreichischen Kinogeschichte zählt – und jahrzehntelang verschollen war. Bis er im Herbst 2015 auf einem Pariser Flohmarkt aufgetaucht und nach Wien gebracht worden ist.

Hans Moser, eigentlich Julier, 1880–1964, Schauspieler

Drei Ereignisse unterstreichen die historische Bedeutung des Filmklassikers »Die Stadt ohne Juden«:

- Er prophezeit auf gespenstische Weise die Vertreibung der jüdischen Bevölkerung in der Zeit des Nationalsozialismus.
- Er ist der zweite Film mit Hans Moser, aber der erste wirkliche »Moser-Film«, weil der spätere Volksschauspieler in »Die Stadt ohne Juden« zum ersten Mal in einer Hauptrolle zu sehen ist.
- Der Autor der Romanvorlage wurde nach der Uraufführung des Films mitten in Wien ermordet.

Die Kopien werden vernichtet oder verbrennen

»Die Stadt ohne Juden« lief in seinem Entstehungsjahr 1924 mit Erfolg in den Kinos, ging später aber verloren. Die rund dreißig Kopien, die es von dem in Wien gedrehten Film weltweit gab, wurden, wie so viele Stummfilme, vernichtet oder verbrannten, da sich der damals verwendete

Nitro-Film extrem leicht entzündete. Man wusste zwar, dass dieser Film existiert hatte, fand aber keine Kopien mehr.

Der Film taucht auf einem Pariser Flohmarkt auf

1991 tauchte – durch Zufall – in den Niederlanden ein erstes Fragment des Films auf. Doch es zeigte nur Bruchstücke: zum einen, weil das Material durch chemische Vorgänge bereits stark zersetzt war, zum anderen, weil der Film in Holland in einer verkürzten und verharmlosenden Form gezeigt worden war. Wesentliche Teile fehlten – heute weiß man, dass es die wichtigsten sind.

Im Oktober 2015 meldete sich ein französischer Sammler beim Wiener Filmhistoriker Nikolaus Wostry, um ihm mitzuteilen, dass er auf einem Pariser Flohmarkt die Kopie eines vermutlich österreichischen Stummfilms gefunden hätte. Wostry fuhr nach Paris und war sich bald im Klaren darüber, dass es sich bei dem einzigartigen Fund um den Filmklassiker »Die Stadt ohne Juden« handelte.

Die Fassung zeigt den Film in einer neuen Version

Auch Ernst Kieninger, der Chef des Filmarchivs Austria, erkannte die Bedeutung »der bislang schmerzlich vermissten und lange gesuchten fehlenden Teile des wohl wichtigsten österreichischen Stummfilms« und erwarb die Filmrollen im Frühjahr 2016 für das Filmarchiv. In den kommenden Monaten gingen Spezialisten daran, das wichtige Zeitdokument Kader für Kader umfassend zu restaurieren und damit öffentlichen Vorführungen zugänglich zu machen.

In der in Paris aufgetauchten Fassung zeigt der Film eine völlig neue Dimension. So fehlten in der bislang bekannten (niederländischen) Kopie wichtige Szenen aus dem jüdischen Alltagsleben sowie ein Auftritt des Wiener Bürgermeisters Karl Laberl (gemeint ist Karl Lueger). Vor allem

Moser als antisemitischer Abgeordneter

aber fehlten die absoluten Höhepunkte des Films: zwei Szenen mit Hans Moser, der einen rabiat antisemitischen Parlamentsabgeordneten spielt – ganz gegen seine tatsächliche Einstellung übrigens, war er doch seit 1911 mit seiner jüdischen Frau Blanca verheiratet, die er über alles liebte.

Der zweite Film mit Hans Moser, aber der erste wirkliche »Moser-Film«: der spätere Volksschauspieler, 1924 in »Die Stadt ohne Juden«

Drehorte sind die Ringstraße, der Naschmarkt, der Ballhausplatz und ein Kaffeehaus

Die eine der 2015 in Paris aufgetauchten Schlüsselszenen zeigt Hans Moser, wie er Juden körperlich attackiert, die andere ist die Schlusssequenz, in der Moser dem Wahnsinn verfällt, weil er in seinen »Bemühungen« als Antisemit versagt hat.

Die Prophezeiungen des an der Wiener Ringstraße, am Naschmarkt, am Ballhausplatz und in einem fiktiven jüdischen »Café Abeles« gedrehten Films sind beklemmend, zeigen sie doch die kulturelle und wirtschaftliche Verarmung Wiens nach der Vertreibung der jüdischen Bevölkerung. Der Roman von Hugo Bettauer und das Drehbuch des Achtzig-Minuten-Streifens gelten bis heute als erste künstlerische Statements aus Österreich gegen den Antisemitismus.

Hugo Bettauer, 1872–1925, Schriftsteller und Journalist

Bettauer erzählt die Geschichte einer Stadt, die ihre jüdische Bevölkerung für ihre wirtschaftlichen und sozialen Probleme verantwortlich macht und brutal vertreibt. Die Stadt blüht danach aber nicht wie erhofft auf, sondern verarmt in jeder Hinsicht, worauf die Juden zurückgeholt werden.

Der Schluss ist also eher versöhnlich, wie Hugo Bettauer auch die letzte Konsequenz nicht vorausahnen konnte: Weder in seinem Roman »Die Stadt ohne Juden« noch im gleichnamigen Film wird die Ausrottung der Juden durch die Nationalsozialisten beschrieben. Der Holocaust war jenseits des Vorstellbaren.

Hans Moser war, als der Film entstand, vierundvierzig Jahre alt und gerade erst als Schauspieler entdeckt worden, nachdem er jahrzehntelang erfolglos auf Provinz- und Schmierenbühnen aufgetreten war. Einzigartig an dem Film »Die Stadt ohne Juden« ist auch, dass der später so populäre Volksschauspieler als negative und unsympathische Figur zu sehen ist.

Weltweites Interesse an dem wieder aufgefundenen Film

Welchen internationalen Stellenwert der Film hat, zeigt die Tatsache, dass – nachdem ich im »Kurier« über eine Auffindung berichtet hatte – die Zeitungen »Herald Tribune«, »Washington Post« und »Le Monde« das Thema aufgriffen. Im Herbst 2017 ist die Rettung vor dem Verfall des mehr als neunzig Jahre alten, hochsensiblen Nitromaterials und seine komplette Wiederherstellung abgeschlossen, danach wird das *Fundstück* einem weltweiten Publikum gezeigt: Nach der Uraufführung der Filmrekonstruktion am 1. März 2018 im Wiener Metro Kino werden Präsentationen im Museum of Modern Art in New York und in anderen Institutionen stattfinden. Weiters zeigen ORF und der Kultursender ZDF/arte Interesse an der Ausstrahlung des Klassikers.

Zerwürfnis zwischen Autor und Regisseur

Unmittelbar nach der seinerzeitigen Filmpremiere am 25. Juli 1924 in Wien kam es zu einem Zerwürfnis zwischen Hugo Bettauer und Hans Karl Breslauer, dem Regisseur des Films. Der Autor war der Meinung, dass Breslauer die Handlung verfälscht dargestellt hätte, »Die Stadt ohne Juden« lag im Film nicht in Österreich, sondern »irgendwo«, auch wurde der Inhalt nicht als Tatsache, sondern als Traum eines Antisemiten dargestellt.

Proteste bei der Vorführung in einem Berliner Kino

Der Film erregte dank vieler Zeitungsartikel – und nicht zuletzt infolge des Streits zwischen Autor und Regisseur – Aufsehen, alle Vorstellungen waren ausverkauft. Es kam aber auch zu großen Krawallen: In Wien und Wiener Neustadt warfen junge Nationalsozialisten Stinkbomben in die Kinosäle. Und auch bei einer Vorführung im Berliner Alhambra-Kino am 20. Juli 1926 gab es »lebhafte Proteste aus dem Publikum«, wie die Zeitschrift »Kinematograph« in ihrem Premierenbericht festhielt. Die Folge war, dass der Film ab der zweiten Vorstellung mit einem neuen Vorspann versehen wurde, der lautete: »Es handelt sich bei dem heute gezeigten Spielfilm um kein Tendenzstück, die Direktion bittet daher, Beifall oder Missfall nicht laut zu äußern.«

Im New York der 1920er-Jahre wurde die Premiere des Streifens nach all den Krawallen in Europa kurzfristig mit dem Argument abgesetzt, »dass der Film die Befindlichkeit der Rassen herausfordert«.

In den Räumen seiner Redaktion erschossen

Hugo Bettauer bezahlte die Verfilmung seines Romans mit dem Leben. Der 46-jährige prominente jüdische Schriftsteller und Journalist betrat am 10. März 1925, sieben Monate nach der Uraufführung des Films, die Redaktionsräume von »Bettauers Wochenschrift« in der Lange Gasse 7 in Wien-Josefstadt, wo ihm der zwanzigjährige Nationalsozialist Otto Rothstock mit einem Revolver auflauerte und fünf Mal auf ihn schoss. Bettauer erlag seinen Verletzungen im Allgemeinen Krankenhaus.

Wurde sieben Monate nach der Uraufführung seines Films ermordet: der Schriftsteller und Journalist Hugo Bettauer

Der Täter gestand bei der Gerichtsverhandlung, dass »Die Stadt ohne Juden« der Anlass für den Mordanschlag gewesen sei. Er wurde, da ein Psychiater »Jugendirrsinn« attestierte, freigesprochen und in eine Nervenheilanstalt gebracht, die er nach zwei Jahren als freier Mann verlassen konnte.

Der verliebte General
Eine Affäre zwischen Krieg und Leidenschaft

Sobald dieser Krieg vorbei sei, schwärmte der General, »werde ich Dich in die Arme schließen und zeitlebens auf Händen tragen. Ich habe Dich jetzt noch tausendmal lieber als bisher und kann es nicht erwarten, endlich in Ruhe und Glück mit Dir vereint zu sein.« Der diese sehnsuchtsvollen Zeilen schrieb, trug zum gleichen Zeitpunkt die Verantwortung für das Millionenheer der österreichisch-ungarischen Monarchie. Der Brief wurde am 10. März 1915, also mitten im Ersten Weltkrieg, verfasst. Und zwar von Franz Conrad von Hötzendorf, dem 62-jährigen Generalstabschef der k.u.k. Armee, an seine um 26 Jahre jüngere Geliebte Virginia »Gina« von Reininghaus.

Franz Conrad von Hötzendorf, 1852–1925, k. u. k. Generalstabschef

Wie sehr war der bis über beide Ohren verliebte General in der Lage, sich um das Kriegsgeschehen zu kümmern, Strategien zu entwickeln, Schlachten vorzubereiten, sich mit den nächsten Schritten seiner Gegner auseinanderzusetzen? Diese Fragen sind durchaus berechtigt, zumal Conrad* als einer der einflussreichsten Offiziere des Ersten

---

* »Conrad« war der Familienname, »von Hötzendorf« das Adelsprädikat des Generals, der 1910 in den Freiherrn- und 1918 in den Grafenstand erhoben wurde.

Weltkrieges zeitgleich einer schönen, jungen Frau erlegen war. Der General gab sich entflammt wie ein Schulbub und schrieb seiner Angebeteten Briefe, an manchen Tagen gleich mehrere, insgesamt waren es im Lauf von acht Jahren rund dreitausend, von denen manche bis zu sechzig Seiten lang sind. Wie sehr hat ihn diese intensive Beschäftigung vom Kriegführen abgehalten?

Virginia »Gina« von Reininghaus, 1879–1961, Industriellengattin

Der seit knapp zwei Jahren verwitwete, zuweilen unter schweren Depressionen leidende Franz Conrad und die mit einem reichen Industriellen aus der prominenten steirischen Brauereidynastie verheiratete Gina von Reininghaus hatten einander am 2. Jänner 1907 bei einem Diner im Wiener Haus des Barons Victor von Kalchberg, Präsident der »Österreichischen Lloyd-Schifffahrtsgesellschaft«, kennengelernt. Schon nach wenigen Tagen machte der charismatische Generalstabschef der attraktiven, in Triest geborenen jungen Frau in ihrer Wiener Wohnung in der Operngasse 8 die Aufwartung, um ihr seine Liebe zu gestehen.

Ginas Liebe zu ihrem Ehemann ist längst erkaltet

Während sich die sechsfache Mutter anfangs zurückhaltend gab, erklärte sie dem alten Militär im Mai desselben Jahres, dass die Liebe zu ihrem Ehemann Hans von Reininghaus längst erkaltet und ihr Herz frei sei. Von da an nützte Conrad jede Gelegenheit, sie seiner Zuneigung zu versichern: »Ich sehne mich krank nach Deiner Nähe, ich komme mir vor wie ein Gefesselter – diese Trennung ist eine diabolische Grausamkeit.«

Seit 18. November 1906 »Chef des Generalstabes für die gesamte bewaffnete Macht«, war Conrad von Hötzendorf in den nun folgenden Jahren fast ständig und in allen Tei-

Mitten im Weltkrieg bis über beide Ohren verliebt: der k. u. k. Generalstabschef Franz Conrad von Hötzendorf

len der Monarchie unterwegs, weshalb die Korrespondenz so umfangreich ist. Seine ersten Schreiben an die »hochverehrte gnädige Frau« im Zuge einer Generalstabsreise durch Kroatien im Mai 1907 waren noch sehr förmlich und emotionslos aufgesetzt. Doch bald finden sich Briefe, die mit der Ansprache »Mein süsser lieber Traum« in Du-Form abgefasst sind. »Du bist wie ein Verhängnis in mein Leben getreten«, steht da, »ich sah Dich – und widerstandslos folgte ich meinem Geschick. Ich bin nicht in der Absicht an Dich herangetreten, Dich zu besitzen, aber ich bin der Macht Deines Liebreizes, Deiner mir so unendlich lieben Seele unterlegen.« Der Brief vom nächsten Tag ist wieder an die »hochverehrte gnädige Frau« gerichtet und sehr distanziert formuliert.

»Mein süsser lieber Traum« und »Hochverehrte gnädige Frau«

Conrads Briefe sind erhalten geblieben

Die Erklärung dafür: Conrad von Hötzendorf verfasste zwei Arten von Briefen: Solche, die er tatsächlich abschickte (»Hochverehrte gnädige Frau«) und andere, die er sich von der Seele schrieb, aber nicht zur Post brachte (»Mein süsser lieber Traum!«). Diese Briefe sammelte er in seinem »Tagebuch meiner Leiden«, das Gina erst nach seinem Tod entdecken sollte. Beide Varianten sind erhalten geblieben und befinden sich – als wertvolle *Fundstücke* – teils in Originalhandschrift, teils als Abschriften im Besitz der Familie Reininghaus und im Wiener Kriegsarchiv.

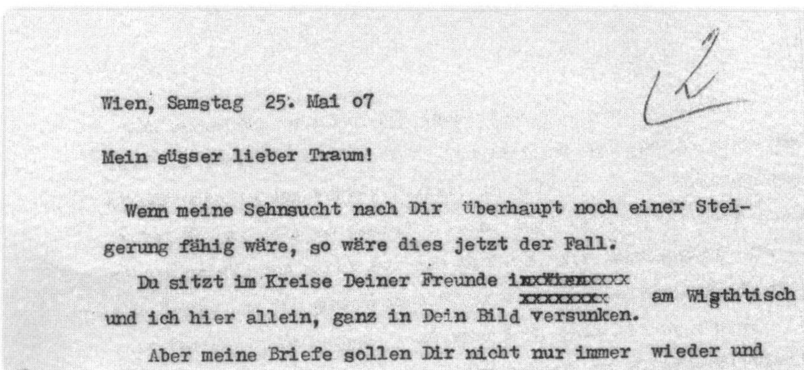
Wien, Samstag 25. Mai o7

Mein süsser lieber Traum!

Wenn meine Sehnsucht nach Dir überhaupt noch einer Steigerung fähig wäre, so wäre dies jetzt der Fall.

Du sitzt im Kreise Deiner Freunde ~~xxxxxxxxx xxxxxxxx~~ am Wigthtisch und ich hier allein, ganz in Dein Bild versunken.

Aber meine Briefe sollen Dir nicht nur immer wieder und

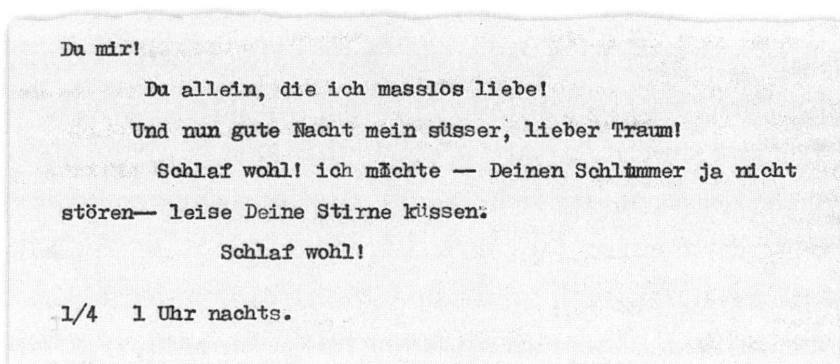
Du mir!

Du allein, die ich masslos liebe!

Und nun gute Nacht mein süsser, lieber Traum!

Schlaf wohl! ich möchte — Deinen Schlummer ja nicht stören— leise Deine Stirne küssen.

Schlaf wohl!

1/4 1 Uhr nachts.

»Mein süsser lieber Traum! Wenn meine Sehnsucht nach Dir überhaupt noch einer Steigerung fähig wäre ... Schlaf wohl! ¼ 1 Uhr nachts«: aus den Liebesbriefen des Generalstabschefs Conrad von Hötzendorf

Der da in seiner Korrespondenz so viel an menschlicher Regung zeigt, war gleichzeitig der beharrlichste Kriegstreiber der österreichisch-ungarischen Monarchie. Der Generalstabschef lag Kaiser Franz Joseph und Thronfolger Franz Ferdinand ständig in den Ohren, Serbien, Montenegro, Russland, Rumänien, Italien und das Osmanische Reich mit Präventivschlägen anzugreifen. Er bezeichnete Pazifisten als Träumer, die sich »unter die Unterröcke der verehrlichen Frau Suttner verkriechen« und forderte allein im Jahr 1913 nicht weniger als fünfundzwanzig Mal vergeblich, gegen Serbien in den Krieg zu ziehen.

Der beharrlichste Kriegstreiber seiner Zeit

Dass dieser Krieg nach den Schüssen von Sarajewo tatsächlich zustande kam, beruht nicht zuletzt auf Conrads Drängen, der als einer der ersten und mit eindringlicher Vehemenz die sofortige Mobilmachung der österreichischen Truppen ohne weitere Verhandlungen mit Belgrad gefordert hatte. Tatsächlich gab der anfangs noch zögerliche Kaiser nach und erklärte Serbien den Krieg. »Wenn man die Namen der fünf oder sechs Männer in ganz Europa nennen wird, die die persönliche Hauptschuld an dem Ausbruch des Krieges haben«, formulierte es der Sozialistenführer Otto Bauer nach 1918, »so wird einer von diesen fünf oder sechs Männern der Feldmarschall Conrad sein.«

Einer der Hauptschuldigen am Ausbruch des Ersten Weltkrieges

Wie passt dieses vernichtende Urteil zu dem sensiblen Briefschreiber, der immer wieder betont, dass er die Zeit, »die mir in dieser Welt noch gegönnt ist«, dafür verwenden möchte, »Dich mit Liebe und Zärtlichkeit zu überschütten«?

In einem (tatsächlich abgeschickten) Schreiben vom 6. September 1912 zeigt sich Conrad von Hötzendorf der

Baronin Reininghaus gegenüber schon wesentlich verwegener als in den ersten, noch schüchtern aufgesetzten Briefen. »Sie wissen«, berichtet er jetzt von einem Manöver in Ungarn, »wie ich an Ihnen hänge und wie ich kein anderes Glück kenne, als Ihnen zu dienen.«

Hans von Reininghaus weiß seine Freiheiten zu genießen

Historiker gehen davon aus, dass Gina von Reininghaus großen Einfluss auf das Handeln ihres Geliebten hatte und dass sie es war, die sein ständiges Fordern, endlich in den Krieg zu ziehen, schürte.

Eine Legalisierung dieser Liebe schien aussichtslos. Selbst wenn Gina die Trennung von ihrem Mann erreichen würde, wäre es unter normalen Umständen für den Chef des k. u. k. Generalstabes undenkbar gewesen, eine geschiedene Frau zu heiraten. Das geringste Problem hatte Hans von Reininghaus mit der *Amour fou* seiner Frau, zumal er seinerseits die Freiheiten trotz des Ehelebens zu genießen wusste. Außerdem scheute er nicht davor zurück, sich im Windschatten des hochdekorierten und angesehenen Franz Conrad von Hötzendorf Zutritt zu Kreisen zu verschaffen, die ihm andernfalls verschlossen geblieben wären. Und die ihm zu profitablen Geschäftsverbindungen verhalfen.

Das Verhältnis des Generals sorgt für einen gehörigen Skandal

Das Verhältnis des Generals mit der verheirateten Frau – man nimmt an, dass sie im Lauf des Jahres 1908 ein Liebespaar wurden – machte in Wien die Runde und sorgte für einen gehörigen Gesellschaftsskandal. Dieser und Conrads ständige Kriegshetze waren auch die Gründe dafür, dass er am 2. Dezember 1911 vom Kaiser als Generalstabschef entlassen wurde. Conrad von Hötzendorf gab sich überglücklich, nun endlich die Liaison mit der geliebten Frau intensiver ausleben zu können.

Conrad von Hötzendorf wird wieder Generalstabschef

Doch er hatte sich zu früh gefreut, da das Kaiserhaus nach einem Jahr zu dem Schluss kam, dass der hoch angesehene Stratege nicht zu ersetzen sei und ihn im Dezember 1912 zurück auf seinen Posten als Generalstabschef holte. Eineinhalb Jahre vor Ausbruch des Ersten Weltkrieges.

Die Bedeutung der Beziehung Conrads zu Gina von Reininghaus kann man laut Christopher Clarks Standardwerk

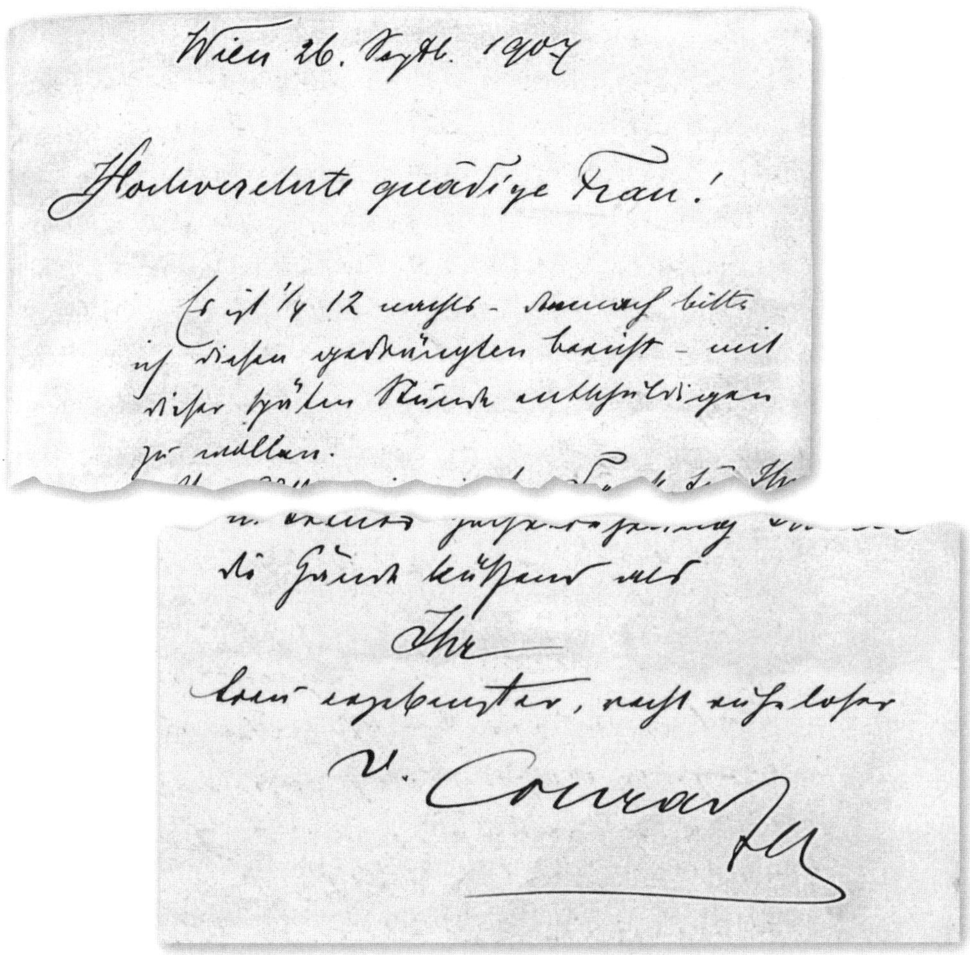

Wien 26. Septb. 1907

Hochverehrte gnädige Frau!

Es ist ¼ 12 nachts – dennoch bitte ich diesen gedrängten Bericht – mit dieser späten Stunde entschuldigen zu wollen.

die Hände küssend als

Ihr

treu ergebenster, recht ruheloser

v. Conrad

»Hochverehrte gnädige Frau … Ihr treu ergebener, recht ruheloser v. Conrad«: einer der frühen Briefe an Gina von Reininghaus

über den Ersten Weltkrieg »nicht hoch genug veranschlagen, sie stand im Zentrum von Conrad von Hötzendorfs Leben in den Jahren von 1907 bis zum Kriegsausbruch und verdrängte alle anderen Sorgen, selbst die militärischen und politischen Fragen auf seinem Schreibtisch.«

Conrad hat praktisch die Führung der gesamten Streitkräfte inne

Tatsächlich hatte der entfesselte Liebhaber während des Ersten Weltkrieges als Chef des Generalstabes eine entscheidende strategische Position inne, in der er dem Kaiser persönlich unterstellt war. Da Franz Joseph bei Kriegsausbruch fast 84 Jahre alt war, konnte und wollte er das Kommando nicht selbst übernehmen und ernannte seinen Cousin Erzherzog Friedrich zum Armee-Oberkommandanten. Doch der ließ dem Generalstabschef meist freie Hand, womit Conrad von Hötzendorf in den ersten drei Jahren des Weltkrieges praktisch die Führung der gesamten Streitmacht innehatte. Es gehörte zu seinen Aufgaben, sämtliche militärische Operationen zu koordinieren und den Kaiser in Heeresfragen zu beraten. Conrad von Hötzendorf selbst schreibt in seinen Memoiren, dass er während des Krieges »für fast alle operativen Anordnungen des Armee-Oberkommandos die volle Verantwortung« zu tragen hatte.

Die volle Verantwortung!

Die Situation hätte Conrads Rücktritt erfordert

Zeitgenossen bezweifelten, ob ein in eine junge Frau vernarrter General, dessen Gedanken oft ganz woanders waren, in der Lage sein konnte, diese volle Verantwortung zu tragen. So hielt Maximilian von Hoen, der Chef des k. u. k. Kriegspressequartiers, Conrads Beziehung zu Gina von Reininghaus für ein »Anzeichen von Senilität«, das seinen Rücktritt erfordert hätte. Selbst der ihm gutgesinnte Reichsratsabgeordnete Josef Redlich wunderte sich, wie es möglich war, dass der Generalstabschef während des Krieges dermaßen viel Zeit für private Korrespondenz aufbringen konnte.

Jedenfalls hinderten die für Österreich-Ungarn existenziellen Probleme Conrad nicht daran, Nacht für Nacht seitenlange Briefe an die geliebte Gina zu schreiben. »Ich sehne mich krank nach Dir«, gesteht er ihr, und es war seine größte Sorge, mit dem Krieg auch sie zu verlieren.

»Eine so alte Monarchie und eine so glorreiche Armee können nicht ruhmlos untergehen«

Einem dieser Briefe an die vergötterte Frau ist zu entnehmen, dass Conrad einen Krieg propagierte, den er von Anfang an für verloren hielt, schreibt er doch bereits am 28. Juni 1914, dem Tag des Attentats von Sarajewo: »Es wird ein aussichtsloser Kampf werden, dennoch muss er geführt werden, da eine so alte Monarchie und eine so glorreiche Armee nicht ruhmlos untergehen können.«

Man fragt sich, wie sehr Conrad von Hötzendorf auch während des Weltkrieges durch seine Liebe abgelenkt war. Und wie weit ein Mann eine Armee befehligen kann, der seine Nächte damit verbringt, schwärmerische Briefe an eine ferne Geliebte zu schreiben.

Zwei seiner Söhne fallen, einer wird verwundet

Wohin die von Conrad geschürte Kriegslust führte, musste der vierfache Vater durch mehrere persönliche Schicksalsschläge erfahren. Am 8. September 1914 fiel sein 23-jähriger Sohn Herbert beim Rumänien-Feldzug als einer der ersten Soldaten dieses Krieges. »Einer wird nicht mehr kommen«, schreibt Conrad voller Trauer an Gina, »und das ist mein nicht endendes Leid! Das darfst Du mir nie übel nehmen.« Ein weiterer Sohn wurde bei Przemyśl verwundet, sein dritter Sohn Kurt fiel im letzten Kriegsjahr an seinem 31. Geburtstag in der Ukraine.

Conrad von Hötzendorf träumt von einer bürgerlichen Ehe

In den ersten Märztagen des Jahres 1915 ändert der Industrielle Hans von Reininghaus seine Lebensplanung und bietet seiner Frau die Scheidung an. Conrad von Hötzendorf reagiert euphorisch: »Ich bin so selig«, schreibt er am 9. März an Gina, »dass Du endlich mein – ganz mein – bist! Es hat mich lange Jahre furchtbar gedrückt, dass ich die Frau, die ich so unbegrenzt liebe, vor der Welt verleugnen, als Fremde, bestenfalls Freundin, behandeln musste ... Ich kann es kaum glauben, dass eine Zeit kommen soll, in welcher Du als mein liebes Weib mit mir heimkehrst, wir die Thür hinter uns schließen. Und ich Dich um den Hals nehmen und an mein Herz drücken kann.«

»Dass Du endlich mein – ganz mein – bist!«: Gina von Reininghaus, die Frau, die Conrad von Hötzendorf über alles liebte

Zwei Tage später ist Conrad wieder gedrückter Stimmung, sieht er doch den militärischen Verlust der für Österreich-Ungarn bedeutsamen Festung Przemyśl und den Ausstieg Italiens als Verbündeten der Donaumonarchie auf sich zukommen. »Jahrelang habe ich gekämpft und gearbeitet, um dieser Katastrophe vorzubeugen – jetzt ist sie da. Weil man meine Vorschläge und dringenden Bitten in den Wind geschlagen hat. Diese beiden Ereignisse sind mir so furchtbar, dass ich das Schicksal verfluche, welches mich gerade in dieser Zeit an meinen jetzigen, mir stets widerwärtigen Platz gestellt hat.«

Kirchliche Hochzeit nach Ginas Scheidung

Freilich versucht er immer wieder, berufliche Misserfolge mit privaten Freuden zu kompensieren: »Unsere endliche Vereinigung ist der einzige Lichtblick, den ich noch habe«, schreibt er am 26. März 1915. »Ich tröste mich damit, dass ich mir sage: Der Beruf hat Dich enttäuscht und im Stich gelassen, aber die Frau, an der Du mit ganzem Herzen hängst, wird Dich für Alles entschädigen und Dir das heiß ersehnte Glück bringen.«

Ginas Scheidung wird am 2. Oktober 1915 vollzogen, knapp drei Wochen später tritt sie mit Franz Conrad von Hötzendorf in der Wiener Dorotheerkirche vor den Traualtar. Vorher muss sie noch – um ihre Wiederverheiratung zu ermöglichen – die ungarische Staatsbürgerschaft annehmen, aus der katholischen Kirche austreten und zum Protestantismus konvertieren.

Die Frau des Generalstabschefs mischt sich in militärische Angelegenheiten ein

Schon als Geliebte war Gina von Reininghaus tageweise zu Conrad ins Hauptquartier des Armee-Oberkommandos nach Teschen gereist, was nicht nur in Militärkreisen für Aufsehen und Verwunderung sorgte. Jetzt, als seine Ehefrau, nahmen die Besuche überhand und erstreckten sich über Monate. Man munkelte, dass sich Frau von Conrad »in alles einmischte«, und aufgrund ihrer italienischen Herkunft tauchten sogar Gerüchte auf, die ihrem Einfluss eine Rolle bei den Niederlagen Österreichs an der Front gegen Italien im Jahr 1916 zuschrieben.

Kaiserin Zita erkennt Conrads Ehe mit Gina nicht an

Obwohl der Kaiser seinem Generalstabschef stets skeptisch gegenüberstand, hat er ihn – abgesehen von der einjährigen Suspendierung – in seinem Amt belassen. Nach Franz Josephs Tod sollte sich die Situation grundlegend ändern. Während der alte Kaiser Ginas Wiederverheiratung akzeptiert hatte, erklärte die junge Kaiserin Zita, sie kenne keine Baronin Conrad, sondern nur eine Frau von Reininghaus. Das war einer der Gründe, warum Kaiser Karl den Generalstabschef im Februar 1917 von seinem Posten enthob. Conrad diente danach als Befehlshaber der Heeresgruppe Südtirol, von wo die Briefe des jetzt 64-Jährigen an seine Frau um nichts weniger romantisch formuliert wurden: »Ich male mir jetzt vor allem den Moment aus, in welchem Du hier aus dem Waggon steigen wirst und ich Dich an mich drücken werde«, schrieb er ihr am 21. März 1917 aus Bozen. »Das ist mir ein so lieber Gedanke, dass ich froh und heiter in die Welt sehe.«

Nach dem Krieg widerspricht Conrad seinen Kritikern

Conrad blieb bis Kriegsende aktiver Offizier und wurde – obwohl in Tirol wenig erfolgreich – von Kaiser Karl zum Feldmarschall befördert und in den Grafenstand erhoben. Nach dem Untergang der Monarchie lebte das Ehepaar in Wien und Innsbruck, wo Conrad an seinen Lebenserinnerungen schrieb, in denen er jenen widersprach, die ihm Kriegstreiberei und militärisches Missgeschick vorwarfen und ihm die Schuld am Tod von Millionen Menschen gaben.

Franz Conrad starb 1925 während eines Kuraufenthalts im deutschen Bad Mergentheim mit 72 Jahren, seine Frau Virginia überlebte ihn um 36 Jahre und starb 1961 im Alter von 81 Jahren.

Der Tod des Seiltänzers
Eine Tragödie im Wien der Nachkriegszeit

Josef Eisemann, 1911–1949, Drahtseilkünstler

Die Stadt Wien lag in ihren Trümmern, an Unterhaltung wurde wenig geboten, weder gab es Fernsehen noch Zirkusattraktionen, die großen Theater waren zerstört, die Bevölkerung verbrachte die Sonn- und Feiertage mit Ausflügen, Kaffeehaus- und Kinobesuchen oder an den Radioapparaten. Da war's schon eine echte Sensation, dass ein Akrobat über ein Seil den Donaukanal überqueren sollte. Auf eigenes Risiko, mit einer Eisenstange in der Hand, die ihm beim Balancieren half, aber ohne Fangnetz oder irgendeine andere Schutzvorrichtung. Der Anreiz war groß genug, um zahlreiche Wiener anzulocken, die im Sommer 1949 den Drahtseilkünstler bewundern wollten. Tausende waren auch dabei, als er, mit seiner Tochter auf den Schultern, kopfüber in den Tod stürzte.

Schon der Großvater war Seiltänzer

Josef Eisemann war nach dem Krieg in Wien bekannt geworden, als man ihn über Hausdächer der Innenstadt klettern sah. Er wurde 1911 als Donauschwabe in der damaligen k. k. Stadt Neusatz* geboren, sein Vater fiel im Ersten

---

* Heute Novi Sad in Serbien.

Weltkrieg, worauf er bei seinem Großvater, einem Seiltänzer, aufwuchs. Mit weitreichenden Folgen: Josef wurde »am Seil« groß und zeigte ein solches Geschick, dass er bald zu den Stars in den europäischen Zirkusmanegen zählte. Sicherheitshalber lernte er nebenbei noch ein solides Handwerk und wurde Schneidermeister.

Balancieren auf meist geliehenen Seilen

Nach der Befreiung aus der französischen Kriegsgefangenschaft ließ sich Eisemann mit Ehefrau Magdalena und den Kindern Peter und Rosa in Österreich nieder. Er nahm eine Stelle als Hausbesorger im Haus Himmelpfortgasse 14 in der Wiener Innenstadt an, konnte von den kargen Einkünften jedoch seine Familie kaum ernähren. Da er überdies als Schneider keine Arbeit fand, blieb ihm nichts anderes übrig, als das Training wieder aufzunehmen und auf meist geliehenen Seilen zu balancieren.

In den Nachkriegsjahren gab es kaum Zirkusunternehmungen, weshalb er beschloss, seine waghalsigen Drahtseilnummern im Alleingang zu organisieren. Die Überquerung des Donaukanals im Sommer 1949 sollte sein spektakulärstes Kunststück sein. Als Verankerungen des Seils dienten dem 38-jährigen Schausteller das nahe der Urania gelegene damalige Direktionsgebäude der Donaudampfschifffahrtsgesellschaft, gleich bei der Wiener Rettungszentrale, und auf der anderen Seite des Ufers, in der Leopoldstadt, das Haus Untere Donaustraße 31.

Eine Kommission des Wiener Magistrats erteilt die Erlaubnis

Der Wiener Stadtforscher Peter Payer hat sich eingehend mit den Umständen von Eisemanns Tod beschäftigt: »Ein 120 Meter langes Drahtseil wurde in einer Höhe von vierzig Metern über den Fluss gespannt. Eine Kommission des Wiener Magistrats prüfte die Verankerungen des Seils und dessen Spannung – und erteilte die Erlaubnis zur Vorführung für die Dauer eines Monats.«

Erste Probleme tauchten schon bei den Proben auf, schreibt Payer in den »Wiener Geschichtsblättern«: »Einmal riss eines der Spannseile, sodass Eisemann in die Tiefe stürzte. Geistesgegenwärtig warf er seine Balancierstange weg und konnte sich so noch im letzten Moment am Seil festhalten und zum Ausgangspunkt zurückhanteln.«

Tausende Wiener kommen, um Eisemanns Bravourstücke zu sehen

Die erste öffentliche Vorführung fand am 17. Juni 1949 statt, von da an ging Eisemann täglich zweimal, jeweils nachmittags und abends – so es die Wetterbedingungen zuließen – vor Publikum über das Seil. Das waghalsige Bravourstück wurde zur Sensation, von der in- und ausländische Zeitungen in großer Aufmachung berichteten und die Tausende Wiener anlockte, um gegen Bezahlung von einem Schilling pro Person Zeugen der großen Mutprobe des Gauklers zu werden. Eisemanns Frau kassierte von den Zuschauern vor jeder Vorstellung die Gebühren.

Eisemann lässt sich täglich neue Sensationen einfallen

Sämtliche Darbietungen der folgenden vier Wochen waren gut besucht, der Nervenkitzel in trostlosen Zeiten lockte die Publikumsmassen an. Um die Wiener zu neuerlichem Kommen anzuwerben, ließ sich Eisemann täglich neue Sensationen einfallen, darunter »Abendessen am Seil«, »Spaziergang im Polkaschritt«, »Kopfstand am Fahrrad«, »Mit Stelzen auf dem Seil«, »Salto Mortale« und den »Todessprung«, bei dem er, auf einem Sessel sitzend, auf das Seil sprang. Jede Vorstellung wurde durch dramatische Musikuntermalung, die aus mehreren Lautsprechern kam, begleitet.

»Dass Eisemann sowohl vorwärts als auch rückwärts über das Seil tänzeln konnte«

Der Wiener Schriftsteller Peter Henisch erinnert sich, als sechsjähriger Bub mit seinem Vater eine der Vorführungen besucht zu haben. Ihn beeindruckte, »dass Eisemann sowohl vorwärts als auch rückwärts über das Seil tänzeln konnte«. In seinem Buch »Die kleine Figur meines Vaters« erzählt Henisch, dass sich sein Vater, der Pressefotograf Walter Henisch, von Eisemann auf den Schultern über den Donaukanal tragen lassen wollte, um vom Seil aus spektakuläre Bilder aufnehmen zu können. Dies wurde jedoch vom Wiener Polizeipräsidenten Josef Holaubek als zu gefährlich untersagt.

Seine 16-jährige Tochter durfte Eisemann aber tragen, da sie ausgebildete Artistin war. Also kündigte der Vater an, mit ihr auf den Schultern den Donaukanal überqueren zu wollen. Das Kunststück war für den Abend des 17. Juli 1949 als krönender Abschluss der Eisemann'schen Darbietungen vorgesehen.

Schon leicht ermüdet, absolviert er die Nachmittagsvorstellung

Die Voraussetzungen waren denkbar ungünstig, weiß Stadtforscher Payer: »Eisemann hatte am Vorabend an einer Namenstagsfeier teilgenommen, bei der er bis vier Uhr früh wach geblieben war, wenn auch ohne Alkohol getrunken zu haben. Schon leicht ermüdet, absolvierte er die Nachmittagsvorstellung. Wobei die nun folgende Abenddarbietung noch eine weit größere physische Leistung verlangte, hatte er doch insgesamt achtzig Kilogramm, fünfzig Kilogramm der Tochter und dreißig Kilo der Balancierstange, zu bewältigen.«

Die Unsicherheit des Artisten war aufmerksamen Beobachtern nicht entgangen, auch dass seine Tochter in leichter Schräglage auf seinen Schultern saß. Doch die Zuseher

»Sowohl vorwärts als auch rückwärts«: Josef Eisemann am Tag vor dem tödlichen Absturz über dem Donaukanal bei der Wiener Urania

Wenige Schritte vor dem Ziel entgleitet ihm die Balancestange

maßen dem keine Bedeutung bei, kam es doch öfter vor, dass Eisemann Schwierigkeiten vortäuschte, um die Spannung zu erhöhen.

Er überquerte also Schritt für Schritt den Donaukanal von der Leopoldstadt in Richtung Landstraße und befand sich bereits über dem harten Kopfsteinpflaster am Ufer, wenige Schritte vor dem Ziel, als ihm die Balancestange entglitt, wie der »Wiener Kurier« am 18. Juli 1949 berichtete: »Vor den Augen von fünftausend Zuschauern stürzten gestern Abend kurz vor 20.30 Uhr Josef Eisemann und seine Tochter Rosi bei der Überquerung des Donaukanals in die Tiefe. Den Aufprall der beiden Artisten auf dem Pflaster des Treppelweges begleitete ein vieltausendstimmiger Schreckensschrei, der noch vom Feuerwart auf dem Turm zu St. Stephan gehört wurde. Vater und Tochter erlagen ihren Verletzungen bei der Überführung ins Unfallspital. Eisemanns Frau erlitt einen Nervenzusammenbruch.«

Ein vieltausendfacher Schreckensschrei

Der Regisseur Peter Patzak war als fünfjähriger Bub Zeuge des Unglücks. »Ich stand direkt unter dem Seil«, erinnert er sich. »Eisemann und Tochter schlugen wenige Meter vor mir auf das Pflaster auf. Aus den Lautsprechern hörte man Trompetenstöße. Mein Großvater legte mir die Hand auf die Augen, es ist finster. Aber ich bin nicht vor dem Alptraum dieses Bildes gerettet. Ein Bild, von dem ich mich nicht mehr heilen kann. Wir liefen, Chaos, Hunderte wollten die Opfer sehen.«

Zwei Zeitzeugen melden sich

Wie bei so vielen historischen Begebenheiten meldeten sich bei mir auch zum Fall Eisemann weitere Zeitzeugen. So etwa Helga Hlavek geb. Fuchs, die als Kind mit ihren Eltern im Haus Himmelpfortgasse 14 wohnte, das von der Familie Eisemann als Hausbesorger betreut wurde. »Für den Drahtseilakt war am Abend des Unglücks nicht Eisemanns Tochter Rosi vorgesehen«, weiß Frau Hlavek, »sondern Sohn Peter. Da dieser erkrankt war, übernahm Rosi seinen Part, worüber sie gar nicht erfreut war. Sie besuchte damals mit sehr gutem Erfolg die Lehrerbildungsanstalt. Rosi war angeblich zu schwer, Peter, der jünger war, wäre leichter gewesen. Außerdem hatte er mit seinem Vater trainiert und wäre auf den Drahtseilakt viel besser vorbereitet gewesen.«

Oberst i. R. Günther Führer bestätigt diese Einschätzung. Er stand mit seiner Mutter als 14-jähriger Gymnasiast nahe der Urania, in rund dreißig Meter Entfernung vom Unglücksort: »Ich hatte Herrn Eisemanns Vorführungen davor schon mehrmals gesehen. Mein Eindruck war, dass das Gewicht von Vater und Tochter an diesem Abend für die Spannung des Seiles zu groß und die Steigung des Tragseiles zu steil war. Der Anstieg war jedenfalls steiler als bei den früheren Darbietungen. Herr Eisemann versuchte mehrmals, den Übergang vom straff gespannten, aber unter dem fast doppelten Gewicht durchgesackten Seil zu schaffen, rutschte aber immer beim zweiten Schritt zurück. Ich vermute, dass der Vater seine Tochter von den Schultern absteigen lassen wollte. Sie dürfte, als sie das probierte, die Balance verloren haben und stürzte in die Tiefe. Josef Eisemann unternahm noch den Versuch, unter seine stürzende Tochter zu gelangen und dadurch ihren Sturz zu mildern. Später wurde berichtet, dass sein Körper tatsächlich unter dem seiner Tochter zu liegen kam, doch leider fielen Kopf und Oberkörper der Tochter nicht auf den Körper des Vaters, sondern prallten am Treppelweg auf. Bis heute erinnert mich das Musikstück ›La Mer‹ von Charles Trenet an das Unglück, denn das war die Begleitmusik zu der fatalen Darbietung.«

Die Tochter dürfte die Balance verloren haben

Ein letzter Versuch, die Tochter zu retten

Wien stand unter Schock. Wie konnte dieses Unglück passieren, nachdem der Artist den Donaukanal und etliche Wiener Straßenzüge schon Dutzende Male und scheinbar problemlos überquert hatte? Hat die Behörde fahrlässig gehandelt, als sie ihm die Erlaubnis erteilte, das Kunststück auch mit seiner Tochter durchzuführen?

Theaterstück und Film über den Fall Eisemann

Zehntausende Menschen nahmen am Begräbnis Josef und Rosa Eisemanns am Wiener Zentralfriedhof teil, bei dem das Wiener Volkssinfonieorchester Beethovens Ouvertüre zu Egmont intonierte. An der Absturzstelle wurden Kränze hinterlegt, Gedenkreden gehalten, Spenden für die Witwe gesammelt und das immer noch über den Donaukanal gespannte Seil durch einen Lichtkegel angestrahlt. Mehrere Jahre erinnerte ein Gedenkkreuz an der Stelle des Unglücks an die beiden Todesopfer, bis es durch ein Hochwasser weggespült wurde. Noch im Jahr 2016 entsann man sich der Tragödie, als der Regisseur Markus Kupferblum das von Bernd Watzka verfasste Stück »Eisemann – der Tänzer, der vom Himmel fiel« an mehreren Wiener Theatern zur Aufführung brachte. Und Zeitzeuge Peter Patzak bereitet einen Film über das Wiener Nachkriegsmilieu und das Schicksal der Familie Eisemann vor.

»Der Beruf des Artisten verlangt eben ein gewisses Risiko«

In Schaustellerkreisen ging man nach dem Unglück bald wieder zur Tagesordnung über. »Es gibt keine Vorschriften, die einem Artisten verbieten könnten, sein Leben aufs Spiel zu setzen«, erklärte Emmerich Arleth, damals Präsident der Artistengewerkschaft. »Der Beruf des Artisten verlangt eben ein gewisses Risiko.«

»Sie war eine Tochter des Kaisers«
Neue Hinweise zur Herkunft der Helene Berg geb. Nahowski

Helene Nahowski, 1885–1976, Ehefrau des Komponisten Alban Berg

Das Gerücht, dass Kaiser Franz Joseph eine uneheliche Tochter hatte, gibt es schon lange. Doch war es eben immer nur ein Gerücht. Durch neuere Forschungen verdichten sich die Anzeichen, dass das Gerücht der Wahrheit entspricht. Helene Nahowski, so hieß die Tochter, war mit dem Komponisten Alban Berg verheiratet, dessen Erbe von der Alban Berg Stiftung verwaltet wird. Die beiden Stiftungspräsidenten haben mich in die bis heute unverändert gebliebene Wohnung des 1935 verstorbenen Komponisten in Wien-Hietzing eingeladen, um infolge neu aufgetauchter Indizien zum ersten Mal zu dem Fall Stellung zu nehmen. Und ihre Aussage ist eindeutig: »Helene war die Tochter des Kaisers, daran besteht kein Zweifel.«

»Sie hat nie dementiert, dass der Kaiser ihr Vater war«

Die beiden Präsidenten kannten Helene Berg noch persönlich, haben bisher aber nie öffentlich über ihre kaiserliche Herkunft gesprochen. Nun haben neu hinzugekommene »Verdachtsmomente« – *Fundstücke* also – die Situation verändert.

Da ist zunächst einmal die Aussage des Wiener Rechtsanwalts und Stiftungspräsidenten Maximilian Eiselsberg:

»Ich habe Helene Berg nicht nach ihrer Herkunft gefragt, aber man weiß, dass sie nie dementiert hat, wenn sie gefragt wurde, ob der Kaiser ihr Vater war.«

Anna Nahowski, 1860–1931, Geliebte Kaiser Franz Josephs

Die Tagebücher von Helenes Mutter Anna Nahowski befinden sich in der Österreichischen Nationalbibliothek und belegen, dass Anna eine vierzehn Jahre dauernde Affäre mit dem Kaiser hatte. »Wenn man die Tagebücher studiert, wird man feststellen, dass die Wahrscheinlichkeit einer kaiserlichen Vaterschaft sehr groß ist«, meint Eiselsberg.

Tatsächlich vermerkt die Geliebte des Kaisers, dass sie am 12. Oktober 1884 in ihrer Wohnung von Franz Joseph »beglückt« wurde. Und am 29. Juli 1885, etwas mehr als neun Monate später, kam Helene »als gut ausgetragenes Kind« zur Welt. Anna Nahowskis Ehemann befand sich zum Zeitpunkt der Empfängnis beruflich im Ausland.

Offenbar will der Kaiser seine Tochter kennenlernen

Peter Wolf, ebenfalls Präsident der Alban Berg Stiftung, geht einen Schritt weiter: »Ich bin überzeugt davon, dass Helene Berg die Tochter des Kaisers war. Nicht nur, weil die Daten übereinstimmen, sondern auch, weil wir heute wissen, dass Kaiser Franz Joseph seine Tochter 1915 zu einer Audienz gebeten hat, da er sie offenbar kennenlernen wollte.«

Die neuen Erkenntnisse basieren auf den Recherchen einer Diplomarbeit, mit der die Historikerin Maria Erben im Jahr 2012 ihr Geschichtsstudium an der Universität Wien abschloss. Schon der Titel der wissenschaftlichen Arbeit lässt kaum Zweifel zu: »Helene Berg – Kaisertochter und Komponistengattin«. Zitiert werden darin die umfangreichen Tagebucheintragungen ihrer Mutter Anna

Vierzehn Jahre lang die Geliebte des Kaisers: die Wienerin Anna Nahowski

Nahowski, die festhalten, dass sie den Kaiser bei einem Spaziergang am 8. Mai 1875 im Schlosspark zu Schönbrunn kennenlernte. Er war 45, sie erst 15 Jahre alt. Franz Joseph litt damals bereits unter der ständigen Reisetätigkeit seiner Frau Elisabeth.

Anna verpflichtet sich zu absoluter Verschwiegenheit

Des Kaisers Beziehung mit Anna endete 1889, als er sich der Schauspielerin Katharina Schratt zuwandte. Anna Nahowski wurde mit einer großen Summe abgefunden und musste sich schriftlich verpflichten, niemandem gegenüber ihre Kontakte mit dem Kaiser zu erwähnen. Daran hielt sich später auch ihre Tochter Helene.

»Helene selbst hatte eine einzige persönliche Begegnung mit dem Monarchen im Jahr 1915«, entnimmt man der Diplomarbeit von Maria Erben. Und das kam so: »Da ihr Mann Alban Berg beim Militärdienst gesundheitliche Probleme hatte, verfasste Helene ein Bittgesuch an den Kaiser und wurde zu ihrer großen Überraschung zu einer Audienz geladen … Daraufhin wurde Alban Berg bis zum Kriegsende in das Kriegsministerium versetzt.« In seinem Militärgrundbuchblatt im Kriegsarchiv steht, dass er – obwohl diensttauglich – nicht an die Front musste.

Auch Alma Mahler-Werfel hat keine Zweifel

Im Freundeskreis des Ehepaares Berg galt Helenes kaiserliche Abstammung als gesichert. Maria Erben sammelte dazu prominente Stimmen: »In ihm (Alban Berg) lernte ich einen originellen Menschen, in seiner Gattin, einer natürlichen Tochter des Kaisers Franz Joseph, eine kluge Frau kennen«, hielt der Dirigent Bruno Walter in seinen Memoiren fest.

Auch die legendäre Alma Mahler-Werfel hatte keine Zweifel: »Helene war eine Tochter Kaiser Franz Josephs mit einer schönen kleinen Korbflechterin, die der Kaiser zufällig einst in seinem Park in Schönbrunn um vier Uhr früh kennenlernte. Franz Joseph hatte die Gewohnheit, jeden Morgen um vier Uhr früh im Park spazieren zu gehen.«

»Wenn sie nicht die Tochter des Kaisers wäre …«

Und der Kaffeehausliterat Peter Altenberg schwärmte von Helene Berg: »Und wenn sie nicht die Tochter des Kaisers wäre – sie wäre dennoch eine Kaisertochter!«

Einige Wochen nachdem ich mit den Stiftungspräsidenten Eiselsberg und Wolf gesprochen und die Diplomarbeit über Helene Berg gelesen hatte, saß ich bei einer privaten Einladung zufällig neben der Schauspielerin und langjährigen Opernballorganisatorin Lotte Tobisch. Und wie's das Schicksal wollte, kamen wir auf Helene Berg geb. Nahowski zu sprechen. »Natürlich hab ich sie noch gekannt«, sprudelte es aus Frau Tobisch gleich heraus, »der Adorno hat sie mir vorgestellt.«

*Lotte Tobisch, *1926, Schauspielerin*

Nun muss man wissen, dass der bedeutende Philosoph Theodor W. Adorno in den 1920er-Jahren bei Alban Berg studiert hatte, später mit diesem befreundet war und nach

»Kaisertochter und Komponistengattin«: Helene Berg mit ihrer Mutter Anna Nahowski

dessen Tod unter dem Titel »Berg. Der Meister des kleinsten Übergangs« eine Biografie über seinen einstigen Lehrer verfasst hat.

Theodor W. Adorno, 1903–1969, Philosoph, Musiktheoretiker, Komponist

Adorno wiederum war in den 1960er-Jahren mit der um ein Vierteljahrhundert jüngeren Lotte Tobisch befreundet, »und es gehörte dazu, dass wir immer dann, wenn Teddy (Adorno) in Wien war, Bergs Witwe Helene in ihrer Wohnung in der Hietzinger Trauttmansdorffgasse besuchten. Ich erinnere mich an die Gespräche über Bergs Oper ›Lulu‹, deren letzter Akt ja nicht instrumentiert war«, erzählte mir Lotte Tobisch. »Adorno hatte bestimmte Ideen, wie man die fehlenden Noten ersetzen könnte, aber Helene war strikt dagegen. Als es während der Gespräche irgendwo in den alten Möbeln ihrer Wohnung knackste, hat sie aufgehorcht und gesagt: ›Das ist der Beweis, der Alban ist dagegen.‹«

»Es war ganz klar, dass sie gemeint hat, dass der Kaiser ihr Vater war«

Irgendwann kam Helene Berg bei einem der Treffen mit Adorno und Lotte Tobisch auf ihre Herkunft zu sprechen. »Sie hat nie expressis verbis gesagt: ›Ich bin die Tochter vom Kaiser Franz Joseph‹, erinnert sich Frau Tobisch, »da war sie viel zu nobel. Aber einmal erwähnte sie ihren ›Ariernachweis‹ aus der Nazizeit. Und da hat sie gesagt: ›Im Ariernachweis ist meine Herkunft endgültig geklärt worden.‹ Es war ganz klar, dass sie damit gemeint hat, dass der Kaiser ihr Vater war. Offensichtlich stand im Ariernachweis der Name des Kaisers als Vater, das schließe ich aus diesem Gespräch.«

Ich ging sogleich der Frage nach, ob ein »Ariernachweis« der Helene Berg noch existieren würde, erhielt jedoch einen negativen Bescheid: Im Haus-, Hof- und Staatsarchiv wurde mir mitgeteilt, dass es keinen »Gauakt Helene Berg« und somit auch keinen »Ariernachweis« gibt. Auch in ihrem persönlichen Nachlass fand sich kein solches Dokument.

Frau Tobisch erwähnte auch noch, dass ihr bei ihren Besuchen bei Helene Berg aufgefallen sei, »dass sie genau die Augen des Kaisers hatte, diese blassblauen Vergissmeinnichtaugen. Wenn man es wusste, war es klar. Sie war eine wunderschöne Frau, und der Franz Joseph ist ja auch einmal ein fescher junger Mann gewesen. Die Ähnlichkeit war frappant und echt erkennbar. Sie hat darüber so verschmitzt gesprochen, dass man sagen konnte, es war vollkommen klar.«

Eine Villa vis-à-vis von Schloss Schönbrunn

Lotte Tobisch und Theodor W. Adorno haben »natürlich nicht nachgefragt, wer ihr Vater war, aber wir haben ihre Aussage als eindeutige Bestätigung empfunden.«

Während Anna Nahowski in den ersten Jahren ihrer Beziehung mit Kaiser Franz Joseph in relativ bescheidenen Verhältnissen gelebt hatte, wohnte sie bei Helenes Geburt bereits komfortabel – schließlich musste sie ja in ihrem Haushalt den Kaiser von Österreich empfangen. Dieser hatte ihr im Herbst 1883 ein Kuvert mit 50 000 Gulden* übergeben, womit sie in Wien-Hietzing die Villa Maxingstraße 46, vis-à-vis von Schönbrunn, kaufen konnte. Der Kaiser war von da an ihr Nachbar und besuchte sie regelmäßig vor fünf Uhr früh. Zum Frühstück wurde Kaffee mit Kipferl serviert.

Zum Frühstück bekommt der Kaiser Kaffee und Kipferl

Als Helene ein Jahr alt war, kam es zu einer Krise in der Beziehung des Kaisers mit Anna Nahowski. Ganz Wien

* Entspricht laut »Statistik Austria« im Jahr 2017 einem Betrag von rund 330 000 Euro.

sprach davon, dass Franz Joseph sich in die Schauspielerin Katharina Schratt verliebt hatte. Die Beziehung mit Anna Nahowski endete im März 1889 – Helene war gerade vier Jahre alt –, als ein Hofbeamter der Nahowski mitteilte, dass es »aus« sei.

Anna Nahowski starb 1931 im Alter von 71 Jahren in Wien. Ihrer Tochter Helene übergab sie zuvor noch die Tagebücher, die diese später testamentarisch der Österreichischen Nationalbibliothek hinterließ. Helene Berg überlebte ihren Mann um mehr als vierzig Jahre, sie starb am 30. August 1976 im Alter von 91 Jahren. Ohne je mit irgendjemandem dezidiert über ihre Herkunft gesprochen zu haben.

Das Ehepaar Helene und Alban Berg vor seinem Ford A-Cabrio, Baujahr 1930

Österreichs Prominenz ...
... und ihre schönen, alten Autos

Über Helene und Alban Bergs Ford A-Cabriolet aus dem Jahr 1930 sind wir bei den schönen alten Autos der Prominenz angelangt. In den Tagen der Monarchie galt es noch als Sensation, wenn man einem Auto begegnete. Wir wissen, dass der alte Kaiser zwar einen Personenkraftwagen besaß, ihn aber fast nie benützte. »Die Ausfahrt war angenehm«, sagte er einmal zu seinem Kammerdiener, »aber meine Lipizzaner sind mir lieber.« Zu Österreichs frühen Automobilisten zählten hingegen Kaiser Karl und Erzherzog Franz Ferdinand, der 1914 in Sarajewo in einem geliehenen Gräf & Stift-Wagen ums Leben kam.

In den Tagen der Monarchie gilt ein Auto als Sensation

Insgesamt waren im Jahr 1900 in sämtlichen Kronländern Österreich-Ungarns ganze zweitausend Kraftfahrzeuge gemeldet. Und das, obwohl es damals hierzulande bereits fünfzig Automobilfabriken gab, deren bekannteste Austro-Daimler, Lohner, Steyr-Puch, Tatra und eben Gräf & Stift waren. Doch kaum jemand wollte daran glauben, dass sich die »stinkenden Vehikel« je zu einem Massenverkehrsmittel entwickeln würden. Kein Wunder, die frühen Kraftfahrzeuge knatterten laut, verpesteten die Luft mit Ruß und Öldampf, und beim sehr komplizierten Startvor-

Autofahren ist damals kein Vergnügen

gang mittels Kurbel verbrannte man sich oft die Finger. Dazu kam, dass die damaligen Staubstraßen kaum für Ausfahrten geeignet waren. Als problematisch erwiesen sich auch die Reifen, deren Schläuche alle zehn bis zwölf Kilometer »gepickt« oder ausgetauscht werden mussten. Weiters gab es nur sehr wenige Tankstellen, weshalb die stolzen Automobilisten mit Unmengen von Benzinkanistern unterwegs waren.

Industrielle, Firmeninhaber, prominente Künstler

Erst in der jungen Republik stiegen die Verkaufszahlen allmählich an. Jetzt waren es vor allem Industrielle, Firmeninhaber und prominente Künstler, die über eigene »Benzinkutschen« verfügten, was nicht weiter verwunderlich ist, weil sich Normalsterbliche ein solches Luxusgut nie hätten leisten können.

Womit wir wieder bei Alban Bergs Wagen angelangt wären: Der Komponist hatte den blau-schwarzen Ford im Jahr 1930 von den Tantiemen seiner Erfolgsoper »Wozzek« gekauft und an den beiden Türen die Initialen »AHB« für Alban und Helene Berg anbringen lassen. »Mit seinen 40 PS«, schrieb der stolze Automobilist in einem Brief, »bezwinge ich jede Bergstraße mit Leichtigkeit.«

Nach Alban Bergs Tod im Jahr 1935 wurde der Wagen in der Scheune seines Hauses am Wörthersee garagiert. Er ist heute noch fahrtauglich und befindet sich im Wiener Technischen Museum.

Attila Hörbiger, 1896–1987, Schauspieler

Ein begeisterter Herrenfahrer in dieser Zeit war auch Attila Hörbiger, der schon ein berühmter Schauspieler und als Salzburgs »Jedermann« ein Theaterstar war, als er sich in den 1930er-Jahren ein weißes Cabrio der Marke

Der begeisterte Herrenfahrer Attila Hörbiger mit Ehefrau Paula Wessely und Tochter Elisabeth, 1937 im Salzkammergut, in seinem offenen Wagen der Marke Horch

Horch mit dem polizeilichen Kennzeichen A 1828 zulegte. Seiner Frau Paula Wessely schenkte er gleichzeitig einen kleinen DKW, auf dem sie Autofahren lernen sollte (wozu es aber nie gekommen ist).

Karl Farkas, 1893–1971, Kabarettist

Beim nicht minder legendären Kabarettisten Karl Farkas war es umgekehrt, da saß Ehefrau Anny am Steuer seines amerikanischen Buick mit dem Wiener Kennzeichen A 4203. »Wir haben gemeinsam eine Fahrschule besucht, um zur Führerscheinprüfung anzutreten«, erzählte mir Anny Farkas Jahrzehnte danach. Während sie von Anfang an eine gute und sichere Fahrerin war, hatte ihr Mann stets

»Und jetzt lernen S' bitte Autofahren!«

anderes im Kopf, dachte an kommende Kabarettrevuen, an Neuinszenierungen, hatte tausend Ideen – anstatt auf den Straßenverkehr zu achten. »Nur mit Glück«, sagte Frau Farkas, »kam er bei der Prüfung durch. Er stieg aus dem Wagen, da hielt ihn der Prüfungskommissar am Arm fest und sagte: ›Herr Farkas, Sie bekommen heute Ihren Führerschein.‹ Dann lächelte er freundlich und fügte hinzu: ›Und jetzt lernen S' bitte Aufofahren!‹«

»Und jetzt lernen S' bitte Autofahren«: Karl Farkas, neben seinem Buick mit Sohn Bobby, Ehefrau Anny und seinem Vater

Farkas versuchte sich daraufhin vermehrt auf den Straßenverkehr zu konzentrieren – vergebens. Nach einiger Zeit gab er auf. Anny chauffierte ihn von da an mit dem großen Buick zu allen seinen Verpflichtungen, zeitweise beschäftigte er einen Chauffeur. Und das war auch gut so, denn Autofahren war damals wesentlich gefährlicher als heute.

Im Jahr 1906 verunglückten 57 Menschen pro zehntausend Autos tödlich – um ein Vielfaches mehr als heute. Gründe für die damaligen Gefahren waren nicht vorhandene Sicherheitsvorkehrungen in den Autos, ein katastrophaler Zustand der Straßen und ungenügende Rettungsmaßnahmen. Dazu kam, dass in den ersten Jahrzehnten des Automobils auf Straßen spielende Kinder noch zum Stadtbild gehörten.

Die Firma Julius Meinl besitzt 23 Fahrzeuge

Im Technischen Museum in Wien wird eine Liste aufbewahrt, die als rares *Fundstück* Auskunft über sämtliche Österreicher gibt, die in den 1920er- und 1930er-Jahren ein Automobil besaßen, darunter Ärzte, Rechtsanwälte und Geschäftsleute. Die Firma Julius Meinl hatte 23 Fahrzeuge, die ihre Kunden mit Kaffee und anderen Kolonialwaren versorgten. Dem Automobilhistoriker Christian Klösch liegt ein Brief der Steyr-Werke vom 2. März 1933 vor, in dem der Vorwurf erhoben wurde, dass der »sehr geehrte Herr Kommerzialrat Meinl« nur ausländische Wagen besaß, obwohl die dreitausend Steyr-Arbeiter »einen Teil ihres schwer verdienten Geldes in die Meinl-Filialen tragen«.

Der Kaiser braucht keine Autonummer

Auf die Firma Palmers war ein Steyr 200 mit dem Prominenten-Kennzeichen A 10 000 angemeldet. Auf »schöne« und möglichst niedrige Nummern haben die Österreicher immer schon gespitzt. Kaiser Franz Joseph hatte auf seiner Gräf & Stift-Limousine nur ein mit einer Krone versehenes Schild montiert und Erzherzog Franz Ferdinand erfreute sich des amtlichen Kennzeichens A 4.

Die Nummerierung der Automobile war in deren Kindertagen äußerst kompliziert und entbehrte jeglicher

Logik: Alle in Wien gemeldeten Fahrzeuge hatten vor ihrer Nummer ein »A«, für Niederösterreich stand »B«, für Oberösterreich »C«, für Salzburg »D«, für Tirol »E«, für Kärnten »F«, für die Steiermark »H«, für Graz »K«, für Vorarlberg »W« … Verwirrender ging's gar nicht.

Heilloses Durcheinander beim Fahrbahnwechsel

Unüberschaubar war in jenen Tagen auch die Straßenverkehrsordnung, weil sich die regionalen Behörden nicht darauf einigen konnten, ob Links- oder Rechtsverkehr gelten sollte. In den Jahren 1921 bis 1938 wurden in den einzelnen Bundesländern unterschiedliche Gesetze angewandt: Im Osten Österreichs fuhr man links, in Tirol, Vorarlberg, Kärnten und in Teilen Salzburgs jedoch rechts. Man kann sich vorstellen, welch heilloses Durcheinander herrschte, wenn man von einer Zone in die andere gelangte und damit die Fahrbahnseite wechseln musste. Mit dem »Anschluss« an das Deutsche Reich trat in der gesamten »Ostmark« die deutsche Straßenverkehrsordnung und damit die Rechtsfahrordnung in Kraft.

Richard Tauber fährt einen Mercedes mit der Nummer A 408

Prominente Automobilisten waren in der Ersten Republik Otto von Habsburg, der Komponist Franz Lehár (er besaß einen amerikanischen Packard mit dem Kennzeichen A 1869), Baron Popper von Podhragy, der Ehemann der Opernidva Maria Jeritza, die Sänger Richard Tauber (Mercedes Benz, A 408) und Leo Slezak, der Schriftsteller Alexander Lernet-Holenia (Steyr 430, A 12 619) und die Schauspieler Fritz Imhoff, Hermann Thimig und Willi Forst (Austro Daimler Cabrio).

Nur acht Prozent der 1937 in Österreich registrierten Autobesitzer waren Frauen, unter ihnen die Schauspielerin Helene Thimig-Reinhardt (mit einem Cadillac, D 8068), die Opernsängerin Rita Georg (Citroën, A 642) und Wiens große Muse Alma Mahler-Werfel (Steyr 50, Kennzeichen A 28 176). Einen kleinen Steyr »Baby« fuhr Anna Freud, während ihr weltberühmter Vater in einer Limousine der Marke Gräf & Stift (A 15 744) unterwegs war. Gertrude Malina, die Tochter von Sigmund Freuds Chauffeur Josef Malina, erzählte mir, dass ihr Vater »den Herrn Professor Freud mehrere Jahre lang überall hinfuhr, in Wien alles für ihn erledigt und die Familie Freud in die Sommerfrische gebracht hat. Der Herr Professor wollte nie selbst Auto fahren, er war sehr großzügig zu meinem Vater und hat auch mir als Kind immer wieder Geschenke gemacht«.

Sigmund Freud besitzt eine Limousine der Marke Gräf & Stift

Die Datenbank des Technischen Museums beinhaltet rund 70 000 in Österreich gemeldete Kraftfahrzeuge aus der Zeit bis 1938, von denen 38 000 Personen- und Lastautos und 30 000 Motorräder waren.

Auf einer anderen Liste finden sich die von den Nationalsozialisten geraubten Fahrzeuge, darunter ein Austro Daimler des Bankiers Louis Rothschild, ein Cadillac des Komponisten Emmerich Kálmán und weitere dreitausend von der Gestapo »arisierte« Pkw. Insgesamt stahlen die NS-Behörden fast zwanzig Prozent aller in Wien gemeldeten Personenwagen, auch die von Karl Farkas und Sigmund Freud. »Der Herr Professor Freud wollte, als er 1938 aus Wien geflüchtet ist, meinem Vater das Auto als Abfertigung für seine treuen Dienste überlassen«, erinnerte sich Frau Malina, »aber ein Gestapo-Mann hat gesagt: ›Ein Jud hat nichts zu verschenken‹ und den Wagen eingezogen.«

NS-Behörden rauben 20 Prozent der in Wien gemeldeten Pkw

Kammersänger Leo Slezak mit Chauffeur im Buick

Operettenstar Rita Georg zeigt stolz ihren Citroën.

Komiker Fritz Imhoff ratlos neben seinem Steyr 100

Otto von Habsburg mit Brüdern am Steuer eines Gräf &

Nicht nur der alte Kaiser hatte dem Pkw zur Jahrhundertwende keine Zukunft gegeben, sondern auch der »kleine Mann«. So beschreibt der Dichter Roda Roda zwei Bürger im alten Wien, die einem einsam über die Ringstraße zuckelnden Automobil nachschauten. Sagt der eine zum anderen: »Wird aa wieder abkommen.«

ıadonna Maria Jeritza mit Ehemann in ihrem Gräf & Stift

Filmstar Willi Forst und sein Austro Daimler Bergmeister

s Austria« 1931 Hertha van Haentjens mit einem Chrysler

Salzburgs Cafétier Tomaselli in seinem Lancia Augusta

Die Prophezeiung sollte sich nicht vollends bewahrheiten, sind heutzutage weltweit doch weit mehr als eine Milliarde Autos unterwegs. Allein in Österreich sind es 4,8 Millionen Pkw.

Verbotene Briefe aus dem Konklave
Geheimnisse über eine Papstwahl

Geheimer geht's nicht. Kein Sterbenswörtchen darf aus dem Konklave dringen, die zur Papstwahl zugelassenen Kardinäle werden im Vatikan eingesperrt, zum Schweigen verurteilt und so lange von der Außenwelt abgeschottet, bis sie sich auf den künftigen Heiligen Vater geeinigt haben. In dieser Zeit dürfen sie in keinem Fall mit der Außenwelt in Verbindung treten. Jeder Kardinal muss am Beginn des Konklaves einen Eid ablegen, der ihn zu absoluter Verschwiegenheit verpflichtet.

Philipp Ludwig von Sinzendorf, 1699–1747, Kardinal

Im Normalfall halten sich die Kirchenväter an dieses Kommunikationsverbot, das jede externe Einflussnahme verhindern soll. Ganz im Gegensatz zum österreichischen Kardinal Philipp Ludwig von Sinzendorf, der seinem Vater aus dem Konklave des Jahres 1730 eine Reihe von Briefen schrieb, die insofern einzigartige *Fundstücke* darstellen, als sie die unglaublichsten Intrigen und Feindseligkeiten während einer Papstwahl dokumentieren. Einige dieser Schriftstücke wurden auf verschlungenen Wegen aus dem Vatikan geschmuggelt und befinden sich heute noch im Archiv der Familie Sinzendorf in Jaidhof bei Krems. Sie wurden mir von diesem und vom Wiener Haus-, Hof- und Staatsarchiv zur Verfügung gestellt.

Kardinal Sinzendorf war Fürstbischof im böhmischen Bistum Breslau, und er war der Sohn des Ersten Hofkanzlers des Kaisers Karl VI. in Wien. Wenn der Kardinal also seinem Vater Graf Philipp Ludwig Wenzel von Sinzendorf als engstem und mächtigstem Berater des Kaisers aus dem Konklave vertrauliche Informationen zukommen ließ, dann hatte das natürlich einen hochpolitischen Hintergrund. Wie für jeden Monarchen war für Karl VI. – er war der Vater der Maria Theresia – von enormem Interesse, wer der nächste Pontifex werden würde.

Philipp Ludwig Wenzel von Sinzendorf, 1671–1742, Obersthofkanzler

»Monsieur«, beginnt ein von Sinzendorf am 20. Juni 1730 in Rom verfasstes Schreiben* an seinen Vater. »Mittels beiliegenden Berichtes erfahren Sie vom verworrenen Zustand des Konklaves, der uns während all dieser Tage in großer Aufregung gehalten hat. Die Angst hat uns immer noch nicht verlassen, indes es allem Anschein nach immer 20 Gegenstimmen geben wird.«

Das Konklave war nach dem Tod Papst Benedikts XIII. am 21. Februar 1730 im Quirinalspalast** eröffnet worden und sollte selbst für römische Verhältnisse sehr lange, nämlich 129 Tage, dauern. Schuld an den ständigen Verzögerungen sei in erster Linie der ungarische Kardinal Michael Graf Althann, berichtet Sinzendorf in einem seiner verbo-

Papst Benedikt XIII., eigentlich Pietro Francesco Orsini, 1649–1730

* Die Briefe wurden auf Französisch und Italienisch geschrieben und für dieses Buch von Johanna Krivanec und Alberto Gerosa ins Deutsche übersetzt. Eine weitere Übersetzung stammt von Gerhard Gonsa.

** Die Papstwahlen werden erst seit 1878 in der Sixtinischen Kapelle abgehalten.

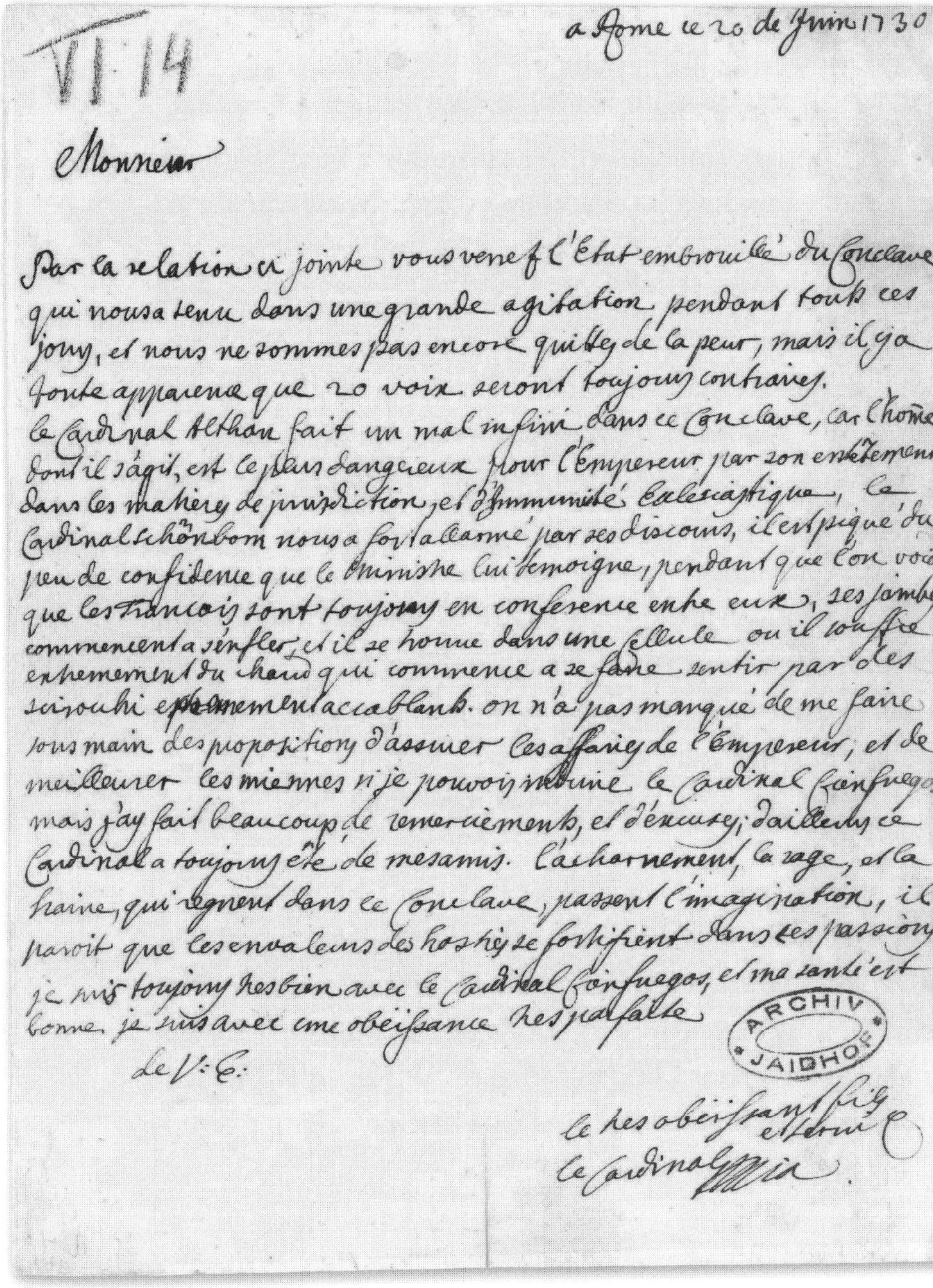

a Rome ce 20 de Juin 1730

VI 14

Monsieur

Par la relation ci jointe vous verez l'Etat embrouillé du Conclave qui nous a tenu dans une grande agitation pendant tous ces jours, et nous ne sommes pas encore quittes de la peur, mais il y a toute apparence que 20 voix seront toujours contraires. le Cardinal Althan fait un mal infini dans ce Conclave, car l'home dont il s'agit, est le plus dangereux pour l'Empereur par son entêtement dans les matieres de jurisdiction, et d'immunité ecclesiastique, le Cardinal Schönborn nous a fort allarmé par ses discours, il est piqué du peu de confidence que le ministre lui temoigne, pendant que l'on voit que les François sont toujours en conference entre eux, ses jambes commencent a s'enfler, et il se trouve dans une cellule ou il souffre extremement du chaud qui commence a se faire sentir par des sirocchi extremement accablants. on n'a pas manqué de me faire sous main des propositions d'assurer les affaires de l'Empereur, et de meilleurer les miennes si je pouvois servir le Cardinal Cienfuegos, mais j'ay fait beaucoup de remerciements, et d'excuses; d'ailleurs ce Cardinal a toujours été de mes amis. l'acharnement, la rage, et la haine, qui regnent dans ce Conclave, passent l'imagination, il paroit que les [illegible] des [illegible] se fortifient dans ces passions. je suis toujours tres bien avec le Cardinal Cienfuegos, et ma santé est bonne. je suis avec une obeissance tres parfaite

le V: C:

le tres obeissant fils et Serviteur
le Cardinal [illegible]

ARCHIV JAIDHOF

»Mittels beiliegenden Berichtes erfahren Sie vom verworrenen Zustand des Konklaves«: Brief Kardinal Sinzendorfs an seinen Vater, Rom 20. Juni 1730 tenen Briefe nach Wien. »Er ist wegen seiner Starrköpfigkeit der Allergefährlichste für den Kaiser.« Tatsächlich befand sich Kardinal Althann in dauerhaftem Streit mit Karl VI., was letztlich sogar dazu führte, dass die ungarischen Güter des Kirchenfürsten konfisziert wurden.

Kardinal Schönborn ist gereizt

In den Briefen des Kardinals Sinzendorf wird immer wieder ein uns vertrauter Kardinalsname genannt: »Kardinal Schönborn* hat uns mit seinen Ausführungen heftig alarmiert; er ist gereizt über das geringe Vertrauen, das ihm der Minister entgegenbringt. Währenddessen man die Franzosen unablässig unter sich verhandeln sieht, wobei ihre Beine bereits anfangen anzuschwellen, sitzt Schönborn in einer Zelle, in der er extrem unter der Hitze leidet, die sich durch drückende Schirokkowinde bemerkbar zu machen beginnt.«

»Das ist alles für den Hugo«

Der Reichsgraf von Schönborn war zum Zeitpunkt des Konklaves Kardinal und Fürsterzbischof von Speyer. In seine Lebens- und Regierungszeit fällt nicht nur der Höhepunkt des Einflusses der Familie Schönborn auf die Geschicke des Reichs, ihm ist auch eine heute noch gebräuchliche Redewendung zu verdanken: Wenn Hugo von Schönborn unnütze Gegenstände aus seinem Besitz in den Ofen werfen ließ, sagten seine Bedienten: »Das ist alles für den Hugo.«

Zurück zu Kardinal Sinzendorf, der seinen Vater aus dem Konklave auch darüber informiert, dass man ihm »unter der Hand Vorschläge zur Sicherung der Sache des Kaisers« gemacht habe. »Die Verbissenheit, die Wut und

---

* Damian Philipp Reichsgraf von Schönborn (1676–1743), ab 1721 Kardinal und Fürsterzbischof von Speyer, ab 1740 Fürsterzbischof von Konstanz

der Hass, die in diesem Konklave herrschen, übersteigen alle Vorstellungen. Es scheint, als ob die Hostienschlucker in diesem Klima der Leidenschaften noch erstarken würden. Ich bin immer sehr gut mit dem Kardinal Cienfuegos*, und meine Gesundheit ist gut.«

Mehr tot als lebendig ins Konklave geholt

Zwei andere Kardinäle verlassen – offiziell aus gesundheitlichen Gründen – das Konklave: Kardinal Cibo, der unter starken Krampfanfällen litt, und Kardinal Ruffo, der laut Sinzendorf vor allem deshalb erkrankte »weil er die Hoffnungen für seine eigene Kandidatur aufgegeben hatte«. Kardinal Cibo wird später, da seine Stimme von einer der Parteien für eine Abstimmung benötigt wird, mehr tot als lebendig ins Konklave zurückgeholt.

Sinzendorfs Korrespondenz entnimmt man auch, mit welcher Härte die täglichen Diskussionen und Wahlgänge durchgeführt und mit welchen Mitteln Kardinäle auf die Seite einzelner Papstkandidaten geholt werden. So werden bei einem Votum am 7. Juni 1730 alle Wahlkarten, die für oder gegen den mächtigen römischen Kurienkardinal Pietro Marcellino Corradini abgegeben wurden, mit unterschiedlichen Kreuzen gekennzeichnet, um später feststellen zu können, wer wie abgestimmt hat.

Betrug, Täuschung, Machenschaften …

Die Beratungen sind zum Teil von einer unvorstellbar aggressiven Atmosphäre geprägt, Sinzendorf lässt in seinen Briefen mehrfach Worte wie »Betrug«, »Täuschung«, »blinder Zorn«, »Machenschaften«, »Schmach« und »Todfeinde« durchklingen. Von neun Kardinälen heißt es, »dass sie auf

---

* Kardinal Álvaro Cienfuegos (1657–1739), Erzbischof von Catania/Sizilien

keinen Fall Papst werden dürfen«, und Franzosen wie Italiener sind daran interessiert, »einen für den (österreichischen) Kaiser ungünstigen Papst zu kreieren«. Bestimmte Kardinäle werden von den »Parteien« im Konklave nur deshalb gewählt, um andere zu verhindern, sie bleiben aber letztlich chancenlos.

Nur gewählt, um andere zu verhindern

Seinem Brief vom 23. Juni 1730 legt der Fürstbischof und brave Sohn des Hofkanzlers eine Liste der an diesem

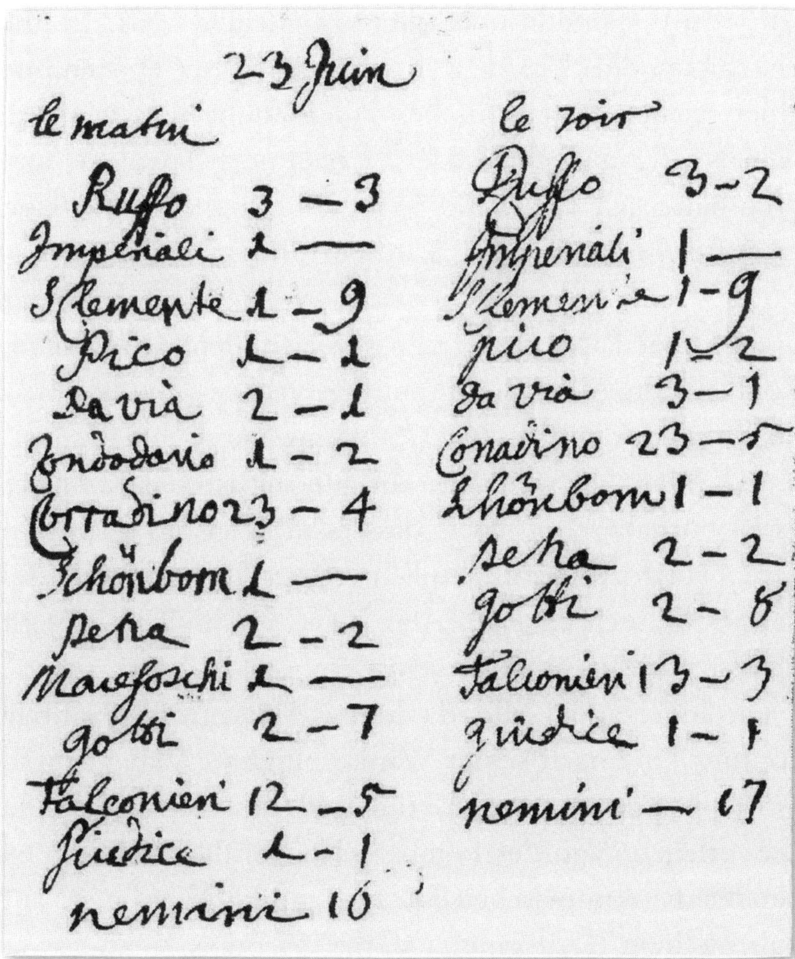
23 Juin

le matin		le soir	
Ruffo	3 — 3	Ruffo	3 — 2
Imperiali	1 —	Imperiali	1 —
Clemente	1 — 9	Clemente	1 — 9
Pico	1 — 1	Pico	1 — 2
Da Vià	2 — 1	Da Vià	3 — 1
Zondadari	1 — 2	Corradino	23 — 5
Corradino	23 — 4	Schönborn	1 — 1
Schönborn	1 —	Petra	2 — 2
Petra	2 — 2	Gotti	2 — 8
Marefoschi	1 —	Falconieri	13 — 3
Gotti	2 — 7	Giudice	1 — 1
Falconieri	12 — 5	nemini	— 17
Giudice	1 — 1		
nemini	16		

Eine Stimme für Kardinal Schönborn, noch keine für den späteren Papst: die von Kardinal Sinzendorf aus dem Konklave geschmuggelte Liste der Papstkandidaten vom 23. Juni 1730

Tag zur Wahl stehenden Kardinäle bei – inklusive genauer Aufstellung, wer wie viele Stimmen bei den beiden Wahlgängen am Morgen und am Abend erhalten hat. Während Kardinal Schönborn je eine Stimme bekam, wurde Lorenzo Corsini, der spätere Papst, noch gar nicht unter die »papabili« gereiht.

Papst Clemens XII., 1652–1740

Lorenzo Corsini, der Kardinalbischof des Bistums Frascati bei Rom, wurde drei Wochen später, am 12. Juli 1730, mit der nötigen Zweidrittelmehrheit zum Stellvertreter Christi gewählt und ging als Clemens XII. in die Geschichte ein. Das neue Kirchenoberhaupt entstammte einer reichen florentinischen Adelsfamilie und war, wie damals gang und gäbe, weder Kleriker noch Theologe, sondern hatte sich für 30 000 Scudi den Rang eines Prälaten erkauft, ehe er Bischof, Kardinal und schließlich Papst wurde.

»Der neue Papst ist mir sehr gewogen, denn ich habe im Konklave alle Abende mit ihm zugebracht«, schreibt Kardinal Sinzendorf am 17. Juli 1730, immer noch aus Rom, an seinen Vater. »Es geht mir sehr gut, seit ich das Konklave verlassen habe. Gott gebe, dass es nicht erforderlich sein wird, bald dorthin zurückzukehren, was das hohe Alter des Papstes befürchten lässt. Aber seine Gesundheit scheint für sein Alter recht gut zu sein.«

Der Papst erblindet

Die änderte sich bald, da der bei Amtsantritt 78-jährige Pontifex kurz nach seiner Wahl erblindete. Clemens XII. durfte in seiner neuen Funktion auch sonst wenig Erfreuliches erleben. Von der Lombardei bis Sizilien lieferten einander die europäischen Mächte ständig Kleinkriege auf italienischem Territorium, und der machtlose Kirchenstaat

»Der Hass in diesem Konklave übersteigt alle Vorstellungen«: Kardinal Philipp Ludwig von Sinzendorf in einem der verbotenen Briefe an seinen Vater

wurde von durchziehenden Truppen immer wieder in Mitleidenschaft gezogen.

In Rom wird der Trevi-Brunnen gebaut

Der in Wien herrschende Kaiser Karl VI., der durch den Sohn seines Hofkanzlers verbotenerweise über alle Details im Konklave auf dem Laufenden gehalten worden war, konnte mit der Wahl von Papst Clemens zufrieden sein. Dieser handelte weitgehend ohnmächtig und erfolglos, wodurch der Habsburger leichtes Spiel hatte, die päpstlichen Lehen Parma und Piacenza an Don Carlos, den Infanten von Spanien, zu übergeben. Der Papst protestierte zwar, doch das tangierte Kaiser Karl nicht weiter. Letztlich musste Clemens XII. den Bourbonen auch als König von Neapel und Sizilien anerkennen. Was von Papst Clemens' zehnjährigem Pontifikat geblieben ist, ist der von ihm in Auftrag gegebene Trevi-Brunnen in Rom.

»Eurer Exzellenz gehorsamer Sohn und Diener«

Der »verräterische« Kardinal Philipp Ludwig von Sinzendorf blieb bis zu seinem Tod im Jahr 1747 Bischof von Breslau. Er war für sein tolerantes Denken und Handeln bekannt, verbot Katholiken die damals weit verbreitete Hetze gegen Protestanten und rief seine Untertanen dazu auf, christlich miteinander umzugehen.

Seine aus dem Vatikan geschmuggelten Briefe enden, wie Briefe damals – auch wenn sie an den eigenen Vater gerichtet waren – zu enden hatten: »Alleruntertänigst verbleibe ich Eurer Exzellenz gehorsamster Sohn und Diener. Der Kardinal, mp.«

Malerfürst und »Tochter der Sünde«
Ein Künstler und sein Modell

Immer wieder wenden sich Menschen aus meiner Leserschaft an mich, um mir ihre Familiengeschichten zu erzählen. Ich kann nicht alle aufschreiben, aber hie und da sind sie so außergewöhnlich, dass ich die Spurensuche mit großer Freude aufnehme. Eine solche Geschichte ist wohl die Beziehung des seinerzeit berühmten Malers Franz von Stuck mit seinem Modell Anna Maria Brandmair.

Franz von Stuck, 1863–1928, Zeichner, Maler, Bildhauer

Die Wiener Schauspielerin Sylvia Eisenberger ist Anna Maria Brandmairs Enkelin und hat durch eigene Recherchen Licht in einen wahrhaftigen Familienkrimi gebracht, der mehr als hundert Jahre im Verborgenen blieb. Sie machte mich im Sommer 2016 auf ihre *Fundstücke* aufmerksam, als eine Ausstellung der Werke Franz von Stucks im Wiener Belvedere mit dem für seine Bilder wie sein Privatleben treffenden Titel »Sinnlichkeit« gezeigt wurde.

Stuck ist eine Art Gustav Klimt von München

»Sinnlichkeit« ist auch der Titel mehrerer im Jahr 1893 entstandener Bilder, die die Geschichte der Liebesbeziehung des Malers mit seinem Modell erzählen. Franz von Stuck war an der Wende zum 20. Jahrhundert eine Art Gustav Klimt von München, nicht nur in der Bedeutung seiner Kunst, sondern auch, was die zahllosen Liebschaften mit seinen Modellen betrifft. Anna Maria Brandmair war so ein Modell. Sie war mit 17 Jahren aus dem Dorf Bayerdilling in Schwaben nach München gekommen, wo sie im Café Luitpold, dem bevorzugten Treff der Boheme, als Servierfräulein aushalf.

Anna Maria Brandmair, 1875–1944, Stucks Modell und Geliebte

Eines Tages bedient sie dort den gerade dreißigjährigen Franz von Stuck, der an der wohlproportionierten Schönheit sofort Gefallen findet. Für den Maler ist die Anbahnung in so einem Fall problemlos, auch hat der damals schon populäre und wohlhabende Künstler reichlich Erfahrung darin. Wie einem Akt der später zahlreich gegen ihn geführten Gerichtsverfahren zu entnehmen ist, nennt ein Rechtsanwalt »drei Scheidungsprozesse, in welchen die Ehen wegen Franz von Stuck geschieden worden sind«.

Jedenfalls lädt der Maler die Serviererin Anna Maria Brandmair nach seinem Kaffeehausbesuch ein, ihm in seinem Atelier Modell zu sitzen. Es entstehen mehrere Bilder, die mit Titeln wie »Sünde«, »Tänzerin« oder »Sinnlichkeit« versehen werden.

Maria Franziska Brandmair, 1896–1961, Stucks Tochter

Es entsteht aber auch ein Kind namens Maria Franziska, das am 9. April 1896 in München das Licht der Welt erblickt. Bis hierher ist die Geschichte eine von vielen, wie sie in jenen Tagen von Bonvivants gelebt werden: Gutsituierter Herr verführt Unschuld vom Lande und macht sich noch während deren Schwangerschaft aus dem Staube.

In diesem Fall findet das Geschehen aber eine dramatische Fortsetzung. Die »Tochter der Sünde« bleibt zunächst bei ihrer Mutter, dem Servierfräulein. Und Stuck heiratet

Das Modell und sein Maler: Anna Maria Brandmair und Franz von Stuck

die gesellschaftlich weit höher stehende, in den USA geborene Witwe Mary Lindpaintner geb. Hoose. Nicht genug damit, wird die neue Gemahlin dazu ausersehen, als Maria Franziskas Taufpatin zu fungieren. Den Namen Maria erhält sie nach der Taufpatin, Franziska heißt sie dem Vater zu Ehren.

Anna Maria heiratet den Kaufmann Simon Wannfried

Interessanterweise sind Mary und die frühere Geliebte zunächst sogar miteinander befreundet, man unternimmt gemeinsame Ausflüge, lässt sich im »erweiterten Familienkreis« fotografieren. Das gute Verhältnis kühlt erst nach Marys Hochzeit mit dem Malerfürsten ab, denn dass Stuck sie dermaßen im Stich lässt und dann auch noch eine andere heiratet, ist wohl zu viel für Anna Maria.

Die sich jetzt darauf konzentriert, einen Ersatzvater für ihr Kind zu finden. Und tatsächlich heiratet die inzwischen 21-jährige ledige Mutter im Frühjahr 1897 den um vierzig

Jahre älteren Kaufmann Simon Wannfried, dem sie zudem noch im Dezember desselben Jahres einen Sohn schenkt. Fatalerweise wird Tochter Maria Franziska jedoch nicht adoptiert und bleibt daher ein uneheliches Kind, was noch zu gewaltigen Problemen führen sollte.

Klage beim Vormundschaftsgericht

Simon Wannfried stirbt schon im darauffolgenden Jahr und lässt Anna Maria mit ihren beiden kleinen Kindern und großen finanziellen Sorgen zurück. Der Maler Franz von Stuck zahlt für seine Tochter zwar Alimente, aber in so geringem Ausmaß, dass er später von Anna Maria Wannfried geb. Brandmair beim Vormundschaftsgericht geklagt wird.

Mary von Stuck hat aus ihrer ersten Ehe mit dem verstorbenen Arzt Dr. Lindpaintner zwei Kinder namens Olga und Otto, die jedoch bei ihren Großeltern aufwachsen. Indes rechnet Franz von Stuck offenbar damit, durch seine Heirat mit Mary den Grundstein für eine eigene Familie gelegt zu haben. Jedenfalls lässt er sich an der noblen Münchner Prinzregentenstraße eine pompöse Villa im Stil des Fin de Siècle bauen, deren Meublage so schick ist, dass sie auf der Pariser Weltausstellung 1900 eine Goldmedaille erzielt. Die Familie Stuck ist gesellschaftlich hoch angesehen und bittet regelmäßig zu Soireen und Diners, die meist als Liederabende der von ihrem Gesangstalent überzeugten Mary Stuck-Lindpaintner im eigenen Musiksalon ausklingen.

Stucks Frau entführt die kleine Maria Franziska

Als sich jedoch herausstellt, dass die gebürtige Amerikanerin mit Franz von Stuck keine Kinder bekommen kann, scheint der Traum vom Familienglück zu zerbrechen. Der Malerfürst droht mit Scheidung, worauf seine Frau eine perfide List ersinnt: Nachdem sie die fünfjährige Maria Franziska als ihre Taufpatin mehrmals mit Zustimmung der Kindesmutter aus dem Internat stundenweise mit nach Hause nehmen durfte, habe »Frau Professor Stuck« jetzt laut Gerichtsakten, »unter dem Vorgeben, dem Mädchen müssten die Zähne gerichtet werden, das Kind eigenmächtig, ohne Wissen und Willen der Frau Wannfried aus dem Institute abgeholt«.

»Die Sinnlichkeit«: drei der Bilder, die Franz von Stuck von Anna Maria Brandmair gemalt hat

Und Mary hat Maria Franziska nie wieder zurückgebracht. Die Folge ist ein drei Jahre dauernder Rechtsstreit um das Kind. »Meine Großmutter«, berichtet die in Wien lebende Sylvia Eisenberger, »hatte keine Chance gegen den mächtigen Schutzherrn der Stucks, den Prinzregenten Luitpold«. Dank seiner Intervention wurde am 15. Juni 1904 »im Namen Seiner Majestät des Königs von Bayern« vom Landgericht München entschieden, »dass Maria Franziska dem Ehepaar Stuck zugesprochen wird, weil sie nur dort standesgemäß erzogen werden könne«.

Die unehelich geborene Maria Franziska wächst somit nicht bei ihrer Mutter, sondern als Opfer einer tatsächlichen Entführung im Hause Stuck auf. Von ihrem Vater »Mary II« genannt, wird Maria Franziska nun auch zu seinem neuen Lieblingsmodell, wie die Bilder »Mary mit Hut«, »Mary mit Kirschkörbchen«, »Mary mit grünen Schleifen« belegen.

»Ich bin's, eure echte Großmama!«

Mary II erhält die Information, dass ihre leibliche Mutter verstorben sei, und diese wird vom Gericht aufgefordert, mit ihrer Tochter keinen Kontakt aufzunehmen. Sie hält sich auch daran und meldet sich erst nach dem Tod des Ehepaares Stuck bei ihren vier Enkeln. Die Kinder sind fassungslos, als die tot geglaubte Großmutter plötzlich leibhaftig vor ihnen steht und sagt: »Ich bin's, eure echte Großmama!«

Sylvia Eisenberger erforscht die Gerichtsakten ihrer Familiengeschichte

Anna Maria Wannfried geb. Brandmair hat mittlerweile den Bergwerksdirektor Friedrich Max Eisenberger geheiratet und zwei weitere Kinder zur Welt gebracht: Clemens und Karl Friedrich, den Vater Sylvia Eisenbergers. Die langjährige Schauspielerin des Wiener Theaters in der Josefstadt hat sämtliche verfügbaren Gerichtsakten ihrer ungewöhnlichen Familiengeschichte im Bayerischen Staatsarchiv erforscht und ist mit anderen Stuck-Nachkommen in Kontakt getreten, ehe sie mir das Resultat ihrer aufwendigen Studien zeigte. Lange hat sie auf die Gelegenheit gewartet, ihre ganze, so unglaubliche Familiengeschichte erzählen zu können.

Franz von Stuck stirbt 1928 im Alter von 65 Jahren, seine Frau Mary folgt ihm ein Jahr später in den Tod, die Geliebte Anna Maria stirbt 1944 mit 68 Jahren und ihre »Tochter der Sünde« Maria Franziska 1961. Sie wurde wie ihr Vater 65 Jahre alt.

Mit der Pferdetramway durch die Stadt Als die Zeit für die »Öffis« kam

Unsere Urgroßeltern bewegten sich in der noch vorindustriellen Zeit fast ausschließlich per pedes durch die Stadt, und wenn sie Einkaufswaren oder sonstige Habseligkeiten zu transportieren hatten, verwendeten sie einen Leiterwagen. Nur wer es sich leisten konnte, mietete einen Fiaker oder hatte gar sein eigenes Gespann. Es war somit höchste Zeit, »Öffis« ins Leben zu rufen.

»Erste privilegierte Kaiser Franz Joseph-Pferde-Eisenbahn«

Für die Wiener, die in der zweiten Hälfte des 19. Jahrhunderts lebten, traf es sich gut, dass die Ringstraße in Planung war, denn mit dem Fall der Stadtmauer konnte der Verkehr erstmals ungehindert vom alten Stadtkern in die umliegenden Vorstädte und Vororte fließen. Noch während der »Ring« gebaut wurde, bewilligte die Gemeindeverwaltung die Errichtung einer Straßenbahn-Probelinie vom Schottentor über die Alser Straße nach Hernals. Diese erste Wiener »Öffi«-Strecke war 3,5 Kilometer lang und wurde 1865 als »Erste privilegierte Kaiser Franz Joseph-Pferde-Eisenbahn« eröffnet.

Da die von jeweils zwei Pferden gezogene Straßenbahn mit ihren Winter- und offenen Sommer-»Imperial«-Wagen sofort gut ausgelastet war, schlossen sich mehrere Firmen zur »Wiener Tramway-Gesellschaft« zusammen, um mit der Stadt Wien den Ausbau der Schienenwege zu fördern. Zahlreiche Linien entstanden, die sich quer durch Wien zogen – und deren Streckennetz im Wesentlichen bis heute erhalten geblieben ist.

Die guten, alten Rösser können sich nicht wehren

Bald zeigte sich, dass man die Vorschriften für Fahrgäste ändern musste: Konnten in der Anfangsphase die Pferdewagen von jedem Mitfahrenden an jeder beliebigen Stelle zum Ein- und Aussteigen gestoppt werden, so gab es ab 1868 gekennzeichnete Haltestellen, wodurch die Fahrzeiten erheblich verkürzt wurden.

Der Ausbau der Straßenbahnlinien ging so rasch vor sich, dass 1873, im Jahr der Wiener Weltausstellung, bereits 554 Tramway-Wagen auf 37 Streckenkilometern unterwegs waren, dazu kamen schienenlose Pferde-Omnibusse in der Innenstadt. Mittlerweile war der Zeitpunkt gekommen, da die infolge ihrer Verpflegung teuren Pferde durch Dampf-Loks ersetzt werden sollten. Doch bei einer Probefahrt von der Bellaria nach Mariahilf zeigte sich, dass die mit Kohle betriebene Tramway selbst geringe Steigungen nur mühsam bewältigte. Es dauerte also noch, bis dampfbetriebene Öffis durch die Vororte fuhren, im städtischen Bereich blieb man vorerst bei den guten, alten Rössern, die sich auch nicht dagegen wehren konnten.

Der »Streik der Kutscher und Conducteure«

Sehr wohl konnten sich die Mitarbeiter der Tramway wehren, deren Dienstschichten bis zu neunzehn Stunden betrugen. Nicht genug damit, wurde das ohnehin mäßig bezahlte Personal für alle Schäden an Wagen und Pferden persönlich zur Verantwortung gezogen. Es kam zum »Streik der Kutscher und Conducteure«, der im April 1889 das

Die Pferde konnten sich nicht wehren: Wiener Tramway im Jahr 1890 am Franz-Josef-Kai

»Ende der Schikanen für die Sklaven der Wiener Tramway-Gesellschaft« zur Folge hatte.

4400 Pferde werden von ihrer schweren Last befreit

Nun dauerte es nicht mehr lange, bis die Elektrizität ihren Siegeszug hielt und die rund 4400 im Einsatz befindlichen Pferde von ihrer schweren Last befreit wurden. Am 28. Jänner 1897 bewegte sich Wiens erste »Elektrische« von der Vorgartenstraße über Praterstern und Mariahilfer Straße zur Liniengasse. Die Strecke war 9,7 km lang und wird heute noch unverändert von der Linie 5 befahren. Im Jahr 1903 wurden die privaten Straßenbahnunternehmen von der Gemeinde Wien übernommen.

Während in London, Paris und Budapest Ende des 19. Jahrhunderts die ersten »Metros« unterwegs waren, findet man im Wiener Stadt- und Landesarchiv – als weitere *Fundstücke* – erste U-Bahn-Pläne, die bereits aus dem Jahr 1844 stammen. Wien hätte also die erste unterirdisch befahrene Stadt sein können, doch vergingen mangels finanzkräftiger Investoren und infolge der beiden Weltkriege bis zur Realisierung des Projekts mehr als hundertdreißig Jahre: Die U1 wurde als erste Linie 1978 eröffnet.

Amerikanische Straßenbahnwaggons kommen in Wien zum Einsatz

Wie die Weltkriege für den öffentlichen Verkehr überhaupt katastrophale Auswirkungen hatten. Zwischen 1914 und 1918 mussten ganze Straßenbahnlinien eingestellt werden, und 1945 waren von 135 Bussen nur noch neun einsatzbereit, alle anderen wurden durch Bombardements vernichtet. New York City half nach Auflösung ihrer Tram mit 42 Straßenbahn-Waggons, sogenannten »Amerikanern«, aus, die über Rotterdam per Schiff nach Wien gebracht wurden.

Das schwerste Tramway-Unglück

Tramway, Stadtbahn, Bus und U-Bahn gelten als die sichersten Verkehrsmittel im städtischen Bereich, es gab in mehr als hundertfünfzig »Öffi«-Jahren nur wenige schwere Unfälle. Einer jedoch übertraf alles Vorstellbare: Am 2. August 1960 lenkte der Tramwayfahrer Hans T. einen Zug der Linie 39 von Grinzing in Richtung Stadt. In der Kurve, in der die Billrothstraße in die Döblinger Hauptstraße mündet, war er statt der hier zugelassenen zwölf mit sechzig Stundenkilometern unterwegs. Der rasende Triebwagen stürzte um, prallte gegen einen entgegenkommenden Tramwayzug und beide Garnituren entgleisten. Zwanzig Menschen starben durch die Wucht des Aufpralls, hundert wurden verletzt.

Der Unglückswagen war 47 Jahre alt

Vorerst wurde, da der Unglückswagen Baujahr 1913 war, ein technisches Gebrechen vermutet, die Gerichtsmediziner stellten aber fest, dass der Tramwaylenker Hans T. 2,6 Promille Alkohol im Blut hatte. Es gab kein Gerichtsverfahren, da der Fahrer als allein Schuldtragender bei dem Unfall selbst ums Leben gekommen war. Die Katastrophe hatte weitreichende Konsequenzen, da der Wagenpark der Verkehrsbetriebe nun von Grund auf erneuert und jegliche Form der Alkoholisierung im Dienst verboten wurde.

Während in den 1950er-Jahren – wie in vielen Metropolen – über das Ende der »Elektrischen« diskutiert wurde, ist dies heute aus Kostengründen, aber auch im Sinne des Umweltschutzes kein Thema mehr. Wien hat mit 177 Kilometern das sechstgrößte Straßenbahn-Netz der Welt, und es wird weiter ausgebaut. Insgesamt werden in der Bundeshauptstadt täglich 2,5 Millionen Fahrgäste mit »Öffis« befördert.

Beethovens königlicher Vater
Spekulationen über die Herkunft des Musikgenies

Die Geschichte hat es immerhin zu einem Eintrag im Brockhaus gebracht. Ludwig van Beethoven, so stand es in der Lexikonausgabe des Jahres 1814, sei möglicherweise ein Sohn des preußischen Königs Friedrich Wilhelm II. Das Gerücht ist vor allem deshalb interessant, weil Beethoven selbst es nie dementiert hat.

Ludwig van Beethoven, 1770–1827, Komponist

Eine Erklärung für das Entstehen des Ondits könnte sein, dass der genaue Geburtstermin des Musikgenies nicht bekannt ist. Man weiß, dass Beethoven am 17. Dezember 1770 in der St.-Remigius-Kirche zu Bonn getauft wurde. Aber es gibt weder eine Geburtsurkunde noch einen behördlichen Vermerk betreffs Stunde und Tag, an dem der Komponist das Licht der Welt erblickte. Und daher gibt es auch keinen Eintrag, wer sein Vater war.

Johann van Beethoven, 1740–1792, Sänger und Musiker

Als solcher galt und gilt Johann van Beethoven, seines Zeichens Tenor an der kurfürstlichen Hofkapelle zu Bonn, der sich auch als Hofmusikus, Gesangs- und Klavierlehrer betätigte. Johann van Beethoven hatte im Mai 1767 die mit neunzehn Jahren bereits verwitwete Frau eines Kammerdieners, Maria Magdalena Leym geb. Keverich, geheiratet.

Sie schenkte Beethoven sieben Kinder, von denen drei das Erwachsenenalter erreichten.

Johann van Beethoven erkennt Ludwigs Genie

Johann van Beethoven, dessen Vorfahren aus der belgisch-flämischen Provinz Brabant stammten, war alkoholkrank, was ihm zunehmend berufliche Probleme einbrachte. Im Jahr 1787, nach dem Tod seiner Frau, verlor er vollends die Kontrolle über sein Leben und verfiel der Trunksucht. Dem ältesten Sohn Ludwig wurde die Fürsorge über seine Geschwister übertragen, auch gelang es diesem, eine Entlassung des Vaters durch Bitten und Eingaben beim Kurfürsten zu verhindern. Als Johann van Beethoven fünf Jahre nach seiner Frau starb, soll Kurfürst Maximilian Franz lakonisch gemeint haben, dass sein Tod zu einem dramatischen Rückgang der Weinsteuereinnahmen führen würde.

Unbestritten ist jedoch, dass Johann van Beethoven früh die außerordentliche Begabung seines Sohnes erkannt und für seine solide Musikausbildung gesorgt hat.

Friedrich Wilhelm II., 1744–1797, König von Preußen

Die Zweifel an seiner Vaterschaft begannen mit Erscheinen der französischen Publikation »Dictionnaire Historique Des Musiciens« im Jahr 1810 (als Johann bereits 18 Jahre tot war). Ludwig van Beethoven, damals vierzig Jahre alt, hat sich nie zu dem Gerücht geäußert, dass König Friedrich Wilhelm II. sein Vater sei. Wahrscheinlich hatte er auch gar nichts gegen dessen Verbreitung einzuwenden, es schmeichelte ihm sogar, zumal ein königlicher Vater durchaus dem Mythos entsprach, der dem Musiker zur Erklärung seines Genies zupass kam. Dennoch bleibt ein Rätsel, wie die Legende entstanden ist. Wahrscheinlich ist, dass den Herausgebern des »Dictionnaire« eine bürgerliche

Herkunft – noch dazu mit einem Alkoholiker als Vater – für das Genie Beethoven zu unspektakulär erschien. Andere Verleger griffen die Königssohn-Theorie mit Freuden auf, machten aus dem »van« ein »von« und bauten sie auch sonst weiter aus.

Beethovens Begegnung mit dem König

Es gibt allerdings auch eine tatsächliche Verbindung zwischen Beethoven und König Friedrich Wilhelm II. Das Genie, das sein Leben lang nur wenig gereist ist, unternimmt im Jahr 1796 seine einzige größere Konzerttournee. Sie führt ihn nach Prag, Dresden, Leipzig, Berlin und schließlich nach Potsdam, wo er seinem angeblichen Vater begegnen sollte. Friedrich Wilhelm sitzt als Zuhörer im Marmorpalais, seiner Residenz zu Potsdam, als der Komponist mit dem ersten Violoncellisten des Königs, Jean-Pierre Duport, musiziert. Der aus Wien angereiste Beethoven legt Friedrich Wilhelm auch zwei Sonaten für Violoncello und Klavier* zu Füßen, die er für den Monarchen komponiert und ihm gewidmet hat. Der König, selbst ein begabter Cellist, soll die Sonaten persönlich aus der Taufe gehoben haben, jedenfalls revanchiert er sich bei Beethoven mit einem großzügigen Geschenk, einer goldenen Tabatiere, die mit wertvollen Münzen gefüllt ist.

Der König ist kein Kind von Traurigkeit

Dass Friedrich Wilhelm immer wieder als möglicher Vater Beethovens genannt wurde, liegt wohl auch daran, dass der Hohenzollernkönig alles andere als ein Kind von Traurigkeit war. Seine Mätressenwirtschaft ist geradezu sprichwörtlich, Johann Gottfried Schadow, der berühmteste Bildhauer seiner Zeit, beschrieb das Leben am preußi-

---

* Opus 5 Nr. 1 F-Dur und Nr. 2 g-Moll

Ludwig van Beethoven hat das Gerücht nie dementiert: der Komponist und sein angeblicher Vater, König Friedrich Wilhelm II.

schen Hof so: »Zur Zeit Friedrich Wilhelms des Zweiten herrschte die größte Liederlichkeit. Alles besoff sich in Champagner, fraß die größten Leckereien, frönte allen Lüsten. Ganz Potsdam war ein Bordell; alle Familien dort suchten nur mit dem Könige, mit dem Hof zu tun zu haben, Frauen und Töchter bot man um die Wette an, die größten Adelichen waren am eifrigsten.«

Beethoven schweigt beharrlich

Da der selbstverständlich verheiratete König jede Menge außerehelicher Kinder hatte, war es für den angesehenen französischen Musikschriftsteller François Fayolle ein Leichtes, ihm im »Dictionnaire Historique Des Musiciens« ein weiteres anzudichten. Die Frage, warum er in diesem Zusammenhang ausgerechnet auf Beethoven kam, bleibt ungelöst. Jedenfalls wurde die These in weiteren Publikationen mit immer neuen Details der aufsehenerregenden Vater-Sohn-Beziehung in Umlauf gebracht, ehe sie sich in

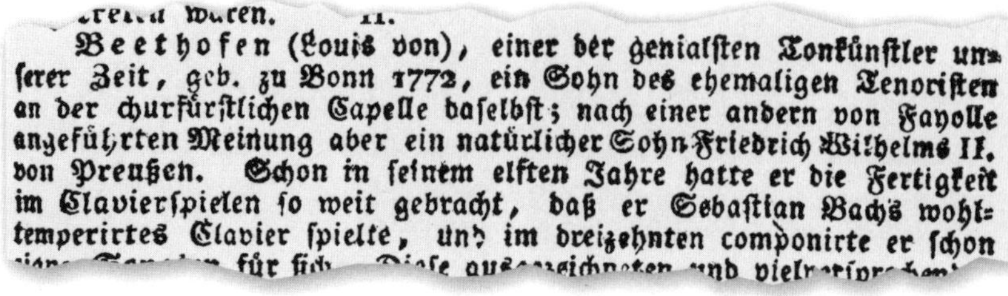
Beethofen (Louis von), einer der genialsten Tonkünstler unserer Zeit, geb. zu Bonn 1772, ein Sohn des ehemaligen Tenoristen an der churfürstlichen Capelle daselbst; nach einer andern von Fayolle angeführten Meinung aber ein natürlicher Sohn Friedrich Wilhelms II. von Preußen. Schon in seinem elften Jahre hatte er die Fertigkeit im Clavierspielen so weit gebracht, daß er Sebastian Bach's wohltemperirtes Clavier spielte, und im dreizehnten componirte er schon

»Beethofen (Louis von), einer der genialsten Tonkünstler unserer Zeit, geb. zu Bonn 1772, ein Sohn des ehemaligen Tenoristen an der churfürstlichen Capelle daselbst; nach einer andern von Fayolle angeführten Meinung aber ein natürlicher Sohn Friedrich Wilhelms II. von Preußen ...«: Eintragung im »Conversations-Lexicon für gebildete Stände« im Verlag F. A. Brockhaus, Ausgabe 1814

einem Brockhaus-Eintrag wiederfand, der hier als veritables *Fundstück* präsentiert werden kann.

Seit Erscheinen des ersten Vermerks im »Dictionnaire Historique Des Musiciens« vergingen fünfzehn Jahre, in denen Beethoven selbst beharrlich schwieg. Nun aber glaubte sein Jugendfreund, der Arzt Franz Gerhard Wegeler, einschreiten zu müssen. Er schrieb 1825 an den Meister, der damals im Schwarzspanierhaus in der Wiener Schwarzspaniergasse wohnte: »Warum hast Du Deine Mutter nicht gerächt, als man Dich in Frankreich zu einem Kind der Liebe machte? Nur Deine angeborene Scheu, etwas anderes als Musik von Dir drucken zu lassen, ist wohl schuld an dieser sträflichen Indolenz. Willst Du oder soll ich die Welt hierüber des Richtigen belehren?«

Die Antwort bleibt auf seinem Schreibtisch liegen

Beethoven reagierte erst ein Jahr später, im Dezember 1826, auf diesen Brief. Bereits vollkommen taub, ließ der Komponist sein Antwortschreiben jedoch auf seinem Schreibtisch liegen, sodass es unter riesigen Stößen von Notenblättern und Skizzen verschwand. Erst als die Zeilen am 17. Februar 1827 wieder auftauchten, schickte Beethoven sie an Wegeler: »Ich habe mir zum Grundsatz gemacht«, ist in dem Schriftstück zu lesen, »nie wieder etwas über mich selbst zu schreiben, noch irgendwas zu beantworten, was über mich geschrieben worden. Ich überlasse Dir daher gerne, die Rechenschaft meiner Eltern und meiner Mutter insbesondere der Welt bekannt zu machen.«

Die Geschichte vom Königssohn sollte noch lange verbreitet werden

Beethoven starb wenige Wochen später, am 26. März 1827, in seiner Wohnung im Schwarzspanierhaus. Die Geschichte vom Königssohn aber sollte noch lange in Büchern und Zeitschriften verbreitet werden. Mit Nachdruck widerrufen hat sie dann sein erster Biograf Anton Schindler, der Beethovens Lebensgeschichte jedoch nachweislich in vielen Punkten verfälscht darstellte und der vom Komponisten auch verachtet wurde.

Ist also doch was dran an der schönen Geschichte, die Generationen von Musikliebhabern ergötzte?

Die Beethovenforschung sagt laut und deutlich: Nein, ganz sicher nicht!

Das Jagdschloss von Mayerling
Die Geschichte vor der Tragödie

Wenn von Mayerling die Rede ist, geht es fast ausschließlich um den 30. Jänner 1889, an dem es zur Tragödie um den Tod des Kronprinzen Rudolf und der Mary Vetsera kam. Bis der aus Baden bei Wien stammende Diplomat und Historiker Rudolf R. Novak erstmals der Geschichte des Jagdschlosses und damit auch der Frage nachging, wie der Sohn des Kaisers überhaupt in den Besitz des Anwesens gekommen ist. Und wie so vieles im Leben des Thronfolgers hat auch diese Geschichte einen äußerst delikaten Hintergrund.

Kronprinz Rudolf, 1858–1889, Sohn Kaiser Franz Josephs

Kronprinz Rudolf ging seit längerer Zeit schon in Alland, nur zwei Kilometer von Mayerling entfernt, zur Jagd, wo sein Onkel Erzherzog Karl Ludwig ein Forsthaus besaß. In seinem in den Jahren 1886 bis 1902 erschienenen 24-bändigen Werk »Die Österreichisch-Ungarische Monarchie in Wort und Bild« beschreibt der Kronprinz Mayerling und seine Umgebung so: »Beim Sattelbach-Wirtshaus theilen sich die Straßen, die eine führt an den Felsen des Ungersteines und an dem reizend gelegenen Mayerling, mit der großen Kirche und dem schlossartigen Besitzthum des Stiftes Heiligenkreuz, vorüber in den freundlich grünen

Thalkessel von Alland, die andere nach Nordwesten abzweigende passiert ein enges, waldiges Thal, an dessen nördlichem Ende das Stift Heiligenkreuz liegt.«

Rudolfs »Kronprinzenwerk«, 1886–1902

Rudolf hätte wohl nicht gedacht, dass er nur wenige Jahre, nachdem er diese Zeilen für das populäre »Kronprinzenwerk« verfasst hatte, im »reizend gelegenen Mayerling« seinen Tod finden sollte.

Er kannte das Dorf Mayerling lange, bevor er dort ein Jagdschloss besaß: Kronprinz Rudolf

In Mayerling lebt eine ehemalige Geliebte Rudolfs

Ganz Mayerling besteht damals aus vierzehn Häusern, von denen eines dem Grafen Reinhard August zu Leiningen-Westerburg gehört. Und der ist, wie Rudolf Novak in seinem Buch »Das Mayerling-Netz« aufdeckt, mit einer ehemaligen Geliebten des Kronprinzen verheiratet. Nicht mit irgendeiner, sondern mit jener Geliebten, die schon einmal für großes Aufsehen gesorgt hat. Die in Brünn geborene und in Baden bei Wien lebende Trafikantentochter Hermine Pick hat Rudolf im März 1880 nach Belgien begleitet, wo er um die Hand seiner Frau Stephanie anhielt. Geschmackloser geht's wohl nicht, als die Geliebte zur Brautwerbung mitzunehmen!

Rudolfs Verlobung mit Stephanie wäre beinahe geplatzt

Als der Kronprinz in Brüssel angeblich von seiner späteren Schwiegermutter Marie Henriette mit Hermine Pick beobachtet wird, wäre seine Verlobung mit der Tochter des belgischen Königs Leopold II. beinahe geplatzt. Auch Stephanie hat davon erfahren, schreibt sie doch in ihren 1935 erschienenen Memoiren: »Ich konnte ja nicht ahnen, dass ich damals schon verraten war. Erst viel, viel später ließ man mich wissen, dass mein Bräutigam nicht allein nach Brüssel gekommen war, sondern dass seine Freundin ihn begleitet hatte.«

Hermine Pick ist mehr Mätresse als Schauspielerin

Die sonderbare Begleitung des hochgeborenen Bräutigams war auch dem Wiener Polizeipräsidenten Franz Freiherrn von Krauß bekannt und in dessen Mayerling-Akt vermerkt. Laut eines Berichts des Wiener Polizeikonfidenten Milarov war Hermine Pick als Schauspielerin am Badener Stadttheater tätig, in Wahrheit verdiente sie ihren Unterhalt in jungen Jahren jedoch als Nobelmätresse einer ganzen Reihe aristokratischer Herren – einer von ihnen war der Kronprinz.

Wie üblich, werden die »abgelegten« Geliebten von Erzherzogen und anderen vermögenden Männern mit »guten Partien« versorgt. Hermine Pick heiratet in erster Ehe einen Ritter Ernst Karl von Böhm, nach dessen frühem Tod sie mit dem Grafen Reinhard Leiningen-Westerburg getraut

Kronprinz Rudolf wird zum Kauf der Villa in Mayerling erpresst

wird. Mit ihm verbringt sie nun die Jagdzeit im Dorf Mayerling, wo sich bei der Ortsbevölkerung schnell herumspricht, dass die jetzige Herrin der gräflichen Villa die ehemalige Geliebte des Kronprinzen Rudolf ist. Nicht nur, dass Kronprinzessin Stephanie – die oft mit ihrem Mann zu den Jagden nach Alland fährt – diese kompromittierenden Gerüchte mitbekommt, schreckt die nunmehrige Gräfin Leiningen-Westerburg auch davor nicht zurück, von Rudolf mehrmals höhere Geldbeträge zu verlangen – zumal sie von außerehelichen Amouren des jetzt verheirateten Kaisersohnes weiß. Rudolf zahlt der früheren Geliebten auch immer, bis sie von ihm verlangt, das Gut ihres Mannes in Mayerling zu einem überhöhten Preis zu kaufen. Der Kronprinz geht auch darauf ein und erwirbt am 15. August 1886 die Villa des Grafen Leiningen-Westerburg. Nachzulesen ist diese faktische Erpressung im Bericht des erwähnten Polizeiagenten Milarov, demzufolge Herr und Frau Leiningen-Westerburg »den Kronprinzen gepresst und behelligt, bis er Mayerling um 80 000 Gulden* abgekauft«, dann seien die Vorbesitzer des Anwesens weggewiesen worden. Mit dem in Mayerling erwirtschafteten Geld kauft das Ehepaar Leiningen-Westerburg Schloss Harbach in Kärnten, wo es sich bald niederlässt.

Durch Zukauf eines benachbarten Anwesens wird Mayerling zum Jagdschloss

Gebraucht hätte der Kronprinz den teuren Gutshof in Mayerling nicht unbedingt, verfügte er doch über zahllose andere Möglichkeiten, auf die Pirsch zu gehen. Sein bevorzugter Jagdsitz war Schloss Orth an der Donau, weiters

* Entspricht laut »Statistik Austria« im Jahr 2017 einem Betrag von rund 900 000 Euro.

Kronprinz Rudolfs Jagdschloss Mayerling entstand aus dem Gutshof des Grafen Leiningen-Westerburg und dem Zukauf eines benachbarten Anwesens.

standen ihm mehrere Jagdschlösser seines Vaters zur Verfügung, und in Alland, gleich bei Mayerling, nutzte er seit Jahren regelmäßig das erwähnte Forsthaus seines Onkels, Erzherzog Karl Ludwig, des jüngeren Bruders von Kaiser Franz Joseph.

So kam Kronprinz Rudolf zu dem Gutshof in Mayerling, das er durch Zukauf eines benachbarten Anwesens zu einem Jagdschloss ausbaute und das ihm und seiner Geliebten Mary Vetsera zum Schicksal werden sollte.

»Beispiellos sträflicher Leichtsinn«
Die unglücklichen Sacher-Erben

Es geht hier um den schriftlichen Nachlass des Hauses Sacher. Niemand wusste, dass es einen solchen überhaupt gibt, weder die Nachfahren der Familie Sacher, noch die heutige Hotelierfamilie Gürtler oder die Biografen der Anna Sacher. Die Hinterlassenschaft befand sich in einer großen Schachtel, vollgefüllt mit vergilbten Briefen, Dokumenten und Fotografien. Die Testamente des Franz Sacher und des Eduard Sacher sind darin aufbewahrt und geben Einblick in die Vermögenslage des Tortenerfinders und seines Sohnes, des Hoteliers. Als weitere *Fundstücke* entdeckte ich in dem Konvolut Korrespondenzkarten der legendären Anna Sacher, mit denen sie Bitt- und Bettelbriefe ihrer Stieftochter Rosa beantwortete. Rosa Sacher hatte das von ihrem Vater geerbte Vermögen verprasst und musste ihren Lebensabend in bitterer Armut zubringen.

Bitt- und Bettelbriefe der Stieftochter

Vor Kurzem erst informierte mich die Wiener Familie R., dass sie seit Jahrzehnten im Besitz dieser Dokumente sei. Die Großmutter von Frau R. war einst mit Eduard Sachers Enkelin befreundet. Von diesem Zweig der Familie Sacher ist bislang wenig bekannt, da er nicht von der

Hermine Sacher, 1842–1877, Eduards erste Frau

berühmten Anna Sacher abstammt, sondern von Eduard Sacher und seiner ersten Frau Hermine, die jung starb und somit keinerlei Prominenz erlangte.

Eduard Sacher hinterlässt ein beachtliches Vermögen

Der verwitwete Eduard Sacher heiratete 1880, nach dem frühen Tod seiner ersten Frau, die heute bekannte Anna Sacher und brachte in diese Ehe eine Tochter namens Rosa mit. Als Eduard Sacher 1892 starb, vermachte er seinen Kindern ein beachtliches Vermögen.

Eduard Sachers Testament liegt, feinsäuberlich in Kurrentschrift abgefasst, vor mir. Die Großmutter von Frau R. hieß Adrienne Schnitzer und war – in der damaligen Zeit für eine Frau sehr ungewöhnlich – Rechtsanwältin und eine enge Freundin von Rosas Tochter Hermine. Da Hermine zeitlebens unverheiratet und kinderlos blieb, vermachte sie den schriftlichen Nachlass ihres Großvaters Eduard Sacher und ihres Urgroßvaters Franz Sacher ihrer Freundin Adrienne Schnitzer, deren Enkelin mir die Schriftstücke jetzt aushändigte.

Eduard Sachers Testament

Wir nehmen die Papiere aus der Schachtel und ich öffne neugierig zuallererst das Testament des Hoteleigentümers Eduard Sacher, das dieser am 28. Februar 1892 (und damit neun Monate vor seinem Tod) niederschrieb. »Mein letzter Wille, welchen ich gefertigter Eduard Sacher bei vollkommen gesunden Geisteskräften, nach reiflicher Überlegung, frei von Zwang und Irrthum errichte wie folgt ...«

Gleich zu Beginn nennt er seine aus erster Ehe stammende Tochter Rosa als Erbin, gefolgt von den drei Kindern aus seiner zweiten Ehe mit Anna Sacher. Rosa solle den Fruchtgenuss von »einem Zwölftel meines Nachlasses«

Eduard Sacher und seine früh verstorbene erste Frau Hermine

erhalten, ebenso viel wie deren »noch ungeborene Nachkommenschaft«, der auch erhebliche Anteile am Eigentum zufallen sollte.

Nun kann man sich unter einem Zwölftel wenig vorstellen – auch wenn man ahnen kann, dass es sich um den

Anteil eines nicht unbeträchtlichen Vermögens handelt. Immerhin war Eduard Sacher, als er sein Testament aufsetzte, seit siebzehn Jahren Alleineigentümer des renommierten Hotels vis-à-vis der Wiener Hofoper.

Rosa Sacher, 1866–1930, Eduards Tochter

Als er kurze Zeit später unerwartet starb, war seine Tochter Rosa 26 Jahre alt und mit dem Gastwirtssohn Gustav Zwierschütz verheiratet, womit das Malheur seinen Lauf nahm. Denn die Eheleute Zwierschütz hatten – auch Gustav stammte aus wohlbestalltem Haus – nicht den Geschäftssinn ihrer Eltern mitbekommen. Das geht aus dem mir ebenfalls vorliegenden Testament von Gustav Zwierschütz' Vater Michael hervor, dem auch zu entneh-

Sie und ihr Mann haben das Vermögen ihres Vaters Eduard Sacher verprasst: Rosa Zwierschütz geb. Sacher

men ist, wie viel Rosa Zwierschütz von ihrem Vater Eduard Sacher tatsächlich geerbt hat.

Das Vermögen durch Leichtsinn verloren

Michael Zwierschütz setzt in seinem mit Schreibmaschine aufgesetzten Testament vom 3. Mai 1911 nicht seinen Sohn, sondern seine Enkelin Hermine als Universalerbin ein: »Wir verhehlen nicht unseren Schmerz darüber«, schreibt er, »dass wir unseren einzigen Sohn Gustav Zwierschütz weder mit einem Pflichtteil, noch mit der Erbschaft bedenken können.«

Als Grund für den außergewöhnlichen Schritt, den eigenen Sohn zu enterben, gibt der besorgte Vater im nächsten Absatz des Testaments an: »Unser einziger Sohn hat den faktischen Beweis geliefert, dass er mit Vermögen, Vermögenswerten oder Geld nicht umzugehen weiß und dasselbe weder zu erhalten, geschweige denn zu vermehren imstande ist, was schon daraus erhellt, dass er durch die Heirat mit seiner jetzigen Frau (Rosa geb. Sacher) und später nach dem Tode seines Schwiegervaters Eduard Sacher 500 000 Kronen* erheiratete und ererbte, dieses Vermögen durch seinen und seiner Frau beispiellosen sträflichen Leichtsinn, im Laufe der Zeit durch seine Misswirtschaft und Untätigkeit verlor, ganz damit fertig wurde und auch schon von uns, seinen beiden Eltern im Laufe der Zeit 43 000 Kronen entlehnte …«

»Wir wollen nicht, dass unser Besitz in fremde Hände kommt«

Michael Zwierschütz setzt die Erklärung für die faktische Enterbung in seinem Testament fort: »Wir wollen

* Entspricht laut »Statistik Austria« im Jahr 2017 einem Betrag von rund 3 Millionen Euro.

nämlich nicht, dass unsere Häuser, unser Besitz und unser Vermögen in fremde Hände kommt. Deshalb müssen unser Sohn und seine Frau von ihrer Tochter Hermine abhängig sein und so der liebe Gott es fügt, alle drei zusammen leben.«

»Womit eine Familie gut auskommen und leben kann«

Dem Testament des Michael Zwierschütz ist nicht nur zu entnehmen, wie groß das Vermögen war, das Rosa einst von ihrem Vater Eduard Sacher erhalten (und gemeinsam mit ihrem Mann durch schlechte Geschäftsführung und allzu aufwendigen Lebensstil verloren) hat, es zeigt auch, dass Michael Zwierschütz' Kapital neben Grundstücken, Schmuck und Bargeld aus zwei Zinshäusern »im schönsten Besitztum in Bad Vöslau« bestand, die sich mit sechs Prozent jährlich verzinsten, womit »eine Familie bestehend aus Vater, Mutter und Tochter gut auskommen und leben kann«.

Alle Nachfahren dieses Zweigs der Familie Sacher sind verarmt

Mit dem Schritt, Sohn und Schwiegertochter von seinem Vermögen fernzuhalten und seine Enkelin als Universalerbin einzusetzen, hat der um das Wohl seiner Kinder bedachte Gastwirt nichts erreicht: Geld, Schmuck, Grundstücke und Häuser gingen auch weiterhin verloren, was die vorliegende Korrespondenz klar dokumentiert: Alle genannten Personen sind trotz der beträchtlichen Erbschaften, die sie angetreten hatten, verarmt.

Den letzten Beweis dafür liefert eine handgeschriebene Karte der Hotelbesitzerin Anna Sacher vom 2. Jänner 1927, mit der sie einen Bettelbrief der Hermine Zwierschütz beantwortet:

»Liebe Hermine! Ich erhielt Ihren Brief und nachdem Sie so nett geschrieben haben, will ich Ihnen zu Liebe Ihrer

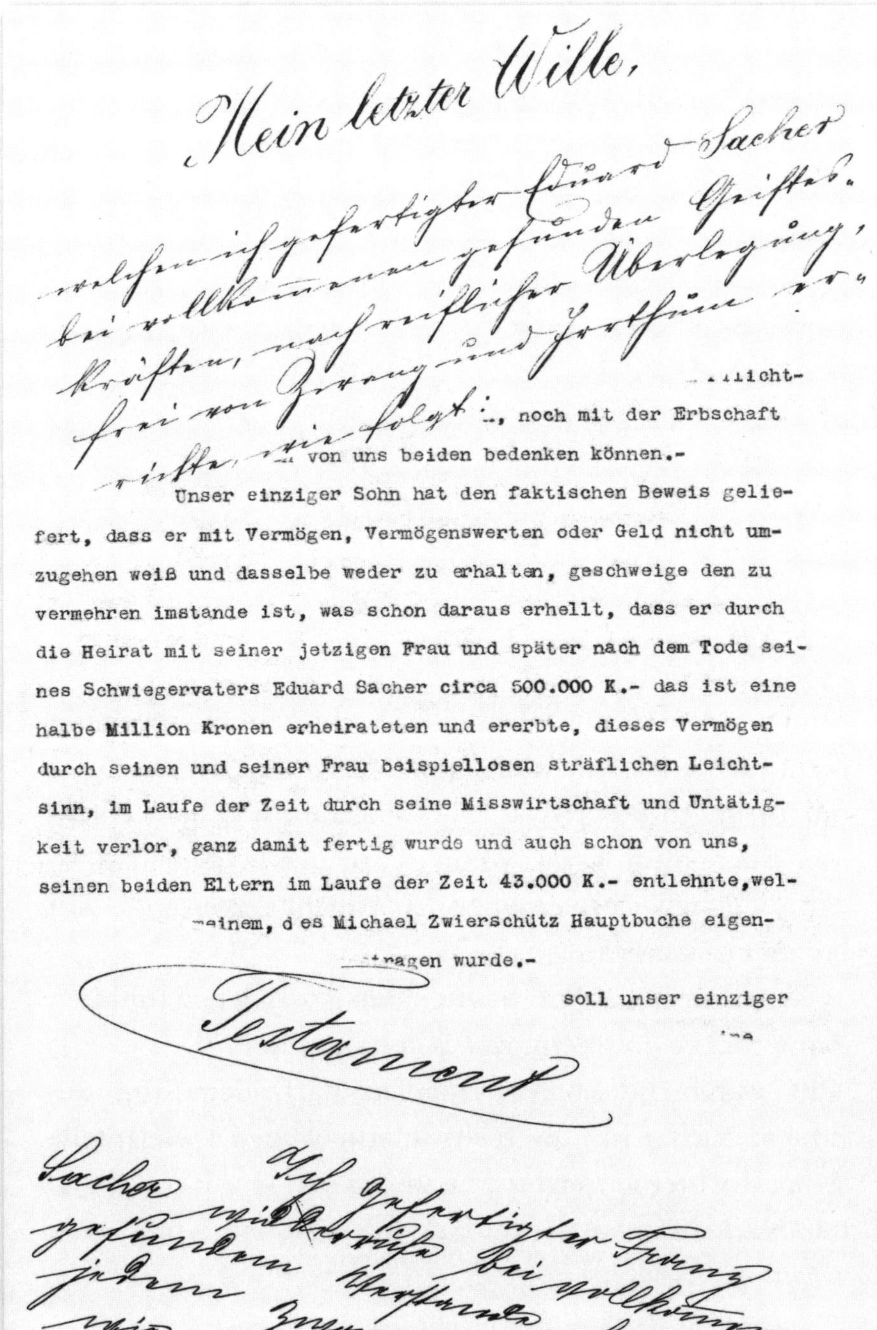
Mein letzter Wille.

...llicht-

..., noch mit der Erbschaft

... von uns beiden bedenken können.-

Unser einziger Sohn hat den faktischen Beweis geliefert, dass er mit Vermögen, Vermögenswerten oder Geld nicht umzugehen weiß und dasselbe weder zu erhalten, geschweige den zu vermehren imstande ist, was schon daraus erhellt, dass er durch die Heirat mit seiner jetzigen Frau und später nach dem Tode seines Schwiegervaters Eduard Sacher circa 500.000 K.- das ist eine halbe Million Kronen erheiratet und ererbte, dieses Vermögen durch seinen und seiner Frau beispiellosen sträflichen Leichtsinn, im Laufe der Zeit durch seine Misswirtschaft und Untätigkeit verlor, ganz damit fertig wurde und auch schon von uns, seinen beiden Eltern im Laufe der Zeit 43.000 K.- entlehnte, wel-

...einem, des Michael Zwierschütz Hauptbuche eigen-

...tragen wurde.-

Testament

soll unser einziger

Sacher

Das Vermögen durch »sträflichen Leichtsinn« verloren: Auszüge aus den Testamenten von Eduard Sacher (oben), Michael Zwierschütz (Mitte) und Franz Sacher (unten)

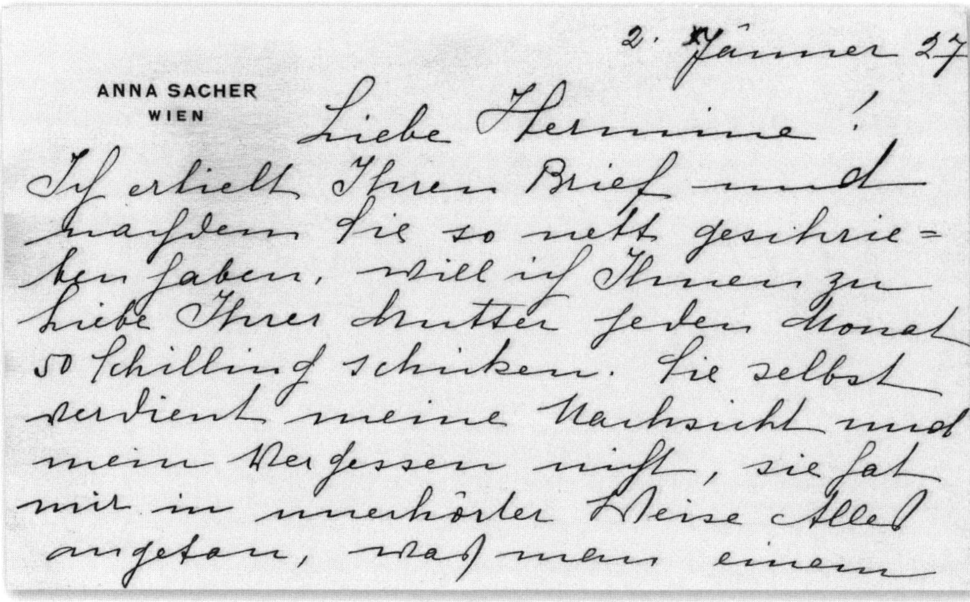

ANNA SACHER
WIEN

2. Jänner 27

Liebe Hermine!
Ich erhielt Ihren Brief und
nachdem Sie so nett geschrie=
ben haben, will ich Ihnen zu
liebe Ihrer Mutter jeden Monat
50 Schilling schicken. Sie selbst
verdient meine Nachsicht und
mein Vergessen nicht, sie hat
mir in unerhörter Weise Alles
angetan, was man einem

»Will ich Ihnen zu Liebe Ihrer Mutter jeden Monat 50 Schilling schicken«:

Mutter jeden Monat 50 Schilling* schicken. Sie selbst verdient meine Nachsicht und mein Vergessen nicht, sie hat mir in unerhörter Weise Alles angetan, was man einem Menschen antun kann. Wenn sie es auch heute bereut, so kann ich vielleicht verzeihen, aber nicht vergessen ... Mit besten Grüssen Anna Sacher.«

Die Folgen eines heftigen Erbschaftsstreits

Was aber hatte ihre Stieftochter Rosa der berühmten Anna Sacher »in unerhörter Weise« angetan?

Es waren Erbschaftsstreitereien nach dem Tod des Eduard Sacher um die nicht unerheblichen Hotelanteile seiner Tochter aus erster Ehe und deren »noch ungeborener Nachkommenschaft«. Um diese Anteile entbrannte

* Entspricht laut »Statistik Austria« im Jahr 2017 einem Betrag von rund 150 Euro.

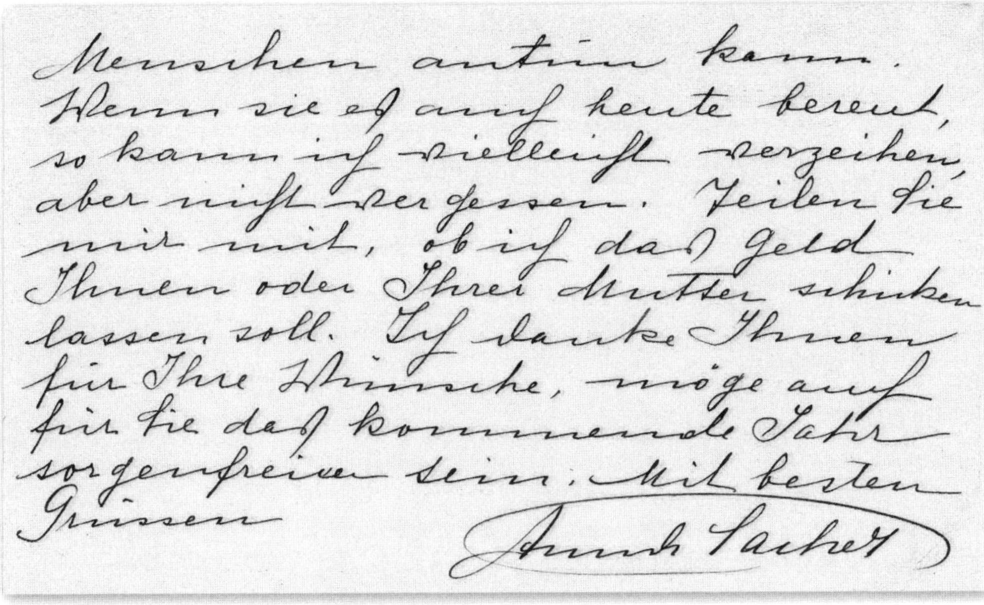
Menschen antun kann.
Wenn sie es auch heute bereut,
so kann ich vielleicht verzeihen,
aber nicht vergessen. Teilen Sie
mir mit, ob ich das Geld
Ihnen oder Ihrer Mutter schicken
lassen soll. Ich danke Ihnen
für Ihre Wünsche, möge auch
für Sie das kommende Jahr
sorgenfreier sein. Mit besten
Grüssen
Anna Sacher

Eine Geste der Anna Sacher gegenüber der verhassten Stieftochter

nach Eduards Tod im November 1892 ein heftiger, sich über Jahre hinziehender Streit. Anna Sacher musste ihrer Stieftochter Rosa und deren Tochter Hermine die Anteile abkaufen. Obwohl sich im Lauf des Gerichtsverfahrens ein gegenseitiger Hass aufgestaut hatte und sie ihrer Stieftochter hohe Summen für die Ablöse ihrer Hotelanteile bezahlen musste, war Anna Sacher jetzt, 34 Jahre später, bereit, ihr – wenn auch mit relativ bescheidenen 50 Schilling im Monat – beizustehen.

Das Erbe nach dem Tortenerfinder Franz Sacher

Auch das Erbe ihres 1907 im Alter von neunzig Jahren verstorbenen Großvaters, des Tortenerfinders Franz Sacher, konnte Rosa und ihre Tochter Hermine nicht aus ihren finanziellen Nöten befreien. Laut dem ebenfalls vorliegenden Testament des Franz Sacher, aufgesetzt am 24. Dezember 1902, hatte er seiner Enkelin Rosa und sei-

Stammbaum der Familie Sacher (Auszug)

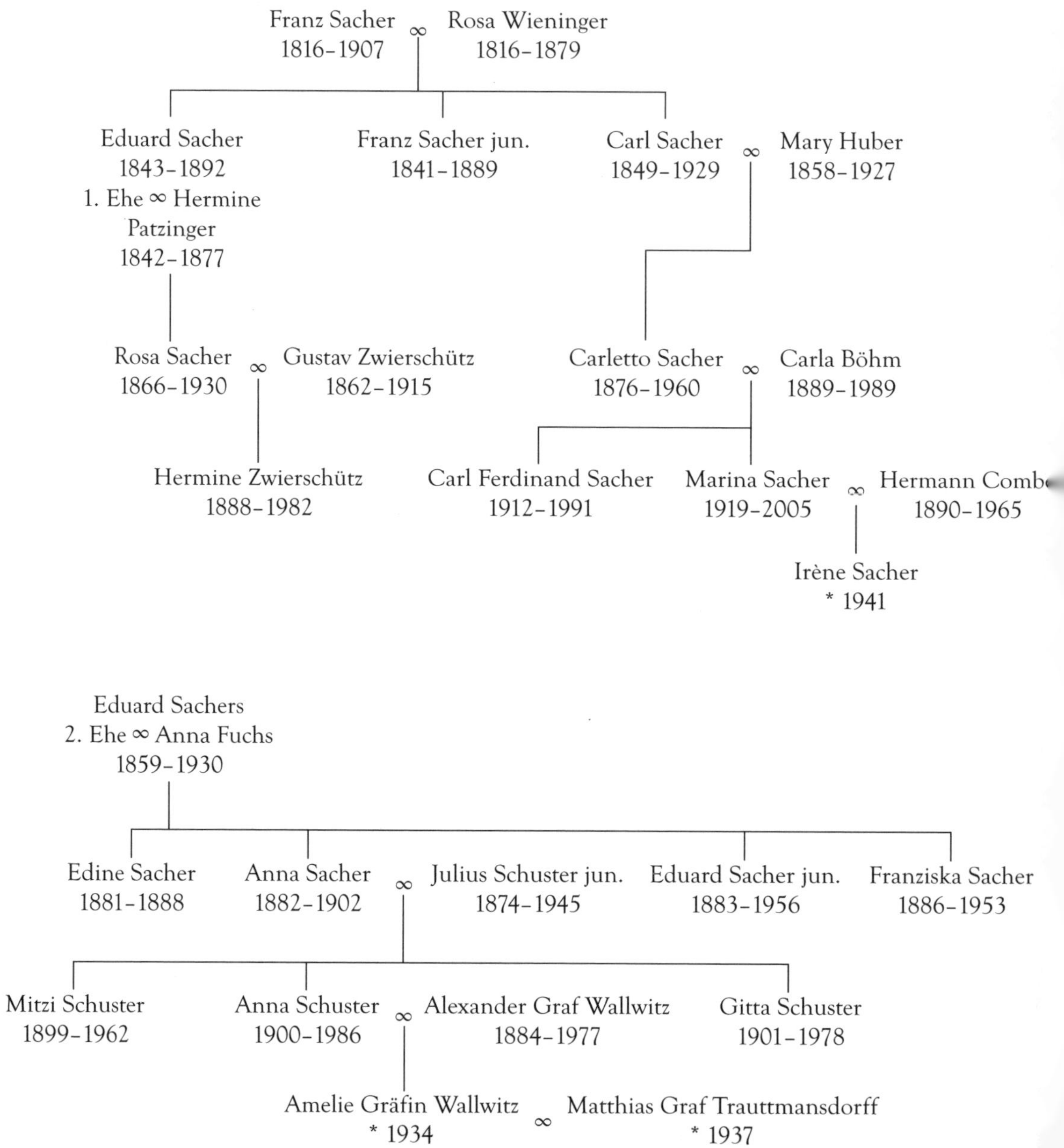

ner Urenkelin Hermine Zwierschütz je 8000 Kronen* vermacht.

Eduard Sachers Tochter und Enkelin leben in drückender Armut

Rosa Zwierschütz geb. Sacher starb trotz beträchtlicher Erbschaften nach ihrem Vater, ihren Schwiegereltern und ihrem Großvater in drückender Armut. Und auch ihre Tochter Hermine verbrachte ihren Lebensabend in großer wirtschaftlicher Bedrängnis. Die Enkelin des reichen Hoteliers Eduard Sacher lebte bis zu ihrem Tod im Jahr 1982 in einer Zimmer-Küche-Kabinett-Wohnung in der Schüttelstraße 101 in Wien-Leopoldstadt.

Eduards Kindern aus seiner zweiten Ehe mit Anna Sacher sollte es nicht besser ergehen. Tochter Franziska verstarb noch im Kindesalter, Sohn Eduard Sacher jun. gründete ein Kaffeehaus an der Ringstraße und musste Konkurs anmelden. Und Tochter Anna wurde mit dem Sohn des Rothschild-Zentraldirektors Julius Schuster verheiratet und beging nicht einmal vier Jahre nach der Eheschließung Selbstmord.**

Franz Sacher überlebt zwei seiner drei Söhne um Jahrzehnte

Der Tortenerfinder Franz Sacher hatte neben Eduard zwei weitere Söhne: Carl errichtete ein Hotel in Baden bei Wien, das über mehrere Generationen im Familienbesitz blieb. Weit weniger erfolgreich war sein ältester Sohn Franz Sacher jun., der von seinem berühmten Vater ein florierendes Delikatessengeschäft Ecke Kärntner Straße/Weihburggasse geerbt hatte. Franz jun. verkaufte es und übernahm ein Hotel in Bukarest, mit dessen Untergang er sein gesam-

* Entspricht laut »Statistik Austria« im Jahr 2017 einem Betrag von je rund 50 000 Euro.

** Siehe Kapitel Seite 15 ff.

Hat zwei seiner drei Söhne überlebt:
Tortenerfinder Franz Sacher (1816–1907)

tes Kapital verlor. Franz jun. starb, ebenfalls verarmt, im Jänner 1889 im Alter von 48 Jahren.

Franz Sacher hat somit zwei seiner drei Söhne um Jahrzehnte überlebt.

Maria Theresia verliert ihren Mann
Der plötzliche Tod Kaiser Franz Stephans I.

Das Leben Maria Theresias war mehr als ausgefüllt. Sie regierte ein riesiges Reich, beaufsichtigte persönlich die Erziehung ihrer Kinderschar und war leidenschaftliche Ehefrau, die ihren Mann, Franz Stephan von Lothringen, über alles liebte. Die Ehe der beiden war eine der wenigen wirklich glücklichen im Hause Habsburg.

Maria Theresia, 1717–1780, Regentin von Österreich

Maria Theresia ist 48 Jahre alt, als sich über Nacht alles ändert. Am Abend des 18. August 1765 findet in der Hofburg zu Innsbruck eine aus Anlass der Hochzeit ihres Sohnes Leopold mit der Prinzessin Maria Ludovika von Bourbon-Parma gegebene Theatervorstellung statt. Ihr Mann Franz Stephan zieht sich aber noch vor Schluss der Aufführung zurück. Sein ältester Sohn Joseph folgt ihm, stützt den Vater, als er auf der Treppe von einem Schwindel befallen wird. »Es ist nichts weiter«, sagt der 56-Jährige, er schafft noch ein paar Schritte, hält sich an einem Türrahmen fest und sackt in sich zusammen. Man legt Franz Stephan auf das Bett eines Dieners, holt einen Arzt – doch es ist zu spät. Der Kaiser ist tot.

Maria Theresia weiß noch nichts, sie ist in der Vorstellung. Man verständigt sie, die Kaiserin steht wie versteinert

Maria Theresia verliert das Bewusstsein

da, sagt kein Wort, bricht in Tränen aus. Ihr Leibarzt Gerard van Swieten schreibt dem Staatsminister Johann Graf Cobenzl: »Joseph musste nicht nur den Vater in seinen Armen sterben sehen, sondern auch die Kaiserin abwehren, die den leblosen Kaiser sehen wollte. Man hinderte sie daran, und ihr Sohn bewies bei dieser Gelegenheit eine Entschiedenheit, stark wie der Schmerz, der ihn ergriffen haben muss. Die Kaiserin erlitt in dieser Nacht zwei Ohnmachtsanfälle.«

Die große Liebe ihres Lebens: Kaiser Franz Stephan I. von Lothringen

Die Notizen des Sekretärs

Maria Theresias belgischer Sekretär Corneille François de Neny ist in Franz Stephans Todesstunde zugegen und notiert in sein Tagebuch, dass der Kaiser bereits am Vortag unter Beklemmungen, Atemnot und Übelkeit gelitten habe, dies jedoch vor Maria Theresia und dem Hofstaat verbergen wollte. Er litt offensichtlich unter dem feuchtheißen Föhnwind in den Augusttagen und ließ die Bemerkung fallen, darüber froh zu sein, die »so drückenden Tiroler Berge« bald wieder verlassen zu können. Maria Theresia erkannte, dass es ihrem Mann schlecht ging, und versuchte ihn davon abzuhalten, die Theateraufführung zu besuchen. Franz Stephan bestand aber darauf, dem Ballett »Iphigenie« beizuwohnen.

Beisetzung in der Kapuzinergruft

Der Leichnam des Kaisers wird nach Wien überführt, öffentlich aufgebahrt und am 31. August in der Kapuzinergruft beigesetzt.

Wie viel Maria Theresia die Zeit, die sie mit ihm verbringen durfte, bedeutete, zeigt eine Berechnung, die sich nach ihrem Tod auf einem handgeschriebenen Zettel in ihrem Gebetbuch findet: Die 29 1/2 gemeinsam erlebten Jahre »waren 354 monat, 1416 wochen, 9912 täge, 237 888 stunden«.

Franz I. Stephan, 1708–1765, Kaiser des Heiligen Römischen Reiches

Maria Theresia hat nicht nur den geliebten Mann verloren, sondern auch die – neben den Kanzlern Kaunitz und Haugwitz – wohl wichtigste Stütze in Regierungsfragen. Franz Stephan war intelligent und ein guter Geschäftsmann, der sein Privatvermögen geschickt verwaltete. Sohn Joseph – der in politischen Fragen oft ganz anders dachte und mit seiner Mutter große Meinungsverschiedenheiten hatte – tritt nun die Nachfolge seines Vaters als Mitregent an.

Maria Theresia sieht sich anfangs außerstande, weiterzuregieren. Vor Schmerz gelähmt, will sie sich »vor der Welt nicht mehr sehen lassen«. Allein weiterleben zu müssen, erscheint ihr unmöglich, sie sieht alle Vorgänge durch einen dichten Nebel der Trauer. Und verbringt ihre Tage vor allem damit, in Selbstvorwürfen zu baden:

Maria Theresia badet in Selbstvorwürfen

Dass Franz Stephan die Hochzeit statt in Innsbruck lieber in Graz gesehen hätte, wo er, wie sie meint, infolge des für ihn günstigeren Klimas sicher nicht gestorben wäre.

Dass ihr Leibarzt van Swieten nicht mitgereist sei.

Dass sie die letzten Tage nicht intensiv genug mit Franz Stephan verbracht habe.

Dass sie ihm in all den Jahren überhaupt zu wenig Zeit gewidmet habe.

Dass sie ihm mehr Heiterkeit und mehr Verzeihen hätte schenken sollen.

»Er war der ganze Trost meines harten Daseins«

Die tief religiöse Maria Theresia zieht sich tagelang zur Andacht zurück. Sie wird ihr schwarzes Witwenkleid und ihren Witwenschleier nie wieder ablegen, lässt ihr langes Haar abschneiden, die Privatgemächer schwarz tapezieren. Die fünfzehn Jahre, die sie noch zu leben hat, sind von Trauer geprägt, der Tod Franz Stephans hat ihr jegliche Freude genommen, sie wird nie wieder richtig froh. »Ich habe den liebenswürdigsten aller Männer verloren«, schreibt sie ihrer Freundin, der Gräfin Edling, »er war der ganze Trost meines harten Daseins; jetzt ist für mich nichts mehr da. Möge mich Gott erleuchten und stärken, wenn ich denn noch eine Zeitlang auf dieser Erde herumirren soll.«

Im Mai 1772 fühlt sie sich in ihrer anhaltenden Trauer so geschwächt, dass sie die Regierungsgeschäfte einmal mehr niederzulegen gedenkt, wovon sie von ihrem Obersthofmeister Khevenhüller und dem gesamten Hofstaat

Maria Theresia legte nach dem Tod ihres Mannes ihr schwarzes Witwenkleid und den Witwenschleier nie wieder ab.

»Selbst die Sonne erscheint mir schwarz«

zurückgehalten wird. »Ich möchte in Innsbruck sein«, erklärt sie, »wo ich meine letzten glücklichen Tage hatte, mir mundet keinerlei Vergnügen mehr. Selbst die Sonne erscheint mir schwarz.«

Die Liebe zu ihrem Mann ist unerschütterlich, obwohl Maria Theresia weiß, dass er ihr in all den Jahren nie treu war. Franz Stephan hatte ständig irgendwelche Amouren, man weiß von den Sängerinnen Astria und Gabrielli, von den Gräfinnen Pálffy und Colloredo und seiner langjährigen Geliebten Wilhelmine von Auersperg. Die Kaiserin musste fast dreißig Jahre mit der Schmach leben, von ihrem Mann betrogen zu werden.

»Heirate nie einen Mann, der nichts zu tun hat«

Weder als Kaiser des Heiligen Römischen Reichs noch als Maria Theresias Mitregent hatte er allzu viele Aufgaben, somit verfügte er über genügend Zeit für seine Affären. Als sich der Kaiserin einmal eine Kammerfrau mit ihrem Liebeskummer anvertraute, erteilte sie dieser aus vollem Herzen den Rat: »Mein Kind, lass dich warnen! Heirate nie einen Mann, der nichts zu tun hat!«

Der schwere Doppelsarkophag für Maria Theresia und Franz Stephan war längst gezimmert, als der Kaiser starb. Das Ehepaar hatte ihn Jahre davor anfertigen und in der Wiener Kapuzinergruft aufstellen lassen. Wie sehr sie sich nach ihrem Mann sehnt, erkennt man auch daran, dass Maria Theresia bald, nachdem er gestorben ist, ihr Totenkleid und die Sandalen für ihre letzte Ruhestätte anfertigen lässt.

Maria Theresias letzter Besuch in der Gruft ihres Mannes

Die »Kaiserin«* lässt sich nach Franz Stephans Tod so oft wie möglich in die Kapuzinergruft führen, um ihrem verstorbenen Gemahl nahe zu sein. Elf Tage ehe sie selbst stirbt, ist sie noch einmal dort. Man hat für sie einen mechanischen Aufzug errichtet, der die schon schwerfällig gewordene Herrscherin in das Untergeschoß der Habsburgischen Grabstätte befördert. Als man sie bei diesem letzten Besuch nach zweistündigem Gebet wieder emporzie-

---

* Maria Theresia wurde und wird fälschlich oft als Kaiserin bezeichnet, obwohl sie »nur« Erzherzogin von Österreich und Königin von Ungarn war. »Kaiserin« war sie, weil ihr Mann Franz Stephan I. seit 1745 den Titel Kaiser des Heiligen Römischen Reichs trug.

hen will, reißt das Seil des Aufzugs. Die Kaiserin stürzt, erhebt sich und flüstert einem der erschrockenen Kapuziner zu: »Es ist mein Gemahl, der mich zurückhalten möchte.«

Zu Kaiser Joseph sagt sie bei einer der letzten Begegnungen: »Geliebter Sohn, ihm kann ich nichts geben, denn alles gehört sowieso ihm. Gern, recht gern, trete ich Ihnen Krone und Zepter ab, doch verlasse ich auch Kinder. Seien Sie Ihnen Vater, wie ich Ihnen Mutter war und lieben Sie Ihre Geschwister mit gleicher Zärtlichkeit, wie ich sie in meinem Leben geliebt habe. Dann wird mir das Scheiden leichter.«

Kaiser Joseph II., 1741–1790, ältester Sohn, Mitregent und Nachfolger Maria Theresias

Fünf ihrer Kinder sind anwesend, als Maria Theresia am 29. November 1780 im Alter von 63 Jahren für immer die Augen schließt. Glücklich ist sie in den letzten fünfzehn Jahren ihres Lebens – nach dem Tod des geliebten Mannes – nicht mehr geworden.

Der Jahrhundert-Fund
Ein verlorenes Theaterstück taucht auf

Es ist nicht irgendein Stück irgendeines Dichters, das da aus dem Nichts aufgetaucht ist. Ödön von Horváth ist allein schon durch seine »Geschichten aus dem Wiener Wald« ein Schriftsteller von Weltruf. Umso erstaunlicher, dass fast achtzig Jahre nach seinem Tod plötzlich ein Werk entdeckt wird, von dessen Existenz bislang niemand wusste. Nachdem das Manuskript auf einem Dachboden zum Vorschein kam, feierte das Stück am 1. September 2016 im Wiener Theater in der Josefstadt seine späte Uraufführung.

Ödön von Horváth, 1901–1938, Schriftsteller und Dramatiker

Die Geschichte des Stücks steht seinem Inhalt an Spannung um nichts nach. Ödön von Horváth hat das Manuskript »Niemand« im Jahr 1924 als noch völlig unbekannter Autor verfasst und dem Berliner Theaterverlag »Die Schmiede« überlassen, dessen Aufgabe es war, das Werk den Bühnen im deutschen Sprachraum zur Aufführung anzubieten. Offensichtlich ohne Erfolg, denn »Niemand« wurde an keinem Theater gespielt: Niemand hat sich für »Niemand« interessiert.

Der Verlag »Die Schmiede« war durch seine Autoren Franz Kafka, Joseph Roth und Marcel Proust überaus angesehen, bewegte sich aber permanent am Rande der Pleite. Und so wurde 1929 der Konkurs angemeldet, und zwei Jahre später erfolgte die Löschung der Firma aus dem Berliner Handelsregister.

Das Manuskript des Stücks geht verloren

Mit der Schließung des Theaterverlags ging auch dessen Archiv und damit das Unikat des von Ödön von Horváth mit Schreibmaschine getippten »Niemand«-Manuskripts verloren. Es gab keine weitere Kopie, da der Autor die Durchschläge seines gesamten Frühwerks in einem Anfall der Verzweiflung vernichtet hatte.

Fundort: Dachboden

Großer Schnitt, man schreibt das Jahr 2006. Fünfundsiebzig Jahre sind seit der Auflösung des Verlags »Die Schmiede« vergangen, da findet ein Unbekannter beim Aufräumen seines Dachbodens ein Textbuch mit abgegriffenem, blauem Einband und mit der Aufschrift »Niemand«. Fest steht, dass es sich um das Verlagsexemplar handelt, aber wie das Typoskript auf den Dachboden kam und wer der Finder war, ist unbekannt.

Hat sämtliche Durchschläge seines Frühwerks in einem Anfall der Verzweiflung vernichtet: Ödön von Horváth

»Kleine Leute, die sich eine Moral nicht leisten können«

Das knapp hundert Seiten starke *Fundstück* erzählt den Inhalt und enthält die Dialoge einer Tragödie: Die Bewohner eines von einem Wucherer betriebenen Zinshauses werden in der Wirtschaftskrise der 1920er-Jahre an den Rand ihrer Existenz gedrängt: Der Musiker Klein steht vor der Delogierung, der Zuhälter Wladimir schlägt aus dem Elend der anderen Profit, die Dirne Gilda verkauft ihren Körper, die Mieterin Ursula heiratet in ihrer Verzweiflung den despotischen Hausherrn, typische Horváth-Figuren, »kleine Leute, die sich eine Moral nicht leisten können«. Der Ort des Geschehens wird nicht genannt, es steht aber außer Zweifel, dass das Stück in einem Wiener Zinshaus spielt.

Der Entdecker des Textbuchs übergab den Jahrhundert-Fund noch im Jahr 2006 dem in der deutschen Stadt Pforzheim beheimateten Auktionshaus Kiefer. Dort wurde das Manuskript – ohne dass sein wahrer Wert erkannt wurde – von einem weiteren Unbekannten für 250 Euro ersteigert. Um für weitere neun Jahre im Dunkeln zu verschwinden.

Um wenige Sekunden zu spät

Am 25. Juni 2015 taucht der literarische Schatz plötzlich wieder auf. Ödön von Horváths Tragödie »Niemand« soll an diesem Tag im traditionsreichen Berliner Auktionshaus Stargardt unter den Hammer kommen. Herbert Föttinger, der Direktor des Wiener Theaters in der Josefstadt, erfährt durch einen Artikel in der »Frankfurter Allgemeinen Zeitung« von der geplanten Versteigerung und verständigt den Wiener Theaterverlag Thomas Sessler, den langjährigen Rechteinhaber sämtlicher Horváth-Werke. Dessen Geschäftsführer Ulrich Schulenburg und Maria Teuchmann schalten sich in die Auktion ein – und kommen um wenige Sekunden zu spät. Soeben hat Christoph Mai für die Wienbibliothek um 11 000 Euro telefonisch den Zuschlag für das bislang unbekannte Horváth-Manuskript erhalten. »Niemand« gelangt somit in den Besitz der Hand- und Druckschriftensammlung der Stadt Wien.

Schnell verständigen sich Wienbibliothek und Thomas Sessler Verlag darauf, dass dieser die exklusiven Aufführungsrechte erwirbt. Und obwohl sich bald zahlreiche deutsche Bühnen um die Uraufführung des unerwartet aufgetauchten Horváth-Stücks raufen, wird diese dem »Entdecker« Herbert Föttinger und seinem Theater in der Josefstadt zugesprochen. Von Wien aus findet das Stück seinen Weg ans Linzer Landestheater und an das Deutsche Theater Berlin. Auch wenn sich die Kritik über einige Schwächen des Frühwerks einig ist, deutet vieles auf die große Pranke des später berühmten Dramatikers hin.

Der tragische Tod des Dichters

»Niemand« ist eines von mehr als zwanzig Theaterstücken, die Ödön von Horváth hinterlassen hat – und das, obwohl er nur 37 Jahre alt wurde. Der Schriftsteller war nach Hitlers Einmarsch aus Wien geflüchtet – nicht aus »rassischen« Gründen, wie die meisten seiner Kollegen, sondern weil ihn die Nationalsozialisten wegen des sozialkritischen Inhalts seiner Stücke und Romane ablehnten. Horváth ging nach Paris ins Exil, wo er am 1. Juni 1938 tragisch starb: Der Dichter geriet während eines Spaziergangs über die Champs-Élysées in einen orkanartigen Sturm, bei dem sich ein schwerer Ast von einer alten Kastanie löste, an der er gerade vorbeigehen wollte. Horváth wurde von dem herabfallenden Ast erschlagen und war sofort tot.

Neben den »Geschichten aus dem Wiener Wald« haben ihn auch Stücke wie »Glaube, Liebe, Hoffnung«, »Kasimir und Karoline« oder »Figaro lässt sich scheiden« überlebt.

Dass auch »Niemand« dazu zählen würde – daran hat wohl niemand gedacht.

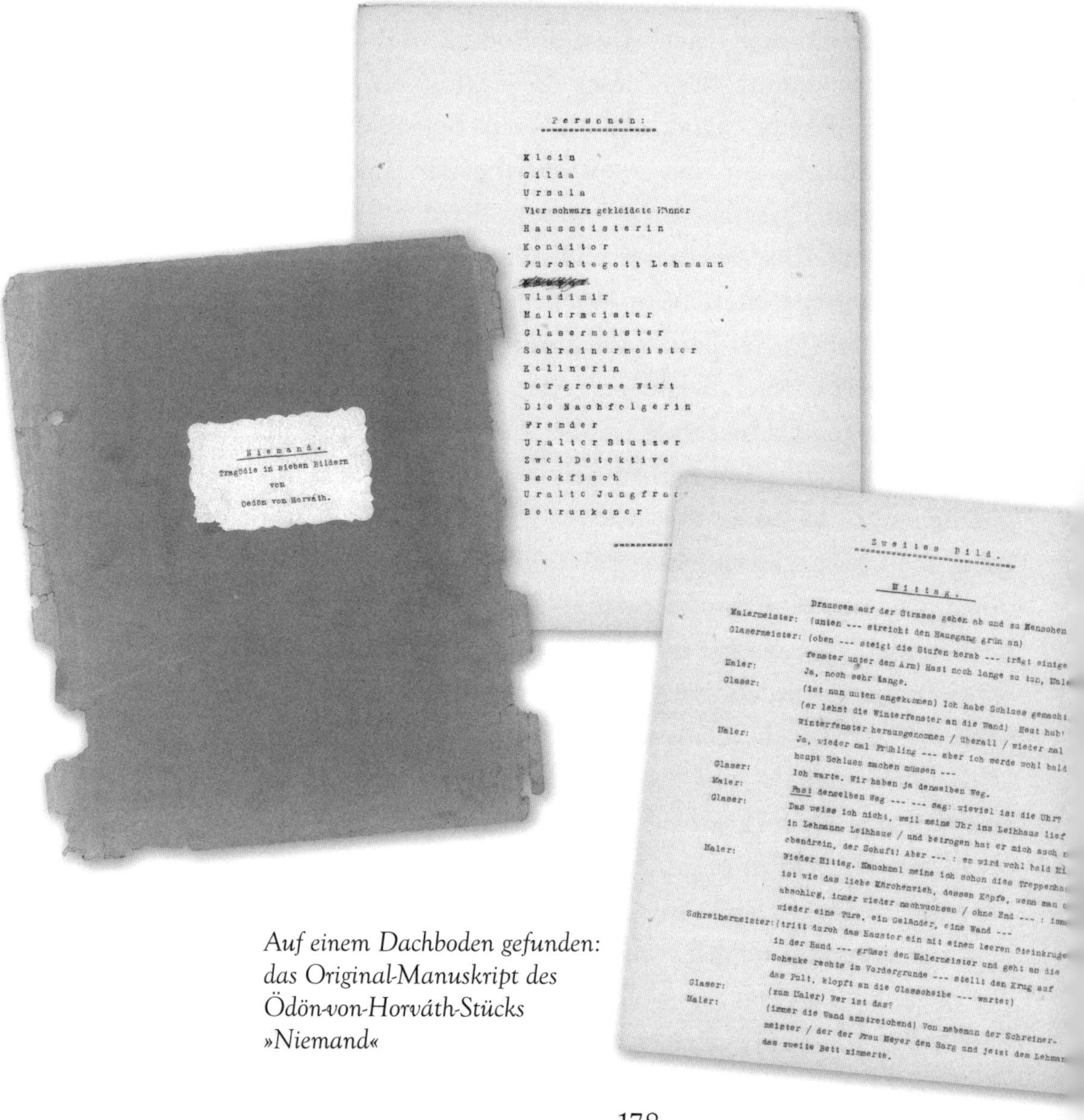

Auf einem Dachboden gefunden: das Original-Manuskript des Ödön-von-Horváth-Stücks »Niemand«

Der Anfang vom Ende der Donaumonarchie
Noch ein geheimes Tagebuch

Es war der Anfang vom Ende. Inmitten der Hölle des Ersten Weltkrieges versuchte Kaiser Karl verzweifelt Frieden zu schließen, aber die Aktion endete im Debakel. Der Plan des Monarchen flog auf und stempelte ihn zum Verräter ab. Im Mittelpunkt des missglückten Bravourstücks stand Prinz Sixtus, ein Bruder der Kaiserin Zita, der durch einen Kurier mit Kaiser Karl in geheimer Verbindung stand. Der Kurier hieß Thomas Graf Erdödy und hat über die gesamte Zeit der verdeckten Friedensverhandlungen Tagebuch geführt. Das Dokument liest sich streckenweise wie ein Spionagekrimi und gibt Auskunft über bisher unbekannte Hintergründe, die zum Ende des sechshundert Jahre alten Kaiserreichs führten.

Karl I.,1887–1922, letzter Kaiser von Österreich und König von Ungarn

Nur wenige Wochen, nachdem mir Georg Walterskirchen das Tagebuch seines Großvaters Adalbert von Spanyi – dem letzten Adjutanten Kaiser Franz Josephs – übergeben hatte*, meldeten sich bei mir die in Wien lebenden Brüder Klaus und Heinz Lukesch, um mir mitzuteilen, dass auch sie historische Unterlagen hätten, die

Thomas Graf Erdödy, 1886–1931, k. u. k. Offizier und Vertrauter Kaiser Karls

* Siehe Seiten 24 ff.

ich mir ansehen sollte. Ihr Großonkel, Graf Erdödy, war unmittelbar vor dem Untergang der Donaumonarchie in der engsten Umgebung des letzten österreichischen Kaisers Karl gestanden – und auch er hätte ein Tagebuch geführt, das mich interessieren könnte. Über die Funktion des Grafen Erdödy konnte ich mir schnell ein Bild machen, sein Lebensweg als k. u. k. Offizier ist dokumentiert. Aber dass er ein Tagebuch geführt hat und dass dieses nach hundert Jahren noch unveröffentlicht ist – das war absolut neu, davon wusste niemand. Ich traf die Brüder Lukesch, die mir das aus fünf Heften bestehende Tagebuch anvertrauten. Es sollte sich als klassisches *Fundstück* erweisen.

Geheime Friedensverhandlungen

Wir trafen uns im Café Frauenhuber in der Wiener Innenstadt, und ich schlug sogleich das erste der Tagebücher auf. »Heute ließ mich Seine Majestät ganz unerwartet holen«, notiert Graf Erdödy am 8. Februar 1917. Kaiser Karl fragte ihn, ob er es übernehmen würde, in einer sehr wichtigen Mission in die Schweiz zu fahren. »Als ich mit Freuden annahm, teilte er mir mit, dass es sich um mit Frankreich angefangene Friedensverhandlungen handle.«

Freunde seit Kindheitstagen

Zu Hause las ich mir die Tagebücher des Grafen Erdödy dann in Ruhe durch. Im Vordergrund der Aktion, das geht aus ihnen hervor, stand absolute Diskretion, zumal die deutschen Verbündeten, allen voran Kaiser Wilhelm II., von den Geheimgesprächen nichts erfahren durften. Kaiser Karl hat den Grafen Erdödy mit dieser für die Monarchie möglicherweise überlebenswichtigen Aufgabe betraut, weil er ihn seit gemeinsam verbrachten Kindheitstagen kannte.

Karls Vater, Erzherzog Otto, war einst als Regimentskommandant in Ödenburg stationiert, wo die Familie Erdödy ein herrschaftliches Gut besaß und Karl der Spielkamerad von Thomas war. Der nun 29-jährige Kaiser wusste daher von dem fast gleichaltrigen Grafen, dass er sich seiner uneingeschränkten Loyalität sicher sein konnte.

Das herrschaftliche Gut der Familie Erdödy in Ödenburg

Wollten 1917 ihre familiären Kontakte für eine Friedensmission nützen: Kaiser Karl, Kaiserin Zita

Erdödy wird vom k. u. k. Außenministerium mit einer neuen Identität samt falschem Reisepass versorgt, Kaiserin Zita überreicht ihm einen Plan der Stadt Neuchâtel in der Schweiz, wo er sich am 13. Februar 1917 »pünktlichst um ½ 2 Uhr in der Rue du Pommier Nr. 7« einzufinden

Neue Identität und falscher Reisepass

hat. »Wenn ich dort zu besagter Stunde anläute«, schreibt Erdödy im Tagebuch, »wird mir ein alter Mann aufmachen, den ich mit Monsieur Boys de la Tour anzusprechen habe, der wird hierauf die Thüre zu einer Stiege öffnen, wo ich von einer alten Frau in ein leeres Zimmer geführt werde, in welchem ich die beiden Prinzen Sixtus und Xaver von Parma kurze Zeit darauf treffen werde.« Erdödy weiß, dass die belgischen Brüder von der französischen Regierung ermächtigt sind, mit Österreich-Ungarn zu verhandeln.

Ottokar Graf Czernin, 1872–1932, österreichischer Außenminister

Vor seiner Abfahrt in die Schweiz wird Graf Erdödy von Kaiser Karl »dringendst vor Spitzeln und Spionen gewarnt«, und der Monarch macht ihn auch darauf aufmerksam, dass weder er noch das Außenministerium ihn im Falle seiner Enttarnung schützen können. »Außenminister Exzellenz Czernin sagte mir beim Abgehen, dass die Sache ein gewagtes Stück Arbeit sei und ich sehr acht geben soll.«

Der Zeitpunkt für Friedenssondierungen scheint günstig, da sich im nunmehr dritten Kriegsjahr sowohl in der Monarchie und bei ihren Verbündeten (den Mittelmächten) als auch bei deren Gegnern (der Entente) moralische und wirtschaftliche Erschöpfung breitmachten.

»Ich trat die Reise mit gemischten Gefühlen an«

Aus der Tagebucheintragung des offenbar abergläubischen Grafen vom 13. Februar 1917: »Ich trat die Reise mit gemischten Gefühlen an, da mir der 13. nicht sehr sympathisch ist.« In Neuchâtel angekommen, findet Erdödy mithilfe der Straßenkarte der Kaiserin die angegebene Adresse, obwohl ihm – um nur ja nicht aufzufallen – ausdrücklich untersagt wurde, irgendjemanden nach dem Weg zu fragen. »Um pünktlich ½ 2 Uhr fand ich mich in der Rue du Pommier ein. Als ich anläutete, öffnete ein alter Mann, dann die besagte Dame ... Gleich darauf kamen die Prinzen (Sixtus und Xaver). Wir legitimierten uns gegenseitig und sodann übergab ich die anvertrauten Sachen«, das sind in erster Linie Briefe Kaiser Karls. Die Prinzen wiederum reichen Erdödy zwei Entwürfe für einen möglichen Frieden, in denen von der Donaumonarchie die Abtretung Südtirols an Italien verlangt wird. Dies sei ein Wunsch der Entente, »die aber«, so Graf Erdödy im Tagebuch, »unerfüllbar ist«.

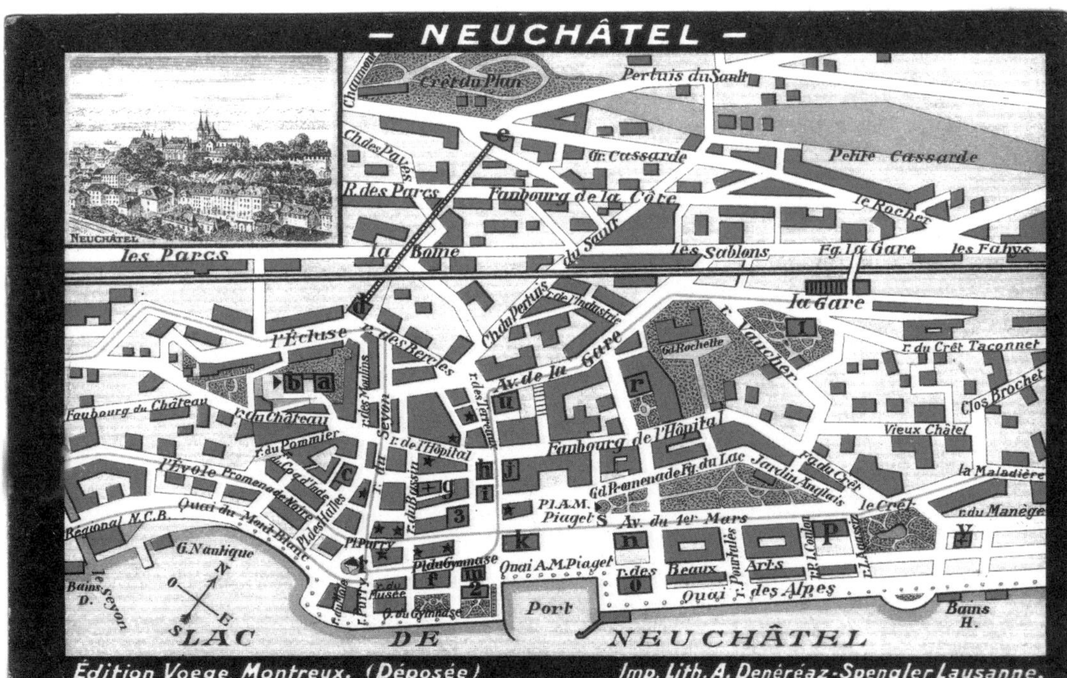

Der Originalplan der Stadt Neuchâtel, den Kaiserin Zita dem Grafen Erdödy auf seine Reise mitgab

Kaiser Karl hält einen Separatfrieden für möglich

Auch wenn die Vorstellungen der Kriegsparteien weit auseinanderklaffen, geben sich beide Seiten optimistisch, schließlich befindet man sich ja erst am Anfang der Sondierungen. Erdödy erklärt, »dass Seine Majestät gewillt ist, die Bundesgenossen nachgiebig zu machen«, mit anderen Worten: Kaiser Karl würde sich bemühen, einen Friedensprozess einzuleiten und Deutschland auf einen gemäßigten Kurs umzustimmen. Sollte dies nicht gelingen, hält Karl einen Separatfrieden – also das Kriegsende ohne Zustimmung des deutschen Bündnispartners – für möglich.

Erdödy wird offensichtlich von Agenten verfolgt

Am 21. Februar 1917 langt Erdödy zum zweiten Mal in Neuchâtel ein. Während der Eisenbahnfahrt bewahrheiten sich die Warnungen vor feindlichen Agenten, zumal der Graf bemerkt, »dass mich ein Herr, welchen ich bei meiner letzten Reise in Bern sah, beobachtet. Als ich in Baden*, wo wir sehr knappen Anschluss hatten, umstieg, stieg der Herr auch in mein Zugabteil ein«. Der Fremde verfolgt ihn bis zum Bahnhof von Neuchâtel, spricht dort »mit einem jungen Burschen von etwas fragwürdigem Aussehen«, der Erdödy das Gepäck abnehmen will. Der Fremde »folgte mir auf die Elektrische und trug sich an, mir die Stadt zu zeigen.« Erdödy dankt höflich und kann seinen Verfolger abschütteln, sodass er unbeobachtet in die Rue du Pommier gelangt, wo er die beiden Bourbonen-Prinzen neuerlich trifft.

»Ich übergab meine Sachen. Die Geheimaufträge sowie die Briefe Ihrer Majestät wurden sogleich verbrannt. Die

---

* Gemeint ist die Stadt Baden bei Zürich.

Prinzen hoffen entschieden auf den Anfang der Verhandlungen.«

Auf das Wohl der Kaiserin

So unterschiedlich die Positionen auch sind, wahren die an der Mission beteiligten Herren immer die Contenance und die Standesregeln: Die Gespräche werden stets in aristokratischer Noblesse geführt, und es findet sich bei jedem Treffen genügend Zeit für ein »vorzügliches Souper« mit einem gepflegten Glas Wein, einmal wird »auf das Wohl Ihrer Majestät (der Kaiserin Zita – Anm.) angestoßen«.

Reiste als »Kurier des Kaisers« mehrmals in die Schweiz, um die Prinzen Sixtus und Xaver zu treffen: Thomas Graf Erdödy

Man muss sich vorstellen, dass der Krieg – während man derlei Höflichkeiten austauscht – schon Hunderttausende Menschenleben gefordert hat, dass die Donaumonarchie dem finanziellen Ruin zustrebt, dass Amerika drauf und dran ist, in den Krieg einzutreten. Und dass die k.u.k. Truppen an der italienischen Front zwar einzelne Erfolge verbuchen, die Mittelmächte insgesamt aber so geschwächt sind, dass die Siege nicht mehr entscheidend genützt werden können.

Der Code betreffs weiterer Verhandlungen

Als Graf Erdödy sich nach seinem zweiten Besuch von Prinz Sixtus und dessen Bruder Xaver verabschiedet, wird ihm erklärt, wie er erfahren würde, ob die Verhandlungen fortgesetzt werden sollen oder nicht:

- »Wenn ich wieder kommen soll, erhalte ich ein Telegramm: ›Erwarte dich am x-ten, Grüße Bertrand.‹
- Wenn ich nicht kommen soll: ›Bin leider erkrankt, kann nicht wiederkommen, Grüße Bertrand.‹«

Österreichs Außenminister Ottokar Graf Czernin hat später behauptet, von Kaiser Karl erst im Frühjahr 1917 über die Geheimverhandlungen informiert worden zu sein, was nachweislich falsch ist. Dies geht aus den Tagebüchern Thomas Erdödys eindeutig hervor, der darin beschreibt, dass Czernin bereits am 8. Februar 1917 eingebunden war und schon an diesem Tag persönlich dafür sorgte, dass der Graf eine falsche Identität erhielt.

Die Friedenssondierungen werden fortgesetzt

Am 13. März 1917 langt das ersehnte Telegramm mit dem kodierten Text in Wien ein: »Bertrand erwartet Dich am 20igsten, Grüße Bertrand.« Die Friedenssondierungen werden also fortgesetzt. Erdödy trifft am Abend des 19. März 1917 in der Schweiz ein, diesmal ist der Treffpunkt das Hôtel l'Ecu in Genf, in dem er »die beiden Herren Bertrands« (Sixtus & Xaver) aufsucht. Da sie bereits schlafen, »weckte ich sie unbarmherzig und übergab ihnen die mitgegebenen Briefschaften.«

Vermittelte zwischen Frankreich und Österreich-Ungarn: Prinz Sixtus von Bourbon-Parma, Bruder der Kaiserin Zita

Gefälschte Papiere für die Prinzen

Nach deren Studium beschließen die Prinzen, am nächsten Tag mit Erdödy nach Wien zu fahren. Vor der Abreise werden im österreichischen Generalkonsulat in Genf auch für sie falsche Papiere angefertigt. »Die Pässe sind für Herrn Josef Pfister, Kaufmann aus Brünn (Prinz Xaver) und Herrn Ingenieur Stefan Blattner aus Prag (Prinz Sixtus) ausgestellt«, vertraut Erdödy seinem Tagebuch an. Angefertigt werden die falschen Papiere unter tätiger Beihilfe des österreichischen Militärattachés in Bern, Oberst William von Einem, »bei dem wir am selben Abend – nachdem wir beim Schnellfotografen waren, um Bilder für die Pässe anzufertigen – geladen waren.«

William von Einem, 1871–1944, österreichischer Diplomat und Offizier

Oberst Einem war der Vater des 1918 in Bern geborenen Komponisten Gottfried von Einem und der Großvater des Politikers Caspar Einem. Gottfried von Einem schreibt in seinen Lebenserinnerungen, »dass Bern ein Zentrum internationaler Geheimdiplomatie und ein beliebter Schauplatz von Geheimdiensten und Spionagetätigkeiten war. Auch mein Vater war vermutlich in allerlei heiklen Missionen eingesetzt. Es gibt Hinweise, dass er an der Ermöglichung der legendären Eisenbahnfahrt Lenins nach Russland beteiligt war. Für Österreich wichtiger aber war wohl seine Mitwirkung an der sogenannten ›Sixtus-Affäre‹«. William von Einem selbst habe, schreibt sein Sohn, »im Einvernehmen mit dem Grafen Schulenburg und dem damaligen Außenminister Graf Czernin und dem Prinzen Sixtus von Bourbon-Parma, einen Plan für einen Separatfrieden mit der Entente ausgearbeitet«.

Erdödy und die Prinzen treten am Morgen nach dem Diner bei Oberst von Einem die Reise nach Österreich jedoch vorsichtshalber in getrennten Zügen an. »Ich fahre I. Klasse«, notiert Erdödy, »die Prinzen II. Klasse (wohl weil Erdödy als Graf und die Brüder als Herr Pfister und Herr Blattner unterwegs sind, Anm.). In Zürich haben wir im Restaurant im Hotel Royal gegessen, als ob wir uns gar nicht kennen würden.«

Die Hausmeisterin wird noch eine bedeutende Rolle spielen

Der Graf und die Bourbonen-Brüder kommen am 22. März 1917 nach einer 36-stündigen Bahnfahrt in Wien an. Der Geheimhaltung wegen bringt Erdödy die Brüder Sixtus und Xaver in seine Privatwohnung in der Wiener Landskrongasse Nr. 5, »wo ich mit Entsetzen feststellte, dass mein Diener und Marie (vermutlich das Dienstmädchen, Anm.) noch nicht angekommen sind. So hatte bis auf weiteres die Hausmeisterin, Frau Albrecht, die Bedienung übernommen.«

Graf Erdödy konnte damals nicht ahnen, dass die Hausbesorgerin Theresia Albrecht und deren Familie noch eine bedeutende Rolle in seinem Leben spielen sollten.

Geheimtreffen mit Kaiser Karl und Kaiserin Zita

Am Tag nach der Ankunft in Wien fährt Erdödy mit den Bourbonen-Prinzen ins Schloss Laxenburg, wo sie über geheime Gänge und eine Geheimstiege zu Kaiserin Zita geführt und von dieser empfangen werden. »Die Wiedersehensszene war wirklich rührend«, notiert der Graf, »Ihre Majestät hatte ihre Brüder bereits 3 Jahre nicht gesehen und flog ihnen mit Tränen in den Augen um den Hals. Nun meldete ich auch Seiner Majestät die Ankunft der Prinzen. Ich etablierte mich, um eventuellen Lauschern vorzubeugen, im Vorzimmer. Um ½ 11 Uhr fuhren wir nach Wien zurück und besprachen die Ansichten unserer Friedensvermittlung bis 9 Uhr früh.«

»Die Monarchie in ihrer jetzigen Größe zu erhalten«

Erdödy pendelt noch mehrere Male zwischen Österreich und der neutralen Schweiz – mit immer neuen Botschaften Kaiser Karls. Dieser erklärt sich in einem Brief an Sixtus vom 24. März 1917 bereit, im Falle eines Friedensschlusses Serbien zu räumen, einen Zugang zur Adria zu gewähren und gegen Italien nicht offensiv vorzugehen. Konstantinopel gehe, so der Kaiser, an Russland, Deutschland solle Elsass-Lothringen an Frankreich zurückgeben, das besetzte Belgien räumen, eine Kriegsentschädigung zahlen. Nur in einem Punkt bleibt Kaiser Karl unerbittlich: »Unser einziges Ziel ist, die Monarchie in ihrer jetzigen Größe zu erhalten.«

Das freilich ist eine Bedingung, die Österreich-Ungarn zum Scheitern verurteilt – selbst wenn die Verhandlungen unter günstigeren Bedingungen fortgeführt worden wären.

Demonstranten bespucken das Bild des Kaisers

Doch die laufen jetzt ohnehin aus dem Ruder. Während Kaiser Karl einen moderaten »Frieden ohne Sieger und Besiegte« anstrebt, beharren die Deutschen auf einem »Siegfrieden«, also die Zerschlagung der Ententemächte. Indes drohen Teile der Donaumonarchie im Chaos unterzugehen. »In Galizien geht es schauderhaft zu«, notiert Erdödy am 21. Februar 1918. »Amtlichen Meldungen zufolge wurde das Bild des Kaisers in Krakau an die Wand genagelt und von den Demonstranten bespuckt, die Doppeladler wurden von den k. k. Ämtern herabgerissen und zertreten. In Lemberg, wo an den Demonstrationen hohe Staatsbeamte teilnahmen, entfernten die Eisenbahner den Adler von ihren Kappen ... Leider sind die maßgebenden Factoren noch immer vom Ernst der Lage nicht überzeugt.«

Ministerpräsident Clemenceau revanchiert sich

Als Außenminister Czernin am 2. April 1918 gegen jede diplomatische Usance öffentlich erklärt, dass der französische Ministerpräsident Georges Clemenceau bei ihm angefragt habe, »ob ich zu Friedensverhandlungen bereit sei«, lässt der die Bombe platzen: Clemenceau revanchiert sich für den Verrat der geheimen Friedenssondierungen mit der Veröffentlichung eines kompromittierenden Geheimbriefs von Kaiser Karl an seinen Schwager Sixtus.

»Es herrscht kolossale Aufregung«, lautet Erdödys Tagebucheintragung vom 13. April 1918, an dem er wieder zum Kaiser befohlen wurde. »Seine Majestät sagte mir, dass die französische Presse seinen Brief an Sixtus vollinhaltlich

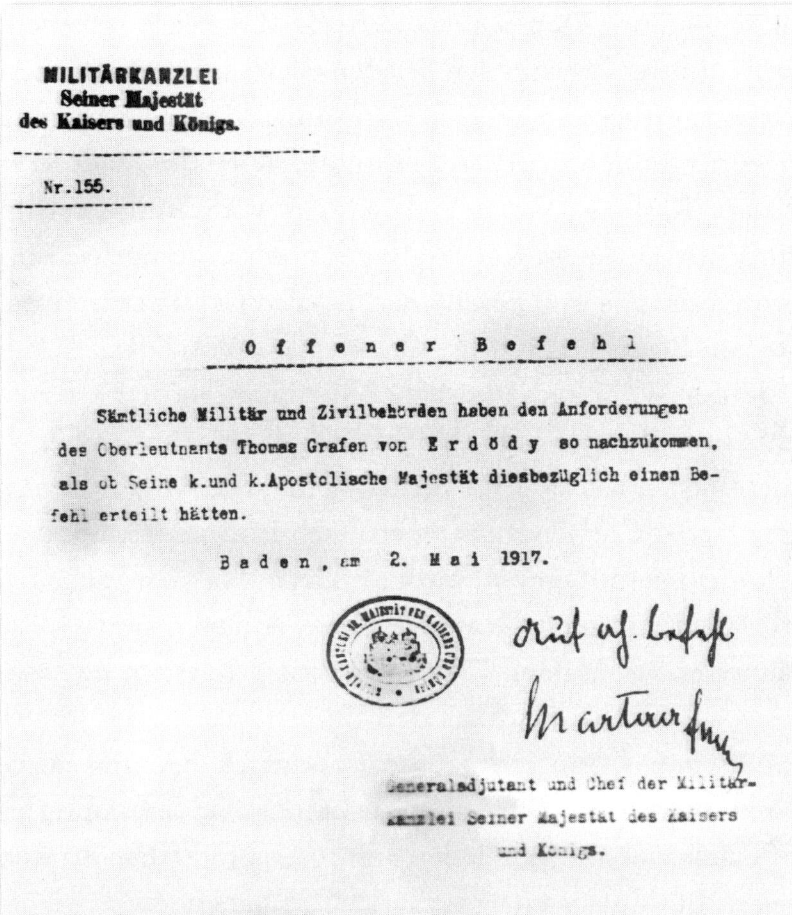

MILITÄRKANZLEI
Seiner Majestät
des Kaisers und Königs.

Nr.155.

O f f e n e r B e f e h l

Sämtliche Militär und Zivilbehörden haben den Anforderungen des Oberleutnants Thomas Grafen von E r d ö d y so nachzukommen, als ob Seine k.und k.Apostolische Majestät diesbezüglich einen Befehl erteilt hätten.

B a d e n , am 2. M a i 1917.

Auf ah. Befehl
Marterer

Generaladjutant und Chef der Militärkanzlei Seiner Majestät des Kaisers und Königs.

Mit diesem »Offenen Befehl« war Thomas Graf Erdödy, der zeitweise auch unter seinem eigenen Namen reiste, mit uneingeschränkten Vollmachten ausgestattet.

bringe. Heute ist der Brief auch schon in allen Zeitungen zu lesen. Es ist ein Brief von Seiner Majestät an den Prinzen Sixtus, an den ich mich sehr gut erinnern kann, ich habe denselben dem Prinzen in Neuchâtel ausgehändigt.«

Die geheimen Treffen, das Abschütteln von Spitzeln, die Verkleidungen, die falschen Namen und Reisepässe – all diese Bemühungen sollten sich als vergeblich erweisen, weil Minister Czernin den Friedensplan ohne ersichtlichen Grund auffliegen lässt. Der Wahnsinnsaktion folgen gewaltige Irritationen zwischen Berlin und Wien, im Zuge derer Kaiser Karl als Verräter dargestellt wird und Czernin zurücktreten muss. Karl bestreitet vorerst die nachweisbaren Gespräche und bezeichnet sie »als Produkt der französischen Propaganda«.

Kaiser Karl in einer peinlichen Situation

Kaiser Wilhelm hat jegliches Vertrauen in den österreichischen Bündnispartner verloren. Daran ändern auch diese Zeilen Kaiser Karls nichts mehr: »Die Anschuldigungen Herrn Clemenceaus gegen mich sind so niedrig, dass ich nicht gesonnen bin, mit Frankreich über die Sache ferner zu diskutieren. Unsere weitere Antwort sind meine Kanonen im Westen.« Wilhelm zitiert Karl am 12. Mai 1918 zu einem erniedrigenden Besuch zu sich, der in ausländischen Zeitungen als »Canossagang« gewertet wird. Dem österreichischen Kaiser bleibt nichts anderes übrig als offen einzugestehen, mit den Franzosen hinter dem Rücken seines Bündnispartners verhandelt zu haben.

Weitere Friedensverhandlungen sind nun ausgeschlossen

Die Habsburgermonarchie sieht nicht nur einem militärischen Debakel entgegen, sie schlittert als Folge der Sixtus-Affäre auch in ein diplomatisches Desaster. Weitere Friedensverhandlungen sind nun ausgeschlossen und Kaiser Karl muss gegen seinen Willen den verschärften Kriegskurs der Deutschen mittragen. Karl ist innen- und außenpolitisch gelähmt und wird als »Pantoffelheld« belächelt, der unter der Fuchtel seiner Gemahlin Zita steht, von der man annimmt, dass sie die unglückseligen Geheimgespräche mit ihren Brüdern angezettelt habe.

»Die Tragödie ist für uns erledigt«

Erdödy bleibt trotz des Scheiterns der »Mission Sixtus« bis zum bitteren Ende treu an Kaiser Karls Seite. Sein Tagebuch gibt auch Auskunft über den Zusammenbruch der Monarchie. Am 11. November 1918 notiert er: »Kaiser Karl hat abgedankt. Somit ist die Tragödie des Weltkrieges für uns erledigt. Morgen erfolgt die Übersiedlung nach Eckartsau.«

Der treue Freund seit Jugendtagen begleitet die kaiserliche Familie jetzt in einem aus sieben Automobilen bestehenden Konvoi in das im Marchfeld gelegene Jagdschloss Eckartsau, wo man sich nach wie vor nicht geschlagen

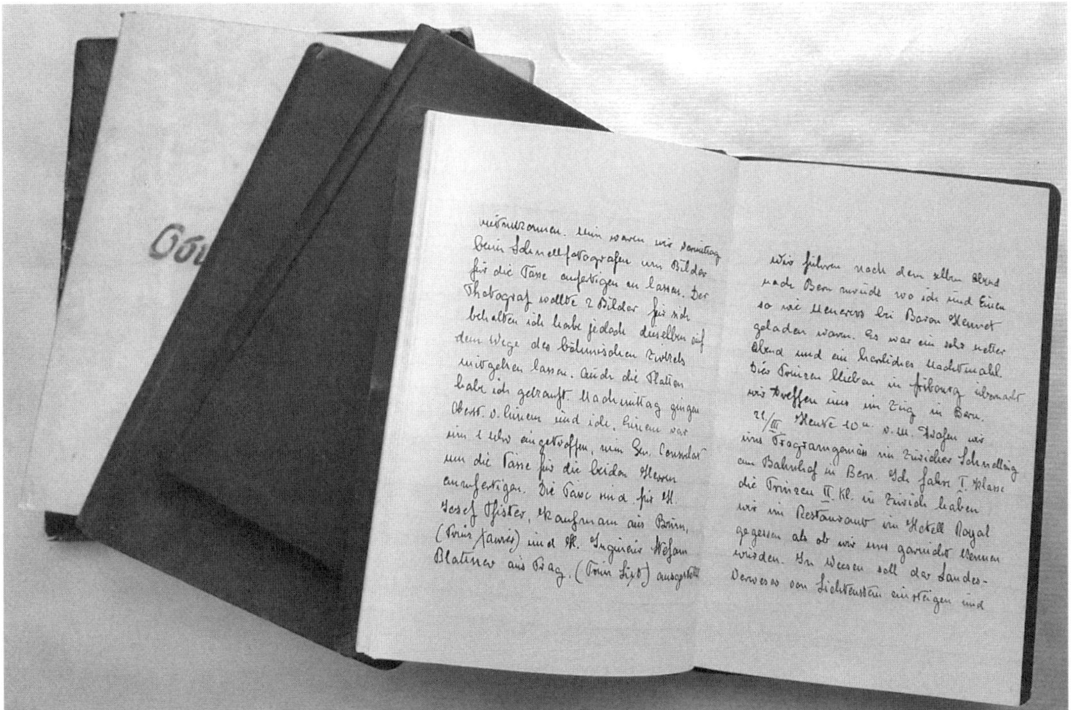

Bis zum bitteren Ende: die eigenhändig geschriebenen Tagebücher des Grafen Thomas Erdödy, geführt von Februar 1917 bis Ende November 1918

geben will. »Die Majestäten hoffen noch immer auf eine Besserung der Lage«, lautet Erdödys Notiz vom 15. November 1918, doch am nächsten Tag schon erfolgt die resignierende Eintragung: »Heute wurde auch in Ungarn die Republik proklamiert.«

Der Abgesang auf die Donaumonarchie

Der Aufenthalt in Eckartsau wird zum Abgesang auf die sechshundert Jahre alte Donaumonarchie. Karl, Zita und ihre vier Kinder bleiben drei Monate in Eckartsau, ehe sie den Weg ins – vorerst Schweizer – Exil antreten.

Doch die Zusammenarbeit zwischen dem Kaiser und seinem treuen Diener ist mit dem Untergang der Monarchie noch nicht beendet. Mehr als zwei Jahre nach seinem Sturz, am 25. März 1921, reist Karl inkognito mit dem Pariser Expresszug über Strassburg und Salzburg nach Wien, um die darauf folgende Nacht zum Karsamstag in der Wohnung seines Jugendfreundes in der Landskrongasse 5 zu verbringen. Am nächsten Tag treten sie gemeinsam eine Reise in Richtung Budapest an, von der die »Wiener Zeitung« am 31. März 1921 berichtet: »Am 26. d. M. fuhr der Ex-Kaiser in Begleitung des Grafen Erdödy mit dem Auto B XIV 7 bei Hartberg in der Steiermark über die österreichische Grenze nach Rotenturm. Beim Grenzübertritte von Österreich nach Ungarn legitimierte sich der Ex-Kaiser mit einem auf falschen Namen lautenden ausländischen Reisepass, der ihn als Funktionär des Roten Kreuzes bezeichnete. Da das Aussehen des Ex-Kaisers verändert war, war er weder in Salzburg noch in Hartberg von den Grenzkontrollorganen erkannt worden. In der Wohnung des Grafen Erdödy wurde eine eingehende Hausdurchsuchung vorgenommen und aus diesem Anlass ein Tagebuch aus

Der Kaiser reist unter falscher Identität

der letzten Zeit beschlagnahmt, aus welchem die Verbindung mit dem Exkaiser erscheint.«

Fünf Tagebücher bleiben unentdeckt

Bei dem beschlagnahmten Tagebuch handelte es sich um ein sechstes Tagebuch Erdödys, das er im Zeitraum von 1918 bis 1921 geführt hatte. Die mir Jahrzehnte später zugespielten fünf anderen Tagebücher wurden bei der Hausdurchsuchung von den Behörden nicht entdeckt.

Die Geschichte, wie ich nach hundert Jahren zu diesen Tagebüchern kam, hängt mit der obigen Erwähnung zusammen, dass Graf Erdödys Hausbesorgerin, Frau Albrecht, noch eine gewichtige Rolle in seinem Leben spielen sollte. Der aus Rotenturm im heutigen Burgenland stammende Vertraute des Kaisers heiratete nämlich 1920 – für einen Angehörigen der Hocharistokratie äußerst ungewöhnlich – die 21-jährige Antonia Albrecht, eine Tochter der Hausbesorgerin.

Die weitere Geschichte der Tagebücher

Da Antonia 1928 mit nur 29 Jahren starb und die Ehe kinderlos blieb, gingen die Tagebücher des Grafen nach seinem Tod im Jahr 1931 an Antonias Schwester Michaela Albrecht verehelichte Lukesch über. Deren Enkel Heinz und Klaus Lukesch haben die Tagebücher von dieser geerbt. Und sie waren es, die sie mir zur Veröffentlichung anvertrauten.

Die Autoren Paul Szemere und Erich Czech haben Erdödys Lebensgeschichte aufgeschrieben und nach dessen Tod veröffentlicht, doch fehlen darin viele der in den Tagebüchern genannten Details, zum Teil finden sich auch gravierende Widersprüche. Zweifellos sind die unmittelbar an den jeweiligen Tagen des Geschehens von Erdödy selbst verfassten Tagebücher authentischer und somit glaubwürdiger.

Misslungene Restaurationsversuche

Ex-Kaiser Karl und Graf Erdödy sind an jenem 26. März 1921 übrigens nicht zu ihrem Privatvergnügen nach Budapest gereist, sondern um über Ostern einen Restaurationsversuch – also die Wiedererlangung der ungarischen Königswürde – einzuleiten. Freilich wurden die Herren in der österreichisch-ungarischen Grenzstadt Szombathely (Steinamanger) angehalten und zur Rückkehr gezwungen. Im Oktober desselben Jahres versuchten sie es ein weiteres Mal. Auch dieser Versuch ist, wie alle Unternehmungen Kaiser Karls und des Grafen Erdödy, misslungen.

Ein untauglicher Versuch, den Krieg zu beenden

Mit der »Mission Sixtus« war Österreichs letzter Kaiser sicher bemüht, den Krieg zu beenden und die Monarchie zu retten. Dass dies mit untauglichen Mitteln geschah, dokumentieren letztlich die Tagebücher des Grafen Erdödy.

Nachdem das Haus-, Hof- und Staatsarchiv durch meine »Kurier«-Kolumne von der Existenz der Tagebücher erfahren hatte, kaufte es die Aufzeichnungen des Grafen Erdödy, um sie fortan der wissenschaftlichen Forschung zugänglich zu machen.

Qualtinger beschlagnahmt eine Villa
Ein kurioser Brief mit schlimmen Folgen

Ein Leser informierte mich über die Auffindung eines sonderbaren Schreibens, in dem Helmut Qualtinger einem Herrn namens Erwin Waterstradt bestätigt, dass dessen Wohnung in der Wiener Innenstadt geplündert worden sei. Bemerkenswert erscheint an den Zeilen, die am 10. Mai 1945, nur wenige Tage nach dem Zusam-

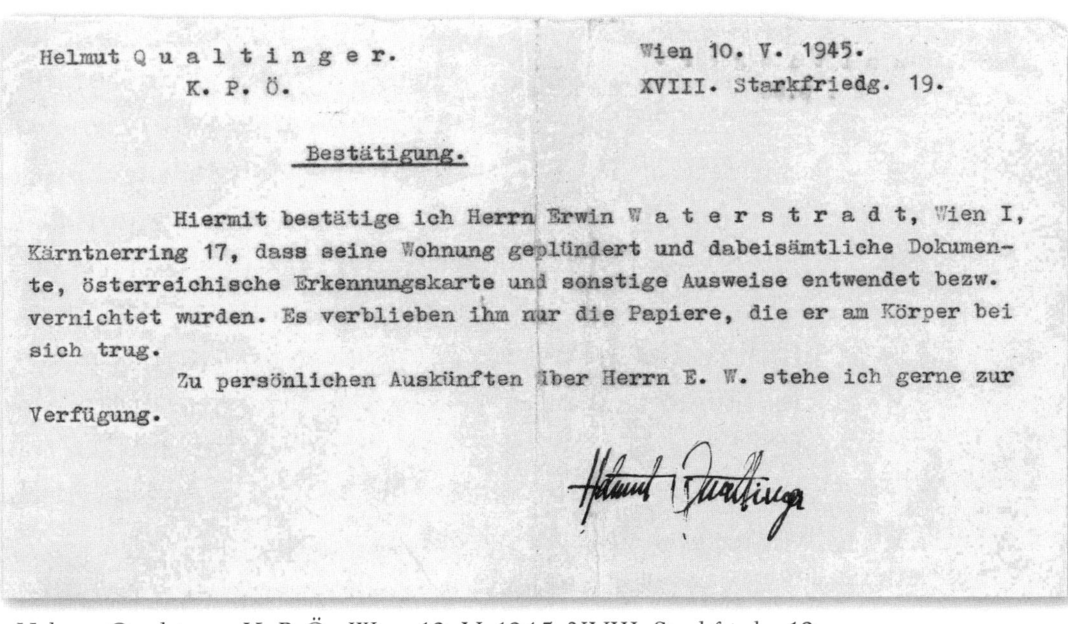
Helmut Q u a l t i n g e r.
K. P. Ö.

Wien 10. V. 1945.
XVIII. Starkfriedg. 19.

Bestätigung.

Hiermit bestätige ich Herrn Erwin W a t e r s t r a d t, Wien I, Kärntnerring 17, dass seine Wohnung geplündert und dabeisämtliche Dokumente, österreichische Erkennungskarte und sonstige Ausweise entwendet bezw. vernichtet wurden. Es verblieben ihm nur die Papiere, die er am Körper bei sich trug.

Zu persönlichen Auskünften über Herrn E. W. stehe ich gerne zur Verfügung.

Helmut Qualtinger

»Helmut Qualtinger. K. P. Ö., Wien 10. V. 1945. XVIII. Starkfriedg. 19«

menbruch des Dritten Reichs, verfasst wurden, dass Qualtinger sich im Briefkopf als Vertreter der Kommunistischen Partei ausgibt.

Qualtingers »Practical Jokes«

An der Echtheit von Qualtingers Unterschrift besteht laut Schriftsachverständigen des Wiener Dorotheums kein Zweifel. Auf den ersten Blick würde man vermuten, dass es sich hier um einen der legendären »Practical Jokes« des Ausnahmeschauspielers und Kabarettisten handelt. Hat es ihm doch zeitlebens unbändiges Vergnügen bereitet, mit ganz speziellen Aktionen Behörden, Politiker und Journalisten zum Narren zu halten. Wenn er etwa als russischer Besatzungsoffizier den Außenminister Figl in den Wiener Stadtpark bestellte (der dann auch wirklich dorthin kam). Wenn Qualtinger als »Eskimodichter und Literaturnobelpreisträger Kobuk« am Wiener Westbahnhof eintraf und mit einer Pelzmütze am Kopf Interviews gab. Wenn er mit der Stimme der Schauspielerin Annie Rosar mehrmals den Fernsehdirektor Gerhard Freund anrief und sich bei ihm über das TV-Programm beklagte. Wenn er im Unterrichtsministerium den Antrag stellte, den Buchstaben »U« aus dem Sprachschatz entfernen zu lassen, weil er »unsittlich, unseriös und unschön« sei. Wenn er sich bei dem in den USA praktizierenden Psychiater Friedrich Hacker telefonisch als Helene von Damm meldete, um ihm mit zitternder Stimme mitzuteilen, »dass Präsident Reagan im Weißen Haus plötzlich verrückt geworden« sei. Hacker soll damals tatsächlich einen Flug von Los Angeles nach Washington gebucht haben.

»Präsident Reagan ist plötzlich verrückt geworden«

So viel zu den typischen Qualtinger-Streichen, aber bei dem jüngst aufgefundenen Brief aus Wien-Währing geht

sich »mit lautem, improvisiert russischem Kauderwelsch als sowjetischer Theaterkommissar aus und ließ das Theater kurzerhand schließen, weil es ihm nicht gefallen hat. Die Schauspieler sind nach Hause gegangen, und ein paar Tage lang gab es keine Vorstellung.«

Helmut Qualtingers Verhaftung

Nun hat Qualtinger den Bogen überspannt, und das Auge des Gesetzes schlägt unbarmherzig zu: Der 17-Jährige wird zunächst im Wachkommando Wasagasse einvernommen, am 31. Mai 1945 verhaftet und in eine dunkle Zelle der Rossauerkaserne gesteckt. Als es seiner Mutter nach drei Monaten endlich gelingt, den verschollenen Sohn, über dessen Verbleib keiner Bescheid wusste, ausfindig zu machen und wieder frei zu bekommen, wiegt Qualtinger nur noch 48 Kilogramm.

So bizarr die Geschichte klingen mag – sie ist wirklich wahr. Qualtingers Witwe Vera Borek bestätigt mir gegenüber, dass ihr Mann drei Monate lang im Gefängnis saß, »und dass er furchtbar darunter gelitten hat. Er hat erzählt, dass das die schlimmste Zeit seines Lebens war«. Auch Christian Qualtinger erinnert sich daran, mit seinem Vater – wenn auch nur kurz, weil es ihm peinlich war – über diese beklemmende Episode seines Lebens gesprochen zu haben. »Er war alles andere als ein Sympathisant des stalinistischen Regimes. Das Ganze konnte nur passieren, weil er versessen war, für junge Leute Theater zu spielen. Nur so ist diese für ihn schreckliche Begebenheit zu erklären.«

»Nur so ist diese für ihn schreckliche Begebenheit zu erklären«

Auch Qualtinger-Biograf Georg Biron meint, dass der Brief mit der Anschrift Wien XVIII., Starkfriedgasse 19 alles andere als der Hinweis auf einen »Practical Joke« sei, sondern ganz offensichtlich im Zuge seiner damaligen »Zusammenarbeit« mit der Kommunistischen Partei geschrieben wurde.

Wer kann den ganzen Qualtinger erklären?

Wie auch immer, das in der enteigneten Villa in der Starkfriedgasse getippte Schreiben mit Qualtingers Unterschrift gelangte am 28. November 2016 im Wiener Dorotheum zur Versteigerung und erhielt mit 300 Euro den Zuschlag.

Welchen Sinn der Brief haben sollte, kann sich niemand erklären.

Aber wer kann den ganzen Qualtinger erklären?

Der Krimi um »Sisis« Mörder oder Der versteckte Schädel

Mehr als ein Jahrhundert lang wurde Luigi Luchenis Schädel konserviert, an geheimen Orten sichergestellt, als Forschungsobjekt aufbewahrt. Er durfte weder ausgestellt noch gefilmt oder fotografiert werden. In diesem Kapitel wird das Geheimnis um den Totenkopf des Mörders der Kaiserin Elisabeth gelüftet und zum ersten – und wohl auch letzten – Mal in einem Buch gezeigt. Ein makabres *Fundstück.*

Elisabeth, »Sisi«, 1837–1898, Gemahlin Kaiser Franz Josephs

Der italienische Anarchist Lucheni hatte der Frau des österreichischen Kaisers am 10. September 1898 an der Uferpromenade des Genfer Sees eine spitze Feile ins Herz gestoßen und sie damit getötet. Das ist der erste Krimi in diesem Fall.

Der Täter wurde nach wenigen Minuten verhaftet, im selben Jahr noch vor Gericht gestellt und zu einer lebenslangen Kerkerstrafe verurteilt. Am 19. Oktober 1910 erhängte sich der 37-jährige Attentäter in seiner Zelle im Genfer Évêché-Gefängnis. Und damit beginnt der zweite Krimi um »Sisis« Mörder.

Luigi Lucheni, 1873–1910, Anarchist, Mörder der Kaiserin Elisabeth

Denn Luchenis Schädel wurde, wie bei kriminalhistorisch »interessanten« Fällen mit psychisch krankhaften

»Keinerlei anatomische Abnormitäten«

Motiven durchaus üblich, vom Rumpf des Körpers abgetrennt, obduziert und danach im Genfer Leichenhaus in ein mit Formaldehyd gefülltes Gefäß – einem Einsiedeglas ähnlich – gesteckt. Bei der Autopsie wurden keinerlei anatomische Abnormitäten festgestellt. Der nun in dem Gefäß konservierte Kopf hatte laut Obduktionsbefund »halbgeschlossene Augen, leicht geschwollene Lider, herabhän-

Der Mörder der Kaiserin Elisabeth: Luigi Lucheni bei seiner Verhaftung am 10. September 1898 in Genf

gende Unterlippe, einen Dreitage-Bart und vereinzelt feststellbare Kopfhaare«.

An dieser Situation sollte sich ein Dreivierteljahrhundert lang nichts ändern: Der Schädel des Attentäters lagerte, ohne dass sich irgendjemand um ihn gekümmert hätte, bis zum 24. Dezember 1985 im Gerichtsmedizinischen Institut der Universität Genf.

Der Kopf darf nicht ausgestellt werden

Ausgerechnet an diesem Heiligen Abend jedoch wurde das »Objekt Lucheni« nach Wien gebracht. Mit folgender Begründung: Professor Dr. Heinrich Holzner, der damalige Vorstand des Pathologisch-anatomischen Instituts der Universität Wien, hatte seine Kollegen in Genf schon seit geraumer Zeit um die Freigabe des Lucheni-Schädels gebeten, »weil es sich hierbei zweifellos um ein für die österreichische Geschichtsschreibung interessantes Exponat handelt«. Die Schweizer Behörden gaben ihr Einverständnis – stellten aber die Bedingung, dass der Kopf »keinesfalls ausgestellt oder in irgendeiner Form publizistisch verwertet« würde.

Der Schädel des Mörders im Diplomatengepäck

Professor Holzner war mit dieser Lösung nicht sehr glücklich, weil das zu seinem Institut gehörende Pathologisch-anatomische Museum den Schädel des Mörders zwar besitzen, aber nicht zeigen durfte. Was ärgerlich war, weil man annehmen konnte, dass er auf besonderes Interesse bei den Besuchern der Sammlung gestoßen wäre.

Dennoch reiste ein Mitarbeiter der österreichischen Botschaft in Bern zum ehest möglichen Termin – und das war der 24. Dezember, der noch dazu Kaiserin Elisabeths Geburtstag ist – per Bahn von Genf nach Wien. Mit besag-

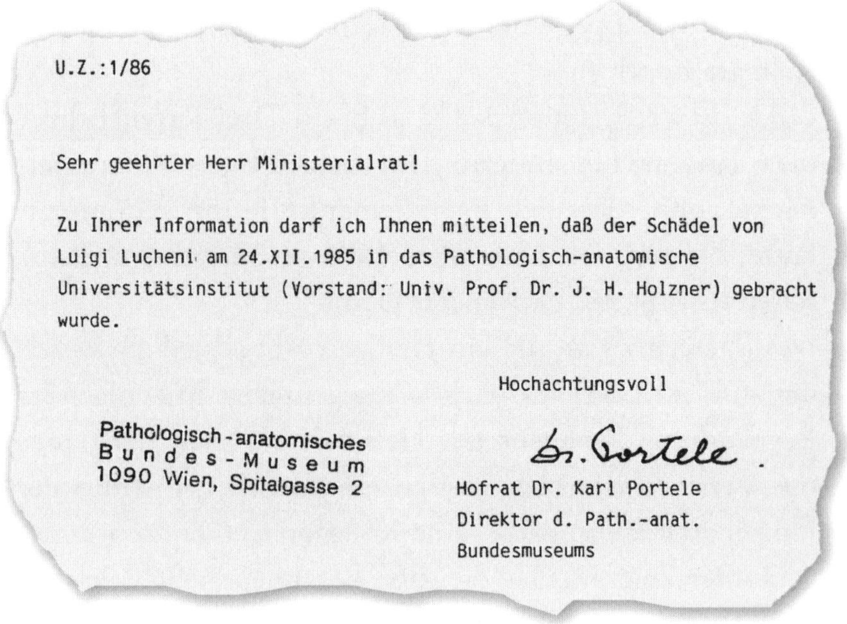

U.Z.:1/86

Sehr geehrter Herr Ministerialrat!

Zu Ihrer Information darf ich Ihnen mitteilen, daß der Schädel von Luigi Lucheni am 24.XII.1985 in das Pathologisch-anatomische Universitätsinstitut (Vorstand: Univ. Prof. Dr. J. H. Holzner) gebracht wurde.

Hochachtungsvoll

Pathologisch-anatomisches
Bundes-Museum
1090 Wien, Spitalgasse 2

Dr. Portele

Hofrat Dr. Karl Portele
Direktor d. Path.-anat.
Bundesmuseums

Der Schädel wird von Genf nach Wien gebracht: Aktenvermerk in Sachen Luigi Lucheni

tem, rund dreißig Zentimeter hohem Einsiedeglas und dem darin befindlichen Schädel des Mörders im Diplomatengepäck. Heimlich, still und leise, da ja, den Schweizer Auflagen entsprechend, niemand von dem Transport erfahren durfte.

Lucheni wird zum »Präparat Nr. 23.504«

Ab diesem Zeitpunkt lagerte der Kopf im »Narrenturm« des Wiener Allgemeinen Krankenhauses, in dem das Pathologisch-anatomische Museum untergebracht ist. In dem von Kaiser Joseph II. ursprünglich als »Irrenanstalt« errichteten Gebäude sind rund 50 000 Präparate, die – ganz im Gegensatz zu Luchenis Kopf – zu besichtigen sind, aufbewahrt. Im Narrenturm befindet sich die größte diesbezügliche Sammlung der Welt.

Das merkwürdige Objekt befand sich jetzt als »Präparat Nr. 23.504« in einem gesperrten Trakt des Museums. »Nur einige wenige Mitarbeiter haben das Relikt zu Gesicht bekommen«, vertraute mir Professor Holzner an, »weil wir uns an die Auflagen des Genfer Instituts halten müssen, andernfalls hätte man ihn uns wieder wegnehmen können.«

Der Schädel darf nicht fotografiert werden

Im Jahr 1992 wurde der Wiener Fotograf Bernd H. Pierstorff vom damaligen Museumsleiter Karl Portele beauftragt, sämtliche Ausstellungsstücke des Instituts für eine Dia-Show zu fotografieren. Als Pierstorff das Glas mit dem Schädel sah und sich dafür interessierte, erklärte man ihm zwar, dass es sich bei dem Exponat um den Kopf des Mörders der Kaiserin Elisabeth handelte, doch die Erlaubnis, ihn abzulichten, wurde ihm verweigert.

Acht Jahre ziehen ins Land. Da erhält Pierstorff am 18. Mai 2000 einen Anruf mit der Einladung, augenblicklich ins Museum zu kommen. Weil Luchenis Schädel an diesem Tag ohne jedwede Ankündigung und Erklärung auf dem Wiener Zentralfriedhof »bestattet« werden soll. Wieder heimlich, still und leise. Es besteht also die erste und letzte Gelegenheit, ein fotografisches Dokument des historischen Kopfes anzufertigen.

Bestechungsversuch im Narrenturm

Herr Pierstorff nimmt die Einladung an und fotografiert den Schädel.

Warum aber sollte er jetzt plötzlich vernichtet werden? »Im Jahr 2000 kam es zu einem Bestechungsversuch«, erklärt Eduard Winter, der Chef der (nunmehr zum Naturhistorischen Museum gehörenden) Pathologisch-anatomischen Sammlung im Narrenturm. »Jemand hatte einem Museumsmitarbeiter 700 000 Schilling* für den Kopf geboten, später langten auch noch Drohbriefe einer anarchistischen Vereinigung ein.«

Luchenis Schädel wird verbrannt

Der Fall wurde der Staatspolizei und der damaligen Unterrichtsministerin Elisabeth Gehrer vorgelegt, die – um möglichen kriminellen Handlungen vorzubeugen – den Auftrag gab, den Schädel zu bestatten.

Das Lucheni-Relikt wird tatsächlich noch an dem Tag, an dem Herr Pierstorff es fotografiert hat, am 18. Mai 2000 um neun Uhr früh, in der Feuerhalle des Wiener Zentralfriedhofs verbrannt. »Die Vernichtung des Schädels«, sagt Museumsleiter Winter, sei nicht schwer gefallen, »weil sein Verbleib keinerlei wissenschaftlichen Zwecken mehr dienen konnte«.

Anders als Luchenis Kopf zeigen die meisten anderen Exponate des Museums die Merkmale von heute in Europa ausgestorbenen Krankheiten wie Pocken, Tuberkulose und Pest. Die viele Jahre lang im Gerichtsmedizinischen Museum aufbewahrte Feile, mit der Lucheni die Kaiserin erstochen hatte, wurde mittlerweile dem »Sisi Museum« in der Hofburg überlassen.

Mehr als hundert Jahre versteckt gehalten

Mehr als hundert Jahre wurde der Schädel des »Sisi«-Mörders versteckt gehalten, niemand wusste überhaupt von seiner Existenz, niemand durfte ihn betrachten. Erst in der Stunde seiner Vernichtung bekam ihn Bernd H. Pierstorff zu Gesicht, er fotografierte ihn und stellte mir das Bild zur Verfügung. »Ich habe mich immer gefragt, was einen Men-

* Entspricht im Jahr 2017 rund 50 000 Euro.

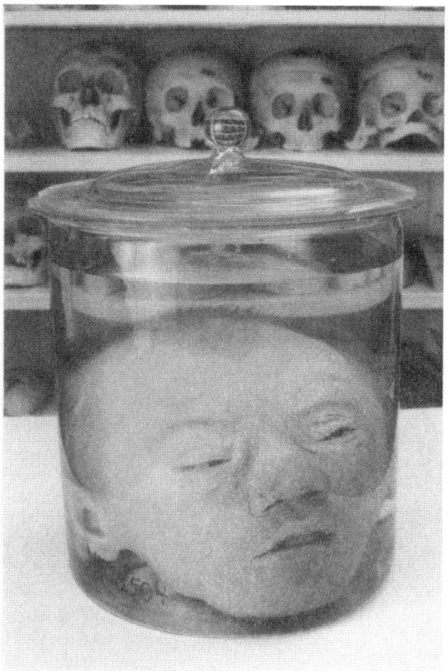

Der Lucheni-Schädel, fotografiert am 18. Mai 2000 von Bernd H. Pierstorff

Ein rares Zeitdokument

schen dazu bringen kann, eine solche Tat zu begehen«, sagt Pierstorff. »Dieses Foto kann die Frage nicht beantworten, aber als ich die Gelegenheit hatte, ein Bild des Schädels kurz vor seiner Kremation anzufertigen, kam ich zu dem Entschluss, es Ihnen zum Abdruck zu überlassen. Als eines der wenigen Zeitdokumente, die es zum Tod der Kaiserin Elisabeth gibt.«

Der verräterische Liebesbrief
Ein pikantes Schreiben Richard Wagners

Da flattert mir eines Tages ein für alle Zeiten verloren geglaubter Brief ins Haus. Er erbringt nicht mehr und nicht weniger als den Beweis, dass Richard Wagner im Alter von 51 Jahren ein pikantes »Vierecksverhältnis« einzugehen plante: Einerseits war der Meister, als er das verräterische Schreiben losschickte, noch mit seiner ersten Frau Minna verheiratet, andererseits stand er bereits in engem Kontakt mit seiner späteren Frau Cosima. Doch das genügte ihm nicht, weshalb er sich noch an eine weitere junge Dame namens Mathilde Maier heranmachte. Wagner-Forscher wussten, dass der Brief geschrieben wurde, nicht jedoch, dass er noch existiert, geschweige denn, wo er sich befindet. Ein Wiener Musikstudent hat ihn entdeckt und mir als *Fundstück* anvertraut.

Richard Wagner, 1813–1883, Komponist

Richard Wagner schrieb und schickte den Brief am 25. Juni 1864 aus Starnberg an die Mainzer Notarsgattin Josefine Maier, die Mutter der von ihm innig verehrten Mathilde Maier. Wagner hält auf fünf handgeschriebenen Seiten mehr oder weniger um die Hand der um zwanzig Jahre jüngeren Frau an, erklärt aber gleichzeitig, dass seine herzkranke Frau Minna nicht bereit sei, einer Scheidung zuzustimmen.

»Liebe theure Freundin!«, beginnt der Komponist sich zu erklären, »ich bedarf eines weiblichen Wesens, welches mir zunächst die Besorgung meines Hausstandes abnimmt, und endlich durch Bildung und Charakter mir nahe genug steht, um durch ihren freundlichen Umgang meinen geistigen und gemüthlichen Bedürfnissen zu genügen ... Das, was ich bedarf, lässt sich nicht suchen, sondern es muss als ein Geschenk des Schicksals gefunden werden. Das freundliche, geist- und gemüthvolle Wesen, dessen ich so sehr bedarf, habe ich aber auf diese Weise gefunden: Sie wissen, was mir Ihre Tochter Mathilde ist. Sie begreift was mein Bedürfnis ist, und in meinem Alter einzig vernünftiger Weise sein kann ... Ich muss mit aller Sorgfalt darauf ausgehen, ein jüngeres weibliches Wesen zu finden, dem ich unter dieser oder jener Form die Befriedigung meiner Bedürfnisse übertrage.«

»Die Befriedigung meiner Bedürfnisse«

Nicht genug damit, gibt der Komponist der Mutter seiner geliebten Mathilde unmissverständlich seine Absichten zu verstehen: »Hätten Sie den Muth vor der Welt, und das Vertrauen zu mir, Ihre Mathilde mir zu überlassen? Ich weiss, welche schwere, vielleicht zermahlende Frage diese an Sie ist! Doch muss ich sie einmal thun. Mich drängt die Noth, und ich muss Entscheidung haben. Könnten Sie es über sich gewinnen, Mathilde aus Ihrem Hause scheiden zu sehen, um – was sie Ihnen war – fortan einem höchstbedürftigen Freunde in der Ferne zu sein?«

»Hätten Sie den Muth ... Ihre Mathilde mir zu überlassen?«

Richard Wagner hatte Mathilde zwei Jahre davor auf einer ihm zu Ehren gegebenen Geburtstagsfeier seines Mainzer Musikverlegers Schott kennengelernt und sich in sie verliebt. Freilich befand er sich, als er 1864 den »Liebes-

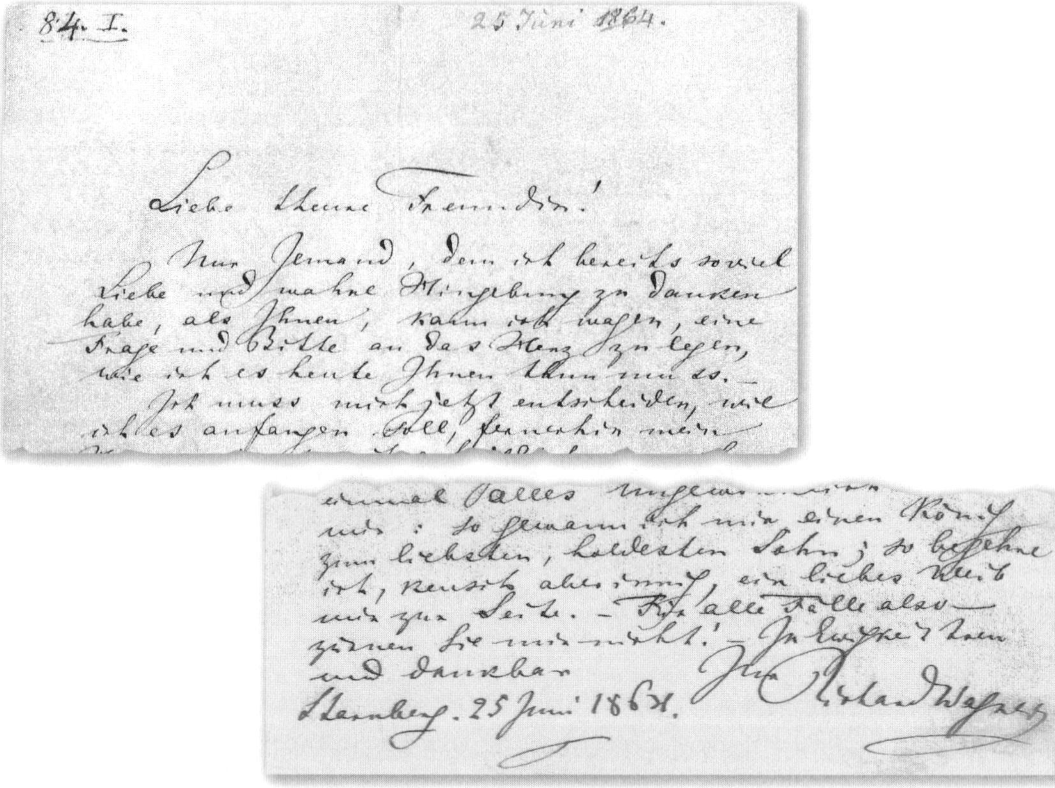

84. I. 25 Juni 1864.

Liebe theure Freundin!

Nur Jemand, dem ich bereits soviel Liebe und wahre Hingebung zu danken habe, als Ihnen, kann ich wagen, eine Frage und Bitte an das Herz zu legen, wie ich es heute Ihnen thun muss. – Ich muss mich jetzt entscheiden, wie ich alles anfangen soll, fernerhin mein [illegible]

einmal Alles [illegible] und: so gewann ich mir einen König zum liebsten, holdesten Sohn; so begehre ich, keusch aber innig, ein liebes Weib mir zur Seite. – Für alle Fälle also – zürnen Sie mir nicht! – In Ewigkeit treu und dankbar

Starnberg. 25 Juni 1864. Ihr Richard Wagner

»Ich muss mit aller Sorgfalt darauf ausgehen, ein jüngeres weibliches Wesen zu finden«, schreibt Richard Wagner am 25. Juni 1864.

»Im Fall des Todes meiner Frau«

brief« verfasste, in einem prekären Stadium seines Privatlebens: Der Komponist lebte in aufrechter Ehe mit seiner Frau Minna, aber in getrenntem Wohnbereich. Auch wenn Minna – eine Schauspielerin – und Wagner einander in ihrer dreißigjährigen Ehe an Seitensprüngen nichts schuldig geblieben sind, ist der Brief an einer Stelle an Geschmacklosigkeit kaum zu überbieten. Wenn Wagner nämlich die Konsequenzen im Falle des Ablebens seiner Frau erörtert: »Oder sollte es möglich sein«, schreibt er an Josefine Maier, »ohne hierbei einem frevelvollen Wunsche

Nahrung zu geben, den Fall des Todes meiner Frau in Berechnung zu ziehen, und für diesen Fall mich um die Hand Ihrer Tochter zu bewerben?«

Aus dem Nachlass eines Autografensammlers

Der äußerst delikate Brief ist im Jahr 2013 in meine Hände gelangt: Ein Musikliebhaber und -student an der Universität Wien namens Friedrich Gabriel sammelt Handschriften und handelt neben seinem Studium ein wenig damit. Kurz bevor er sich bei mir meldete, hatte er in Deutschland den aus mehr als sechzig Schriftstücken bestehenden Nachlass eines verstorbenen Autografensammlers erworben, darunter Noten und Briefe eher »exotischer« Komponisten wie Alfred Schnittke, Luigi Cherubini und Karlheinz Stockhausen. »Als ich mir das Konvolut dann genauer ansah«, erklärte mir Gabriel, »entdeckte ich, dass einer der Briefe von Richard Wagner stammt.« Der findige Musikfreund zeigte mir seinen Schatz, ehe er ihn zur Versteigerung ins Dorotheum brachte.

»Eine würdige Versorgung für ihr ganzes Leben«

»Könnten Sie sich überreden lassen?«, fragt Wagner. »Mathilde nehme eine ehrenvolle Stelle und würdige Versorgung für ihr ganzes Leben an; diese würde ihr geboten, sie fände es vortheilhaft, sie anzunehmen, und Sie wollten ihr, so hart Sie die Liebe vermissen würden, nicht zuwider sein? – Ich begreife, wie schwer und unmöglich fast Ihnen alles dieses dünken muss: dennoch – muss ich Sie einmal ernstlich fragen, und mein Vertrauen auf Ihre herrliche, so treue Liebe giebt mir den Muth, Sie so zu fragen, ohne zu fürchten, dass ich Sie Ernstlich dadurch beleidigen könnte.«

Aus anderen erhalten gebliebenen Briefen, die Wagner direkt an Mathilde Maier gerichtet hat, geht hervor, dass er

Er bat vorsorglich für den Fall des Todes seiner Frau um Mathildes Hand: Richard Wagner

sie »Lieber Schatz« nannte und mit Zärtlichkeiten überhäufte. Vollkommen unverständlich wird sein Verhalten, wenn man weiß, dass er und Cosima von Bülow, die Tochter von Franz Liszt, einander im Jahr davor ihrer gegenseitigen Liebe versichert hatten. Nicht genug damit, zog dieselbe Cosima nur vier Tage nachdem er in jenem Brief um

Mathildes Hand angehalten hat, in sein Haus am Starnberger See ein, und im Monat darauf wird Isolde, ihr erstes Kind von Wagner, gezeugt.

Der Tod von Wagners erster Frau

Richard Wagners erste Frau Minna starb am 25. Jänner 1866, rund eineinhalb Jahre nachdem er den mir übergebenen Brief an die Notarsgattin verfasst hatte und Cosima zu ihm gezogen war.

Wagner war, als er die Zeilen an Josefine Maier schrieb, längst ein berühmter Mann, von dem »Der fliegende Holländer«, »Tannhäuser«, »Ring des Nibelungen«, »Lohengrin«, »Tristan und Isolde« sehr erfolgreich aufgeführt wurden, die »Meistersinger« waren zu diesem Zeitpunkt gerade in Arbeit. Dennoch war er, nur zwei Monate bevor er den »Werbebrief« an Mathildes Mutter schrieb, in argen finanziellen Nöten und vor der Steuerfahndung und mehreren Gläubigern aus Wien geflohen, wo er wegen zahlloser Wechselschulden von einem Haftbefehl bedroht war.

Ludwig II., 1845–1886, König von Bayern

In seiner Verzweiflung wandte sich Wagner an den 18-jährigen Bayernkönig Ludwig II., der den Komponisten anbetete und durch großzügige Spenden unterstützte. Der bisherige Hungerleider war somit ab sofort eine »gute Partie«, worauf er in dem Schreiben an seine potentielle Schwiegermutter auch eingeht: »Es ist einmal alles ungewöhnlich bei mir: so gewann ich mir einen König zum liebsten, holdesten Sohn; so begehre ich, keusch aber innig, ein liebes Weib mir zur Seite ...« Den Terminus »keusch« hat der Schwerenöter wohl nicht ganz wörtlich gemeint.

Der an Josefine Maier adressierte Brief wurde, wie wir heute wissen, von ihrer Tochter abgefangen, geöffnet und

Wagner wollte gleichzeitig mit drei Frauen im Bunde sein: Minna Wagner, Mathilde Maier und Cosima von Bülow

nie der Mutter übergeben. Mathildes Antwort war eindeutig: Nein, sie wollte nicht an Wagners Seite leben, die beiden blieben dennoch in Freundschaft verbunden. Es war also nicht Mathilde, die von Wagners neuem Wohlstand profitieren sollte, sondern Cosima.

Der fünfseitige Brief Richard Wagners gelangte am 4. Dezember 2013 im Wiener Dorotheum zur Versteigerung und erzielte 9000 Euro.

Österreichs »Titanic«
Der Untergang der »Baron Gautsch«

Die Sommerferien waren friedlich und wunderschön, man verbrachte unbeschwerte Tage an der dalmatinischen Küste. Doch die Idylle wurde jäh durchbrochen, als mitten im Urlaub, am 28. Juli 1914, der Erste Weltkrieg ausbrach.

Hermann Pfeiffer, 1877–1929, Arzt und Universitätsprofessor

Wer eben noch die Sonne an der damals österreichischen Adria genossen hat, will jetzt so schnell wie möglich heimfahren – nach Graz, Linz, Salzburg, Wien, wohin auch immer. Mit dem Schiff über Istrien nach Triest und von dort per Bahn nach Hause. 240 Passagiere und 66 Besatzungsmitglieder befinden sich am 13. August 1914 auf dem Passagierdampfer »Baron Gautsch«, unter ihnen der 37-jährige Grazer Arzt und Universitätsprofessor Hermann Pfeiffer, seine 34-jährige Frau Grete, ihr dreijähriger Sohn Ernst und dessen Kindermädchen Friederike Schaller.

Das Glück einer Familie wird zerstört

Die See ist ruhig, als das Schiff der renommierten Reederei »Österreichischer Lloyd« von der Insel Lošinj abfährt, doch vor Brioni, beim k. k. Kriegshafen Pola*, kommt es zur Katastrophe, über deren Hergang man bisher nur

---

* Heute Pula.

bruchstückhaft Bescheid wusste. Erst als Hermann Pfeiffers Enkelin hundert Jahre nach dem Unglück die in zwei Schulheften niedergeschriebenen privaten Aufzeichnungen zur Veröffentlichung freigab, wurde klar, unter welch dramatischen Umständen der Luxusliner unterging. Das Tagebuch erzählt vom Schicksal der ersten zivilen Opfer des Ersten Weltkrieges, aber auch davon, wie das Glück einer Familie innerhalb weniger Minuten zerstört wurde.

Die herrliche Stimmung während der Sommerferien

Hermann Pfeiffer schrieb die schrecklichen Ereignisse nieder, damit sein Sohn, sobald er es verstehen würde, weiß, was damals passiert und vor allem wie seine Mutter ums Leben gekommen ist.

Der Arzt schildert in dem Tagebuch zunächst die »herrliche Stimmung« während der Sommerferien, in denen sich die kleine Familie prächtig erholt hat. Natürlich war das vor wenigen Wochen verübte Attentat auf Erzherzog Franz Ferdinand und die sich daraus ergebende Kriegsgefahr unter den Dalmatienurlaubern ein wichtiges Gesprächsthema, aber »wir ahnten da unten nicht, dass die Ermordung des Thronfolgers in Sarajewo endlich unser altes, zerrissenes Österreich aus seinen inneren Kämpfen mit einem Schlage reißen sollte.«

»Ich weiß, dass ich Lošinj nicht wieder sehen werde«

Die beiden Nächte vor der Heimfahrt genießt das Ehepaar Pfeiffer in seiner kleinen gemieteten Ferienwohnung auf der Insel, hoffnungsfroh und für die gemeinsame Zukunft Pläne schmiedend, doch »am letzten Abend, als wir zu Bett gingen, sagte Grete: ›Ich weiß, dass ich Lošinj nicht wieder sehen werde! Es war zu schön.‹«

Am nächsten Morgen, dem Tag der Katastrophe, kommt leichter, kühler Wind auf. »Wir erwachten frühzeitig und

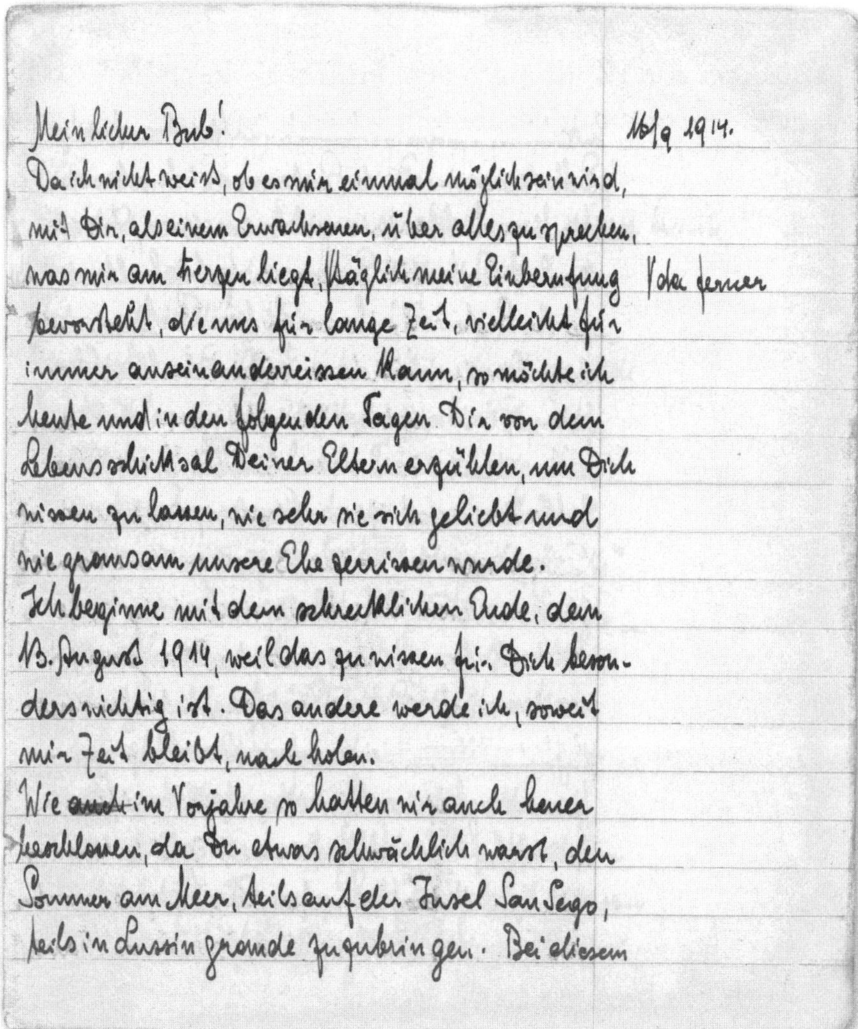

Mein lieber Bub! 16/9 1914.
Da ich nicht weiss, ob es mir einmal möglich sein wird, mit Dir, als einem Erwachsenen, über alles zu sprechen, was mir am Herzen liegt, da ferner täglich meine Einberufung bevorsteht, die uns für lange Zeit, vielleicht für immer auseinanderreissen kann, so möchte ich heute und in den folgenden Tagen Dir von dem Lebensschicksal Deiner Eltern erzählen, um Dich wissen zu lassen, wie sehr sie sich geliebt und wie grausam unsere Ehe zerrissen wurde.
Ich beginne mit dem schrecklichen Ende, dem 13. August 1914, weil das zu wissen für Dich besonders wichtig ist. Das andere werde ich, soweit mir Zeit bleibt, nachholen.
Wie auch im Vorjahre so hatten wir auch heuer beschlossen, da Du etwas schwächlich warst, den Sommer am Meer, teils auf der Insel San Sego, teils in Lussin grande zuzubringen. Bei diesem

Mein lieber Bub! *16. 9. 1914*
Da ich nicht weiß, ob es mir einmal möglich sein wird, mit Dir, als einem Erwachsenen, über alles zu sprechen, was mir am Herzen liegt, da ferner täglich meine Einberufung bevorsteht, die uns für lange Zeit, vielleicht für immer auseinanderreissen kann, so möchte ich heute und in den folgenden Tagen Dir von dem Lebensschicksal Deiner Eltern erzählen, um Dich wissen zu lassen, wie sehr sie sich geliebt und wie grausam unsere Ehe zerrissen wurde.
Ich beginne mit dem schrecklichen Ende, dem 13. August 1914, weil das zu wissen für Dich besonders wichtig ist …

rüsteten alles zur Abreise, da der Dampfer für 9 Uhr angekündigt war. Als ich nach dem Frühstück durch Eure Stube ging, in der Deine Mutter eifrig packte, Du voll Ungeduld auf das Zeichen zum Aufbruch wartetest, sagte sie zu mir: ›Heute ist der Dreizehnte! (Sie hat mir oft versichert, sie sei überzeugt, sie werde einmal an einem solchen Tag eines unnatürlichen Todes sterben!) Wir sollten lieber nicht reisen! Aber: Ich bin ein Sonntagskind und habe immer Glück im Leben gehabt! Wir werden wohlbehalten ankommen.‹ Ich lachte still für mich ihres stets wiederkehrenden Aberglaubens ...«

Noch herrscht reges, heiteres Leben an Deck

Dann geht's zum Hafen, und die Familie bezieht die Kabine des etwas verspätet einlangenden Schiffs. Die Seefahrt verläuft zunächst ruhig, und die vom Urlaub entspannten Fahrgäste nehmen ihr Mittagessen ein. Um 14.24 Uhr nähert sich das Schiff jedoch – entgegen allen Anweisungen viel zu knapp an der Küste fahrend – einem Minenfeld. Die Passagiere registrieren das kaum, noch herrscht reges, heiteres Leben an Deck. Man plaudert, lacht und scherzt, die Kinder spielen auf den glatten Schiffsplanken, die Männer rauchen, diskutieren über den seit zwei Wochen wütenden Krieg, den man zu diesem Zeitpunkt noch nicht besonders ernst nimmt.

»Laufen wir hier keine Gefahr, in ein Minenfeld zu geraten?«

Hermann Pfeiffer schläft in seinem Liegestuhl ein und wird von einem spielenden Kind geweckt. Als der auch als Reserveoffizier geschulte Mediziner die nahe Küste sieht, »steigt in mir zum ersten Mal eine bange Frage auf: Warum fahren wir um so viel näher bei Land als dieses (ein anderes, Anm.) Schiff. Laufen wir hier keine Gefahr, in ein Minenfeld zu geraten, welches unzweifelhaft um

Pola herum gelegt sein konnte? Ist unser Kurs nicht unvorsichtig gewählt?«

Professor Pfeiffer verwirft seine im Tagebuch geäußerten Bedenken gleich wieder, nimmt er doch an, dass die Seeleute der »Österreichischen Lloyd« gewissenhaft, erfahren und gut ausgebildet sind. »Und vor allem: Sie müssen die Grenze des Minenfeldes, wenn es schon gelegt war, doch genau kennen, der Kurs genau von der Kriegsmarine bestimmt sein.«

Ein letzter Blick noch auf seine Frau

Sein Blick fällt auf die geliebte Frau, die neben ihm im Liegestuhl sitzt. »Sie ist wach und sieht mit jenem weichen, warmen Ausdruck auf die Wellen hinaus, der sich über das liebe Gesicht breitet, wenn sie glücklich und froh ist. Sie hat den blauen Schleier gegen den Wind um das Haar geschlungen, den dicken grauen Mantel, darunter ein hellblaues Kleid an. Zufällig streifen meine Augen ihre Beine und ich besehe mir dabei die Strümpfe, braune durchbrochene Strümpfe, die ich so gut nach ihrem Muster kannte, braune Halbschuhe mit Lacklederkappe, die sie auch schon lange besaß. An beidem – sonst an nichts! – habe ich die Arme, Liebe tags darauf erkennen können ...«

»Ein Donnerschlag, der durch den mächtigen Schiffskörper fährt«

Grete Pfeiffer liest gerade einen Brief und will ihrem Mann etwas sagen. »Da ein Donnerschlag, der durch den mächtigen Schiffskörper fährt«, beschreibt Hermann Pfeiffer die ohrenbetäubende Explosion, »ein übermächtiger Stoß nach aufwärts, ein Klirren und Prasseln, Schreien, Heulen, Toben, Splittern von Holz und Eisenteilen, die von oben her durch die Luft fliegen, ein Regen von Glasscherben, der sich aus den Flaschenregalen der Pantry auf uns ergießt. Die Luft ist für einen Augenblick von gelben Schwaden durchzogen, ist stickig, kaum athembar ...«

Unter den Passagieren bricht Panik aus

Die Wucht der Explosion reißt ein riesiges Loch in den Rumpf, unter den Passagieren bricht Panik aus: »Ein unentwirrbarer, auf Leben und Tod kämpfender, sich zerfleischender Menschenknäuel ringt dort. Von den sinnlos wüthenden Massen werden Frauen und Kinder einfach niedergetreten. Dabei beginnt das Deck zuerst leise und allmählich dann immer schneller, sich nach Backbord zu neigen.« Sieben Minuten nach der Explosion ist die »Baron Gautsch« gesunken.

Was war geschehen? Der 1908 vom Stapel gelaufene Passagierdampfer, der vorwiegend österreichische Urlauber aus ihren Ferienorten nach Triest bringen sollte, ist auf eine Mine gelaufen. In einem Minenfeld, das nicht vom bösen Feind gelegt wurde, sondern von der eigenen k. k. Kriegsmarine. Österreicher haben Österreicher in die Luft gesprengt!

Der Sohn schläft in Kabine 24

Während Hermann und Grete Pfeiffer sich zum Zeitpunkt der Explosion an Deck befinden, hält ihr kleiner Bub in der Kajüte seinen Mittagsschlaf. »Das Kind!« rufen die Eltern unisono und »fliegen über die Stiegen hinab zur Kabine 24, die unser Alles barg«.

Auf dem Weg dorthin erleben sie, wie ein Vater erfolglos versucht, die fest versperrte Tür zur Kabine seiner Kinder aufzubrechen. »Ich habe den Mann nicht wieder gesehen. Es wird ihn und seine beiden Kinder wohl dort der Tod ereilt haben.«

Die Pfeiffers haben, wie es vorerst scheint, mehr Glück. Sie öffnen ihre Kabinentür, und der Vater trägt sein in-

Das stolze Passagierschiff sank innerhalb weniger Minuten: die »Baron Gautsch«

folge der gewaltigen Explosion geschocktes, weinendes Kind »durch eine rasend gewordene, kopflose, sich balgende, niedertretende Menge zum Promenadendeck hinauf«. Kurz überlegt das Ehepaar, sein Gepäck, das Geld und eine Geige mitzunehmen, aber der Professor erkennt, dass jede Sekunde über Leben und Tod entscheiden würde und übernimmt das Kommando: »Alles lassen! Kann später geschehen! Halte dich dicht an mich und eile!«

Die letzte Liebeserklärung

Der Dampfer sinkt, »legte sich so rasch zur Seite, dass ich an der Reling mich nicht halten konnte und gegen den Rauchsalon glitt, wo neben mir Grete lehnte«.

»Ich hab dich so sehr lieb«, flüstert Pfeiffer seiner jungen Frau zu, als ahnte er den Abschied für immer.

»Ich hab dich –«, erwidert sie, kann den Satz aber nicht vollenden. »Ein jäher, gellender, ohrenbetäubender Schrei zerreißt auf einmal die Luft. Ein Grauen, eine Verzweiflung, wie ich's noch nie gehört. Ich werde ihn nie aus den Ohren und aus dem Herzen kriegen. Dann ein Brausen und Gurgeln über uns. Ich sehe über der senkrechten Verdeck-Mauer weißen Gischt und Schaum dringen und sehe, fühle, höre von allen Seiten die Fluten auf uns niederstürzen. Es wird Nacht um mich!«

Das einzige Kind, das den Untergang der »Baron Gautsch« überlebt

Sein nach mehrmaligem Untertauchen schon verloren geglaubtes Kind ist mit ihm wie durch ein Wunder wieder an die Oberfläche der rauen See gelangt, der Arzt hält es fest in seinen Händen. Doch seine Frau wurde von den Wassermassen verschlungen.

Der völlig ermattete Professor für Gerichtsmedizin kämpft weiter, hält sich an einem zufällig vorbeitreibenden Ruder fest, ein Rettungsboot nimmt ihn und seinen Sohn nicht auf, da es heillos überfüllt ist. Ein zweites, das vom nahen österreichisch-ungarischen Zerstörer »SMS Csepel« zu Hilfe eilt, birgt sie. Ernst ist von achtzig Kindern an Bord der »Baron Gautsch« das einzige, das überleben sollte.

147 Menschen sterben bei dem Schiffsunglück

»Wo ist Grete?« lautet die nächste Eintragung im Tagebuch. In Pola an Land gebracht, trifft Hermann Pfeiffer auf die anderen Überlebenden. Er hat unter Wasser seine Brillen verloren, sieht schlecht, glaubt in einer Frau seine Grete zu erkennen, aber es ist eine Fremde. Bald ist's gewiss: Grete zählt zu den 147 Todesopfern.

Am nächsten Tag fällt den Überlebenden die schwere Aufgabe zu, ihre in der Halle eines Schießplatzes aufgebahrten Angehörigen zu agnoszieren. »Ich weiß, dass ich wünschte, innig wünschte, *so* Grete nicht wieder sehen zu

Der Grazer Arzt Hermann Pfeiffer überlebte den Untergang der »Baron Gautsch«, seine Frau Grete zählte zu den Todesopfern.

Auch das Kindermädchen zählt zu den Todesopfern

müssen«, notiert Pfeiffer. Doch es kommt anders. »Nach langem Suchen fand ich sie und erkannte sie zuerst an ihren Strümpfen. Dann fand ich mich auch in den blassen Zügen zurecht, die der Tod vergeistert hatte. Der Mantel fehlte, der Rettungsgürtel auch. Hat sie beides verloren? Oder hat man es ihr bei Wiederbelebungsversuchen abgenommen, wie meinen Ring? Ich habe es nicht in Erfahrung bringen können.« Auch das Kindermädchen Friederike Schaller zählt zu den Todesopfern des Schiffsunglücks.

Die Mannschaft kümmert sich in erster Linie um sich selbst

Das Tagebuch wurde hundert Jahre nach dem Untergang der »Baron Gautsch« von Ingrid Pfeiffer, der Enkelin des Arztes, als berührendes *Fundstück* dem Braumüller Verlag* zur erstmaligen Veröffentlichung überlassen. Im Nachwort beschreibt der Historiker Karl Vocelka die skandalösen Zustände an Bord des Schiffes: »Kapitän Paul Winter schlief, als sich die Explosion ereignete, und der Erste Offizier Josef Luppis hatte eine Viertelstunde vor seiner Ablösung die Brücke verlassen. Die Warnsignale eines Minenlager-Schiffes hatte man nicht beachtet, und als die ›Baron Gautsch‹ sank, kümmerte sich die Mannschaft in erster Linie um sich selbst, es wurden keine Schwimmreifen verteilt und jedwede Organisation zur Rettung der Passagiere fehlte gänzlich.«

Die Folgen der Katastrophe werden vertuscht

Nach seiner Rettung sprach Hermann Pfeiffer mit einem Schiffsleutnant über das Unglück und über den Kapitän, »der als Erster sich rettete und gegen seine Vorschrift statt zwölf acht Seemeilen von Land, zwei Seemeilen im Minenfeld fuhr«. Der Kapitän des nach dem k. k. Ministerpräsidenten Paul von Gautsch benannten Passagierdampfers und sein Erster Offizier überlebten und wurden vor ein See-Gericht gestellt, doch weiß man über den Prozessfortgang wenig, da die Folgen der Katastrophe im Krieg von den Zensurbehörden vertuscht wurden. 1920 waren sie jedenfalls schon wieder Kommandanten von Transatlantik-Linern der »Österreichischen Lloyd«.

---

* Hermann Pfeiffer, *»Halte Dich dicht an mich und eile!« Der Untergang der Baron Gautsch*, Wien 2014.

Der Untergang der »Baron Gautsch« ereignete sich zweieinhalb Jahre nach der »Titanic«-Katastrophe, von der man, was die Rettungsmaßnahmen betraf, offenbar nichts gelernt hatte.

Nichts von der »Titanic« gelernt

Hermann Pfeiffer stirbt 1929 mit 52 Jahren, Sohn Ernst 1967 im Alter von 56 Jahren.

Fotografie nach der Familientragödie: Hermann Pfeiffer mit Sohn Ernst während des Ersten Weltkrieges

»Der ich noch so jung und ohne Erfahrung bin« Ein Brief des 18-jährigen Kaisers Franz Joseph

Es sind nur ein paar Zeilen, die der eben zum Kaiser ernannte Franz Joseph an seinen ehemaligen Erzieher schrieb. Aber sie zeigen, wie sehr der 18-Jährige, der sich selbst als »so jung und ohne Erfahrung« bezeichnete, ins kalte Wasser gestoßen wurde. Man muss sich vorstellen, dass Franz Joseph gerade noch Schüler und seine Pubertät vermutlich noch nicht abgeschlossen war, als er in einer Art Notaktion von einem Tag zum anderen Kaiser wurde.

Ferdinand I., 1793–1875, Vorgänger Kaiser Franz Josephs

Sein Onkel, der »gütige Kaiser« Ferdinand, war seiner Aufgabe einfach nicht gewachsen, hatte während der Revolution des Jahres 1848 eine mehr als unglückliche Figur gemacht und wurde nach dem Rücktritt des Staatskanzlers Metternich vom neuen Ministerpräsidenten Felix Fürst Schwarzenberg zur Abdankung gedrängt.

Erster Mann in der Thronfolge wäre nun Ferdinands jüngerer Bruder Franz Karl gewesen, doch auch der war kaum in der Lage, die Regierungsgeschäfte zu führen. Er verzichtete daher auf Anraten seiner Frau Sophie zugunsten seines ältesten Sohnes auf den Thron.

Die kaiserliche Familie befand sich, als Franz Joseph die Regentschaft übernahm, nicht in der Residenzstadt Wien, sondern auf der Flucht vor den Revolutionären in dem mährischen Städtchen Olmütz. Dort erhielt der zwei Tage zuvor zum Kaiser ernannte Franz Joseph von seinem Erzieher Johann Graf Coronini-Cronberg ein mit den besten Wünschen versehenes Gratulationsschreiben für die neue Aufgabe, in dem er seinen langjährigen Zögling auch um Verständnis bat, ihm aus beruflichen Gründen gerade in diesen schicksalsschweren Stunden nicht persönlich beistehen zu können.

Johann Graf Coronini-Cronberg, 1794–1880, Offizier und Erzieher Franz Josephs

Der Brief seines bisherigen Erziehers erreichte ihn im mährischen Städtchen Olmütz: der 18-jährige Kaiser Franz Joseph

Kammerdiener, Leiblakaien, Zimmerputzer, Hausknecht …

Der aus Görz in der Provinz Friaul stammende Coronini war 1836 nach Wien berufen worden, um die Stelle als Erzieher des sechsjährigen Franz Joseph anzutreten. Der damals 42 Jahre alte k. k. Oberst blieb bis knapp vor dessen Bestellung zum Kaiser in der Position eines Kammerherrn in den Diensten des Erzhauses. Darüber hinaus standen dem jungen Erzherzog Franz Joseph eine Reihe von Lehrern, ein Kammerdiener, ein Kammerjunge, zwei Leiblakaien, ein Zimmerputzer, ein Hausknecht und ein Zimmerweib zur Verfügung.

Ein Lehrplan bestimmt den Tagesablauf

Coronini hatte gemeinsam mit Franz Josephs Mutter Sophie und der aus Frankreich stammenden obersten Aufsichtsperson des Erzherzogs, Heinrich Graf Bombelles, einen Lehrplan für den Erzherzog und seine jüngeren Brüder entwickelt, der zwölf Jahre lang den Tagesablauf der Prinzen bestimmte. »Um sechs Uhr morgens begann der Tag, der danach voll ausgefüllt war«, beschreibt der Historiker Thomas Just die Kindheits- und Jugendjahre des späteren Kaisers. »Das Wochenprogramm sah für Franz Joseph folgende Lerngegenstände vor: Religion, Deutsche Literatur und Stilistik, Jus, Astronomie, Geschichte, Technologie, Rechnungskunde, Diplomatische Lektüre, Zeitungslektüre, Militärstudien, Zeichnen, Französisch, Ungarisch, Böhmisch, Italienisch, Polnisch, Turnen, Fechten, Reiten.« Dazu kamen noch Latein und Altgriechisch sowie eine Stunde Unterricht wöchentlich beim Fürsten Metternich.

Der ganz auf Franz Joseph zugeschnittene Unterricht war schon deshalb so umfassend, weil Kaiser Franz I. fest damit rechnete, dass sein erklärter Lieblingsenkel als so ziemlich einziger Habsburger, der für diese Aufgabe geeignet war, eines Tages den Thron besteigen würde.

»Wenn ich von ihm mich werde trennen müssen«

Der für Franz Josephs Erziehung verantwortliche Graf Coronini galt als strenger, geradezu pedantischer Pädagoge, der es aber durch seine verbindliche Art verstand, die Zuneigung seines hohen Zöglings zu erringen. Franz Joseph entwickelte im Lauf der Jahre Respekt und Verehrung für seinen Erzieher und wandte sich stets mit seinen Sorgen und Nöten an den Grafen, der ihm zur wichtigsten Bezugsperson am Hof wurde. Seinem Jugendtagebuch ist zu entnehmen, welch rührende Anhänglichkeit Franz Joseph dem Grafen Coronini gegenüber entwickelte: »Was wird aus mir werden«, schreibt der noch nicht 14-jährige Erzherzog am 29. Mai 1844, »wenn einmal meine Erziehung vollendet, und ich von ihm mich werde trennen müssen!«

Die beiden Erzieher Franz Josephs hassen einander

Dabei geht aus den im Wiener Haus-, Hof- und Staatsarchiv befindlichen Tagebüchern des Grafen Coronini hervor, dass die Lehrjahre Franz Josephs – zumindest hinter den Kulissen – alles andere als harmonisch verliefen. Ein Grund dafür war, dass die beiden Erzieher, Bombelles und Coronini, einander abgrundtief hassten und offensichtlich völlig konträre Auffassungen bezüglich ihrer Arbeit für den Erzherzog hatten. Bombelles beklagte sich mehrmals über Coronini, und dieser bezeichnete Bombelles als intrigant und überlegte ernsthaft, seine Dienste für den künftigen Kaiser zu quittieren und zur Armee zurückzukehren. Coronini vermerkte, es wäre schwer, »dass Bombelles und ich miteinander reden: denn wir bleiben nicht in den Schranken der Mäßigung.« Es hat zwischen den beiden also, um

Für Franz Joseph die wichtigste Bezugsperson bei Hof, ehe er Kaiser wurde: Johann Graf Coronini-Cronberg

es auf den Punkt zu bringen, immer wieder ordentlich gekracht.

Franz Joseph muss ein strammer Soldat werden

So kritisierte der eher liberale Coronini die übertriebene Religiosität des reaktionären Bombelles, der als Franzose aus dem künftigen Kaiser überdies keinen »richtigen« Österreicher formen würde. Ein weiterer Streitpunkt war die Bestellung des aus Preußen stammenden ultrakonservativen Lehrers für Politikwissenschaften, Karl Ernst Jarcke, den Coronini strikt ablehnte. Es gelang ihm, Erzherzogin Sophie auf seine Seite zu holen, sodass das bereits unterschriebene Ernennungsdekret zurückgezogen und statt Jarcke der etwas fortschrittlicher gesinnte Beamte Franz Freiherr von Pilgram eingesetzt wurde.

Nur was die strenge, militärische Ausrichtung des Unterrichts betraf, waren Bombelles und Coronini einer Meinung: Aus Franz Joseph musste in erster Linie ein strammer Soldat werden.

Ein böser Einfluss auf die Kinder

Die ständigen Konflikte der beiden Kontrahenten sprachen sich bei Hof herum, was dazu führte, dass Franz Josephs ehemaliges Kindermädchen, Baronin Marie Louise Sturmfeder, eines Tages meinte: »Schade, dass diese Misshelligkeiten zwischen Bombelles und Coronini bestehen, denn es muss doch einen bösen Einfluss auf die Kinder ausüben.«

Coroninis Tagebücher geben Zeugnis, dass der künftige Kaiser bis zu einem gewissen Grad ein »Lausbub« war. Thomas Just zitiert eine Stelle, der zufolge sich der 14-jährige Franz Joseph am 25. Mai 1845 mit seinen Brüdern geprügelt hatte, worauf er zur Strafe an diesem Tag seine Eltern nicht sehen durfte. Franz Joseph selbst notierte, Coronini hätte ihn ermahnt, »nicht so impertinent« und ein anderes Mal »nicht so eitel und selbstsüchtig zu seyn«. Dann wieder forderte ihn der Graf auf, »fleißiger zu lernen und besonders meine Aufgaben mit mehr Eifer zu machen«.

Der Erzherzog geht zu oft ins Theater

In keiner Franz-Joseph-Biografie fehlt der kritische Vermerk, dass eine der großen Schwächen des Kaisers seine fantasielose, bürokratische Art des Regierens gewesen sei. Dazu könnte – glaubt man den Aufzeichnungen seines Erziehers – dieser selbst einen nicht unwesentlichen Beitrag geleistet haben. In seinen Augen war Franz Joseph viel zu oft »Ablenkungen« ausgesetzt, wozu er vor allem die von ihm missbilligten Theaterbesuche zählte: »Kein Maaß, keine logique, keine Berechnung, sondern bare Verblendung«, meinte Coronini am 16. November 1846, weil Franz Joseph in dieser Woche vier Mal im Theater gewesen war.

Sexuelle Kontakte mit ausgewählten jungen Damen

Ablehnend verhielt sich Coronini auch, wenn es um das zunehmende Interesse des Erzherzogs für das weibliche Geschlecht ging. Franz Joseph war ein begeisterter Tänzer und besuchte gerne Bälle, wo er mit gleichaltrigen oder auch etwas älteren Aristokratinnen in Kontakt kam. Während Erzherzogin Sophie erste sexuelle Kontakte mit ausgewählten Damen – die vorher einer gründlichen ärztlichen Untersuchung unterzogen wurden – durchaus befürwortete, zeigte sich Coronini entsetzt, dass der 17-Jährige einer ausnehmend hübschen Gesellschafterin der in Wien weilenden Großfürstin von Russland den Hof machte. Laut den Notizen von Franz Josephs Religionslehrer und Beichtvater Joseph Columbus hielt es Coronini »für unschicklich, dass der junge Erzherzog einmal nach einem Mahl bei Helene von Russland alleine mit der Großfürstin, ihrer Tochter und jener Hofdame, die er gerne sah, in heiterem Beisammensein verblieben war«.

Der Brief des jungen Kaisers

Coroninis Tätigkeit für Franz Joseph endete im April 1848, etwa ein halbes Jahr bevor dieser den Thron bestieg. Der Kaiser trug ihm seine Haltung, junge Frauen von ihm fernzuhalten, nicht nach, wie dem Wortlaut des bisher unveröffentlichten Briefs – eines weiteren *Fundstücks* also – zu entnehmen ist, den der eben gekrönte Monarch am 6. Dezember 1848 an seinen geliebten Erzieher und väterlichen Freund schickte:

»Lieber Graf Coronini! Tausend Dank für Ihren lieben Brief, den ich gestern erhielt. Was ist seit ihm alles geschehen. Das schwerste Amt ist mir geworden, und mir, der ich noch so jung und ohne Erfahrung bin.

Doch so fürchterlich die Aufgabe ist, so verzweifle ich doch nicht, und mit Gottes Hilfe, mit der Stütze der besten Minister, die wir in der Monarchie nur finden konnten, mit gutem Willen von meiner Seite und hauptsächlich gestützt auf eine solche Armee, wird vielleicht doch etwas zustande kommen. Sie werden mir gewiss auch als Ihrem Kaiser immer so gute Ratschläge ertheilen wie bis jetzt; dieses hoffe ich von Herzen, Sie können gewiss sein, dass ich Ihnen sehr dankbar dafür sein werde.

»Ihr treu ergebenster Freund Franz Joseph«

Ihre Angst wegen dem Mangel an Beschäftigung ist nun von selbst behoben, denn daran fehlt es mir nicht, und das ist auch die Schuld, dass ich Ihnen nicht früher geschrieben habe.

Es ist eine der wenigen Freuden, die ich habe, dass ich nun eine bestimmte Aufgabe und Beschäftigung habe, was mir doch in der letzten Zeit sehr abging. Die Mama findet ganz natürlich, dass Sie unter den jetzigen Umständen nicht von Italien weg können. Leben Sie recht wohl, lieber Coronini, nie habe ich es mehr gefühlt wie jetzt, wie vielen Dank ich Ihnen schuldig bin.

Ihr treu ergebenster Freund Franz Joseph.«

Der noch recht unbeholfen formulierende Jüngling

Man kann sich kaum vorstellen, dass der noch recht unbeholfen formulierende Jüngling in diesen Tagen den Thron einer der größten und bedeutendsten Mächte der Welt bestiegen hat, und dass das Schicksal es wollte, dass er diesem Reich 68 Jahre lang dienen sollte.

Johann Graf Coronini wurde nach Beendigung seiner

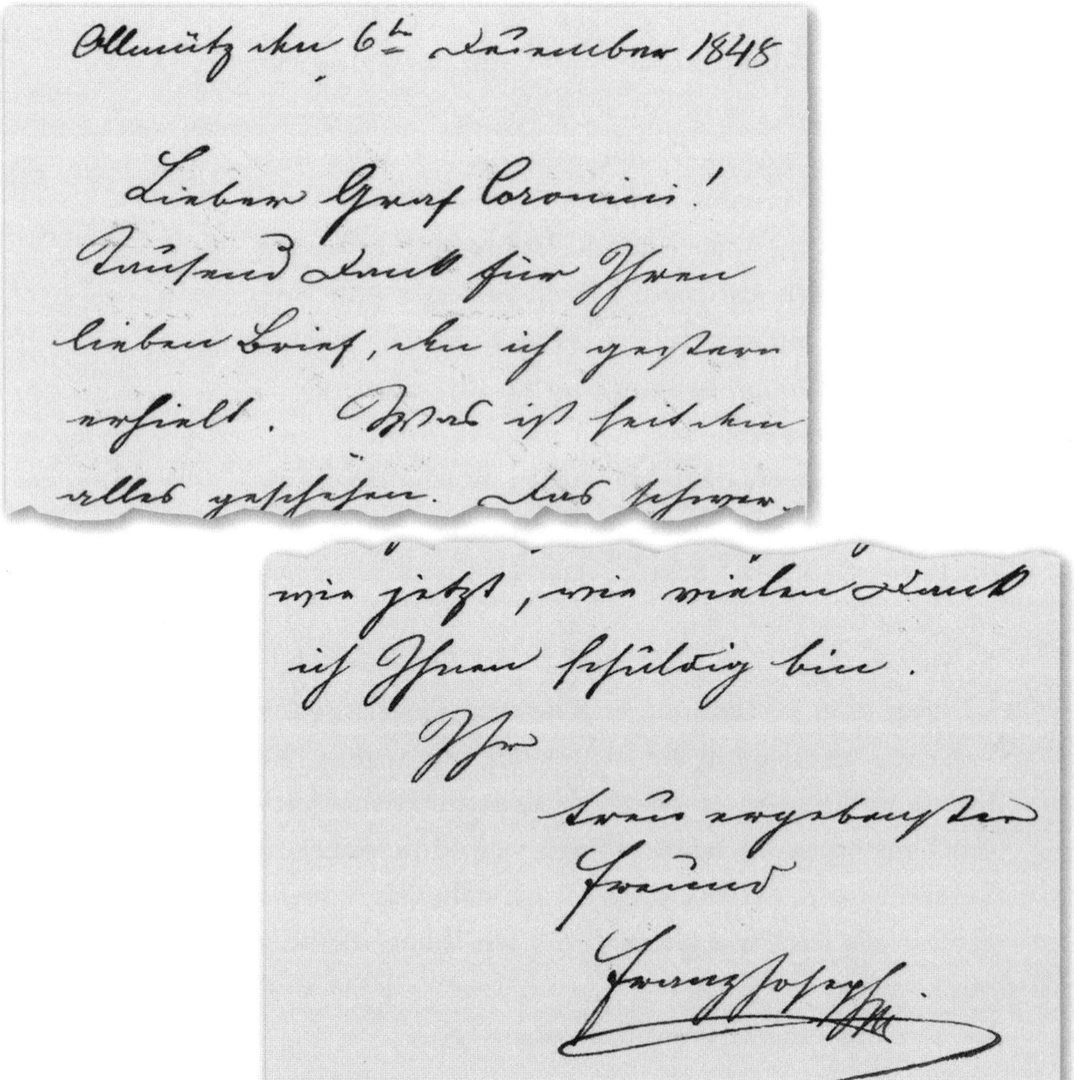
Olmütz den 6ten December 1848

Lieber Graf Coronini!
Tausend Dank für Ihren lieben Brief, den ich gestern erhielt. Was ist seitdem alles geschehen. Aus schweren

wie jetzt, wie vielen Dank ich Ihnen schuldig bin.
Ihr
treu ergebenster
Freund
Franz Joseph

»Nie habe ich es mehr gefühlt wie jetzt, wie vielen Dank ich Ihnen schuldig bin«, schrieb der 18-jährige Kaiser Franz Joseph mit eigener Hand an seinen ehemaligen Erzieher Graf Coronini, unmittelbar nach seiner Thronbesteigung aus Olmütz.

Der Orden vom Goldenen Vlies

Tätigkeit als Erzieher am kaiserlichen Hof zum Generalmajor und Brigadekommandanten in Südtirol ernannt. Diese Position hatte er bereits inne, als er von Franz Joseph den Brief aus Olmütz erhielt. Später war Coronini Gouverneur in Serbien und im Banat, ehe er sich 1865 als Feldzeugmeister und kommandierender General in Ungarn auf eigenen Wunsch in den dauernden Ruhestand versetzen ließ. Davor verlieh Kaiser Franz Joseph seinem »treuen Freund« und »sicheren Führer« noch als besonderes Zeichen der Anerkennung den Orden vom Goldenen Vlies. Coronini starb 1880 im Alter von 85 Jahren auf seinem Schloss St. Peter bei Görz.

Das Kaffeehaus im KZ
Simon Wiesenthals geheime Baupläne

Simon Wiesenthal, 1908–2005, Architekt, Überlebender mehrerer Konzentrationslager, Nazijäger

Das ist die berührende Geschichte einer Freundschaft zweier Männer, die einander im Schatten des Todes begegnet sind. Der eine rettete das Leben des anderen, indem er – unter Einsatz seines eigenen Lebens – im Konzentrationslager dessen Identität verfälschte. Dafür schenkte der andere, ein gelernter Architekt, seinem Lebensretter die Baupläne für ein Kaffeehaus – das dieser nach der erhofften Befreiung eröffnen wollte. Der Architekt war kein Geringerer als Simon Wiesenthal. Seine in Mauthausen gezeichneten Baupläne wurden mir siebzig Jahre später als wahrhaft historische *Fundstücke* zugespielt.

Edmund Staniszewski, 1909–1984, polnischer Kaufmann

Simon Wiesenthal und der aus der polnischen Stadt Posen* stammende katholische Kaufmann Edmund Staniszewski lernten einander im Todeslager Mauthausen kennen. Beide waren etwa gleich alt, ausgebildete Ingenieure, und sie freundeten sich im Konzentrationslager an. Edmund Staniszewski war im Oktober 1939 in Posen verhaftet worden, als er sich im Gespräch mit einem Bekann-

* Heute Poznań.

ten abfällig über das Naziregime äußerte. Gestapo-Männer, die ihn abgehört hatten, lieferten ihn als politischen Häftling mit der Nummer 156 nach Mauthausen ein.

Simon Wiesenthal, der insgesamt zwölf Arbeits- und Konzentrationslager überlebt hat, gelangte erst fünf Jahre später, am 9. Februar 1945, nach Mauthausen, wo er die letzten drei Monate bis zur Befreiung durch die Amerikaner verbrachte. Mir liegt ein Brief Wiesenthals vom 12. November 1960 vor, in dem er selbst darauf hinweist, dass Edmund Staniszewski sein Leben gerettet hat. »Mein lieber Edziu!« (für Edmund), schreibt der später weltberühmte Nazijäger (auf Polnisch). Ich habe Deinen Brief erhalten. Du hast keine Ahnung wie ich mich gefreut habe ... Ich habe mich nach dem Krieg viele Jahre mit der Verfolgung von Kriegsverbrechern beschäftigt, und viele von ihnen haben wir verhaftet ... Ich weiß, dass ich Dir mein Leben verdanke. Dank Deinem Adel des Herzens und Deiner kollegialen Hilfe ... Ohne Deine Hilfe, bin ich sicher, wäre ich durch die Gaskammer gegangen. Als ich Deinen Brief erhalten habe, habe ich ihn meiner Frau und meiner Tochter gezeigt. Das ist ein Brief von einem edelmütigen Menschen, dem ich mein Leben verdanke.

»Ich weiß, dass ich Dir mein Leben verdanke«

Bitte schreibe etwas über Dich, hast Du Söhne oder Töchter und in welchem Alter ... Ich bitte Dich, schreibe mir, wenn euch etwas fehlt. Es wäre für mich eine große Freude, wenn ich euch irgendwie einen Dienst erweisen könnte. Lieber Edi, bitte bleiben wir in Kontakt, ich grüße und küsse Dich herzlich, auch Deine Frau und Kinder, Dein Simon.«

»Wenn ich euch irgendwie einen Dienst erweisen könnte«

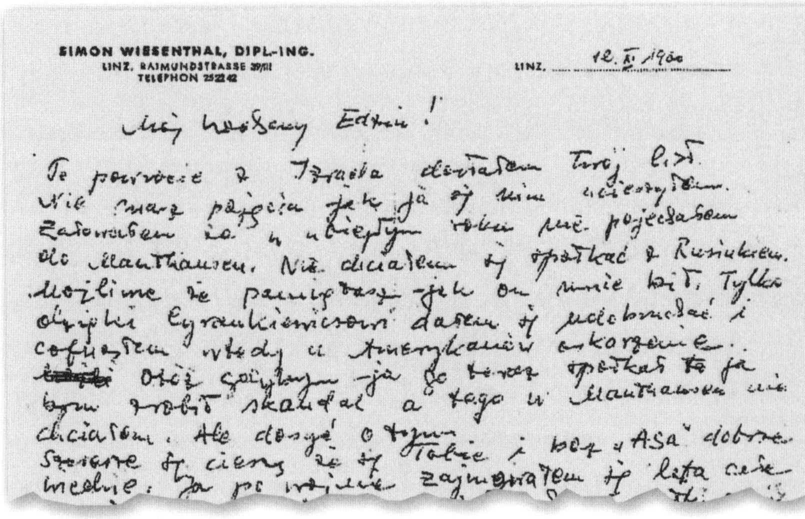
SIMON WIESENTHAL, DIPL.-ING.
LINZ, RAIMUNDSTRASSE 39/III
TELEPHON 25242

LINZ, 12. XI. 1960

Mój Kochany Edwin!

»Ich weiß, dass ich Dir mein Leben verdanke«: aus dem (auf Polnisch geschriebenen) Brief Simon Wiesenthals an seinen Mithäftling Edmund Staniszewski

Edmund Staniszewski ist 1984 im Alter von 75 Jahren verstorben, aber ich erreichte seine Witwe Izabela im Herbst 2015 in Posen, wo sie im Alter von 91 Jahren lebte. »Hat Ihr Mann Ihnen erzählt, wie er Wiesenthal retten konnte?«

Die Lagerleitung weiß nicht, dass Wiesenthal noch am Leben ist

»Ja«, sagte sie, »mein Mann hatte in Mauthausen die Aufgabe, der Lagerleitung jeden Tag die Nummern der kranken und verstorbenen Insassen zu melden. Er hat Wiesenthal gerettet, als er ihm die Nummer eines verstorbenen Häftlings gab, wodurch die Lagerleitung nicht wusste, dass Wiesenthal noch am Leben war. Er hätte als polnischer Jude wohl kaum überlebt.«

Edmund Staniszewskis Witwe erklärte mir auch, wie es zu den im Konzentrationslager entstandenen Kaffeehaus-Plänen des Architekten Simon Wiesenthal gekommen ist: »Eines Tages fragte Wiesenthal meinen Mann im

Lager: ›Was wirst du machen, wenn wir das hier überleben sollten?‹

Da hat mein Mann geantwortet: ›Mein Traum ist es, ein großes Kaffeehaus mit Milchbar und einem Spielclub zu eröffnen.‹

›Besorge mir Papier und Bleistift‹, erwiderte Wiesenthal, ›ich werde dir die Pläne für dein Lokal zeichnen.‹«

»Ich werde dir die Pläne für dein Lokal zeichnen«

Edmund Staniszewski bekam von einem Häftling, der im Büro der Lagerleitung arbeitete, Papier und Stifte, mit denen Wiesenthal dann das Café entwarf. »Simon Wiesenthal war froh«, erzählte mir Frau Staniszewski, »in der schrecklichen Atmosphäre des Lagers einer vernünftigen Arbeit nachgehen zu können.« Das Kaffeehaus war exakt für ein tatsächlich existierendes dreistöckiges Eckhaus in Posen konzipiert, das Edmund Staniszewskis Familie gehörte.

Das Eckhaus in Posen, in dem das von Wiesenthal geplante Kaffeehaus entstehen sollte

Nach seiner Freilassung aus Mauthausen hat Staniszewski seiner Frau und seinen Kindern von den Begegnungen mit Wiesenthal erzählt und ihnen die Skizzen für das Kaffeehaus gezeigt. »Gerne hat er nicht darüber gesprochen, weil es schreckliche Erinnerungen waren.«

Das Kaffeehaus in allen Details geplant

Iwona und Gerhard Svoboda, die in Wien lebende Tochter Staniszewskis und ihr Mann, überreichten mir die von Wiesenthal minutiös gezeichneten Pläne des Cafés, die auf mehr als achtzig Seiten auf grobem Lagerpapier dokumentiert sind. Wiesenthal entwarf zahlreiche Details, darunter die Innen- und Außenansichten des Lokals, Tische und Sessel, aber auch die Uniformen der Serviererinnen, des Kochs und des Zigarrenverkäufers. Der Architekt zeichnete auch eine Uhr für das Lokal und sogar die Einladungskarten zur Eröffnung. Dabei wurde berücksichtigt, dass Staniszewski bereits den Namen seines Spiel- und Kaffeehauses wusste: Es sollte »As« (benannt nach der Spielkarte »Ass«) heißen.

In den letzten Wochen gibt es kaum noch Arbeit am Steinbruch

Dass Wiesenthal in Mauthausen, dem größten Arbeits- und Vernichtungslager auf österreichischem Boden, so viele präzise Zeichnungen anfertigen konnte, lag wohl daran, dass in dem KZ in den letzten Wochen der Naziherrschaft bereits ein derartiges Chaos herrschte, dass die Häftlinge kaum noch ihrer Schwerstarbeit am Steinbruch nachgingen. Nur so ist zu erklären, dass Wiesenthal – auf weniger als fünfzig Kilogramm abgemagert – die Kraft und die Zeit fand, die Skizzen anzufertigen, die seinem schrecklichen Leben in Haft doch noch Sinn geben konnten. Es gibt auch weitere Zeichnungen, mit denen Wiesenthal

Eine lebenslange Freundschaft, die im Schatten des Todes entstand: Edmund Staniszewski, Simon Wiesenthal

die Atmosphäre im Konzentrationslager Mauthausen festhielt.

Die Pläne als Beweis einer Freundschaft

Das Kaffeehaus nach den Vorstellungen Wiesenthals ist nie realisiert worden, da Staniszewskis Haus in Posen von den Kommunisten konfisziert wurde. Aber die Pläne blieben als Beweis einer Freundschaft zweier Männer, die gemeinsam durch die Hölle gegangen sind, erhalten.

Die beiden verloren einander nach ihrer Befreiung im Jahr 1945 zunächst aus den Augen. Edmund Staniszewski ging zurück nach Posen und heiratete Izabela, die ihm eine Tochter und zwei Söhne schenkte, Wiesenthal zog mit Ehefrau Cyla und Tochter Paulinka nach Linz und später nach Wien. Die Freunde fanden einander 1960 wieder, »und von da an blieben sie, solange mein Mann lebte, in Kon-

Alles von Simon Wiesenthal in Mauthausen gezeichnet: der Eingang und die Auslage des Kaffeehauses

Uniform für die Serviererin, Kaffeehaussessel und Kaffeehaustisch (handsigniert)

Auch der Plan für die Bar des Cafés As wurde von Wiesenthal detailreich gezeichnet (und handsigniert).

e Gäste am runden Tisch des Kaffeehauses

Diese Uniform wurde für den Koch konzipiert.

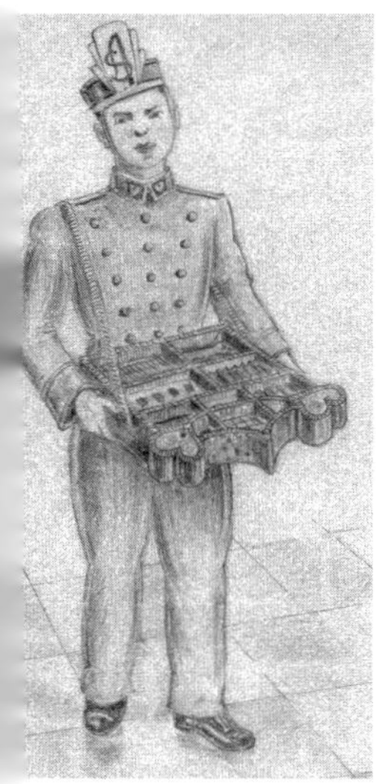

iformen für Zigarrenverkäufer und Conférencier

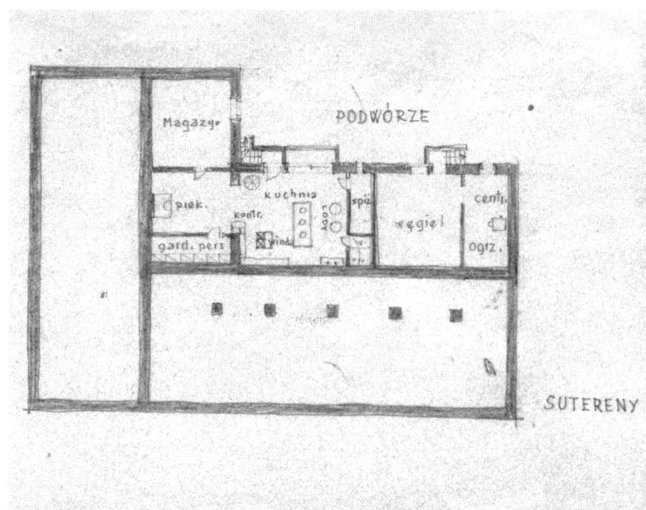

Der Souterrain-Plan mit Küche, Garderobe, Magazin

Wanduhr ließ sich Simon Wiesenthal diese originelle Konstruktion einfallen.

takt«, erzählte Staniszewskis Witwe. »Immer wenn er in den Westen reisen konnte, hat er Simon getroffen.«

Supermarkt statt Kaffeehaus

Das nach dem Krieg von den Kommunisten enteignete Haus in Posen wurde 1994, nach dem Zusammenbruch des Ostblocks, an die frühere Besitzerfamilie restituiert. Zu spät für Edmund Staniszewski, der zehn Jahre davor verstorben war. An der Stelle, an der das Kaffeehaus nach Wiesenthals Plänen hätte entstehen sollen, befindet sich heute ein Supermarkt.

»Sie waren füreinander geboren«
Josephine, Beethovens einzige Geliebte

Beethoven erteilt Klavierunterricht

Es war eine Begegnung wie Musiker sie nicht selten erleben. Eine Gräfin, sie hieß Anna von Brunsvik, reist im Mai 1799 mit ihren beiden Töchtern Therese und Josephine von Budapest nach Wien, um diese als Klavierschülerinnen beim berühmten Musikus Ludwig van Beethoven anzumelden. »Wir erklommen die drei Treppen der engen Wendeltreppe am Petersplatz*, um ihm die Visite zu machen«, schreibt Therese Jahrzehnte danach in ihren Lebenserinnerungen. Sie hat die Noten einer Beethoven-Sonate mitgebracht, »der liebe Louis van Beethoven war sehr freundlich und so höflich als er sein konnte, setzte mich an sein verstimmtes Piano und ich spielte recht brav. Dies entzückte ihn so sehr, dass er versprach, täglich zu uns zu kommen in das Hôtel zum Erzherzog Carl.«

Beethoven kommt von da an immer um zwölf in das an der Kärntner Straße gelegene Hotel und fühlt sich in Gesellschaft der drei Brunsvik-Damen so wohl, dass er meist »statt einer Stunde bis vier oder fünf Uhr verweilte. Der Edle muss sehr zufrieden gewesen sein, denn durch

---

* Beethoven wohnte damals im Haus Petersplatz 1.

sechzehn Tage blieb er nicht ein einziges Mal aus. Damals ward mit Beethoven die innige, herzliche Freundschaft geschlossen, die bis an sein Lebensende dauerte.«

Josephine Gräfin Brunsvik, 1779–1821, ungarische Aristokratin

Doch Beethoven fühlt sich nicht durch die Piano spielende Therese angezogen, sondern durch deren um vier Jahre jüngere, nicht minder musikbegabte, aber viel hübschere Schwester Josephine. Es ist Liebe auf den ersten Blick.

Und dann geschieht das für den lebenslangen Einzelgänger Einzigartige: Beethovens Verlangen wird erwidert, die zwanzigjährige Josephine ist vom Genie und der charismatischen Erscheinung des um acht Jahre Älteren fasziniert. »Meine ohnedies für Sie enthusiastische Seele«, schreibt sie ihm Jahre nach der ersten Begegnung, »erhielt durch Ihre Zuneigung Nahrung. Ein Gefühl, das tief in meiner Seele liegt und keines Ausdrucks fähig ist, machte mich Sie lieben, noch ehe ich Sie kannte, machte Ihre Musik mich für Sie enthusiastisch – Die Güte Ihres Characters, Ihre Zuneigung vermehrte es.«

Joseph Graf Deym, 1752–1804, Kunsthändler, Mäzen, Künstler

Als die verwitwete Anna von Brunsvik von der Schwärmerei ihrer ebenso schönen wie klugen Tochter Josephine für den genialen, aber vergleichsweise mittellosen und vor allem nicht aristokratischen Musiker erfährt, setzt sie sofort Maßnahmen, um eine sich anbahnende Beziehung zu verhindern. Indem sie ihre Tochter drängt, den um 27 Jahre älteren Grafen Joseph Deym zu ehelichen. Die Tochter beugt sich dem Diktat und heiratet den aus Böhmen stammenden Kunsthändler.

Deym kann auf ein abenteuerliches Leben zurückblicken. Der Graf hat in jungen Jahren in einer Eifersuchtsaffäre einen Rivalen im Duell getötet, worauf er Wien verlassen musste und die Flucht nach Holland antrat. Dort nannte er sich Joseph Müller und machte sich durch das Formen von Wachsfiguren, die prominente Persönlichkeiten darstellten, einen Namen. Nach mehreren Jahren im Exil nach Wien zurückgekehrt, gründete er am Stock-im-Eisen-Platz eine Kunstgalerie.

Der Graf gibt sich als unermesslich reich aus

Als Josephine Brunsvik diese im Zuge ihres Wien-Aufenthalts besucht, verliebt er sich – wie so viele Männer – Hals über Kopf in die junge Gräfin. Kaum hat er »die unvergleichliche Schönheit gesehen, welche in Josephine gleichsam wie in der Knospe noch verborgen lag«, berichtet deren Schwester Therese, »entbrannte er beim ersten Anblick von der heftigsten Leidenschaft« und hält um ihre Hand an. Da er sich Josephines Mutter gegenüber als unermesslich reich ausgibt, bedrängt Anna die Tochter, das Angebot anzunehmen, worauf die eigentlich in Beethoven verliebte junge Frau schweren Herzens zustimmt.

In Wahrheit steckt Deym in finanziellen Schwierigkeiten

Als sich nach wenigen Wochen herausstellt, dass Deym, statt reich zu sein, in finanziellen Schwierigkeiten steckt, will die Gräfin die Ehe ihrer Tochter annullieren lassen, doch jetzt ist Josephine nicht bereit dazu, weil sie ihren Gatten, wie sie erklärt, mittlerweile zu lieben gelernt habe.

Josephine und der vorerst nicht erhörte und deshalb unglückliche Beethoven verlieren einander dennoch nicht aus den Augen, da der berühmte Tonkünstler, wie er sich selbst nennt, im Wiener Palais Deym ein und ausgeht. Er verdrängt, dass der Graf ihm die geliebte Frau weggeschnappt hat, und pflegt sogar eine freundschaftliche Beziehung zu ihm, bringt in dessen Palais etliche Kompositionen zur Uraufführung und gibt der Angebeteten weiterhin Klavierunterricht. Immerhin ist Josephine so begabt, dass sie Ende des Jahres 1800 gemeinsam mit Beethoven ein Klavierkonzert gibt.

Beethoven sieht erneut eine Chance

Die Ehe endet nach vier Jahren, als Graf Deym im Jänner 1804 im Alter von 51 Jahren plötzlich einer Lungenentzündung zum Opfer fällt. Josephine bringt wenige Wochen nach dem Tod ihres Mannes ihr viertes Kind zur Welt.

Und Beethoven sieht nun erneut seine Chance gekommen. Er erteilt Josephine weiterhin (unentgeltlichen) Klavierunterricht und schreibt ihr – nach einer angemessenen Trauerfrist – feurige Liebesbriefe, in denen er sie als »Liebste«, »Geliebte« oder »Engel meines Lebens« bezeichnet. Auch ihre Reaktionen lassen keinen Zweifel offen: »Mein Herz haben Sie schon längst, lieber Beethoven«, schreibt sie ihm am Beginn des Jahres 1805. »Ich liebe Sie unaussprechlich – wie ein frommer Geist den andern.«

Die Briefe werden erst nach 150 Jahren aus ihrem Versteck geholt

Fünfzehn seiner Briefe und die Entwürfe einiger ihrer Antworten sind erhalten geblieben, und doch wurde die zarte Annäherung infolge des unüberwindlichen Standesunterschieds von beiden Seiten so geheim gehalten, dass die Korrespondenz erst nach eineinhalb Jahrhunderten, im Jahr 1957, aus ihrem Versteck geholt und der Öffentlichkeit zugänglich gemacht wurde: »Sie mein Alles«, erklärt Beethoven, »meine Glückseligkeit ... Für Sie – immer für Sie – nur Sie – ewig Sie – bis ins Grab nur Sie – Meine Erquickung – mein Alles ... leben Sie wohl, geliebte einzige J.«

Neben Therese hat Josephine zwei weitere Geschwister, Franz und Charlotte, der Beethovens romantisches und

»Bis ins Grab nur Sie – Meine Erquickung – mein Alles«: Beethoven an Josephine von Brunsvik, die einzige Liebe seines Lebens

unübersehbar auch erotisches Verlangen nicht entgangen ist. Charlotte glaubt im Sinne Josephines zu handeln, als sie diese eindringlich vor einer Liaison oder gar Ehe warnt: »Das einzige, was ich Dir raten kann, ich flehe Dich an, sei auf der Hut mit B.«, schreibt sie ihr im Oktober 1805. »Mach es Dir zur Regel, dass Du ihn niemals allein siehst, noch besser, wenn er nie in Dein Haus kommt …« Charlotte von Brunsvik weiß, was eine Heirat mit einem bürgerlichen Künstler, wie berühmt er auch sein mag, zur Folge hätte: Josephine hätte ihre Stellung als Aristokratin und damit auch die Erziehungsgewalt über ihre Kinder aus der Ehe mit dem Grafen Deym verloren.

Josephine würde ihre Kinder verlieren

Im Jahr 1807 gibt Josephine – die sich bei aller Liebe und Verehrung für Beethoven der Unmöglichkeit einer solchen morganatischen Beziehung bewusst ist – dem

Drängen ihrer Familie nach und beendet die Romanze mit »dem Musiker aus bürgerlichem Stande«, um ihm fortan eine »platonische Liebe« anzubieten. Die Entfremdung führt so weit, dass sie sich, wenn Beethoven sie besuchen will, von ihrem Personal verleugnen lässt.

Beethoven bricht jeden Kontakt mit Josephine ab

Die Situation erscheint dem Komponisten – den überdies eine fortschreitende Schwerhörigkeit plagt – unerträglich. »Liebe J.«, schreibt er an die vergötterte Frau, »da ich beinahe fürchten muss, dass Sie sich von mir gar nicht mehr finden lassen – und ich mich den Abweisungen Ihres Bedienten nicht mehr unterziehen mag – so kann ich wohl nicht mehr zu Ihnen kommen ... Ist es wirklich an dem, dass Sie mich nicht mehr sehen wollen – so gebrauchen Sie Offenherzigkeit – ich verdiene sie gewiss um Sie. Als ich mich von Ihnen entfernte, glaubte ich, dieses zu müssen, da es mir vorkam, als wünschten Sie dieses.« In seiner Verzweiflung beschließt Beethoven, jeden Kontakt mit Josephine abzubrechen: »Besser ist's für Ihre, für meine Ruhe, Sie nicht zu sehen.«

Josephines zweite ungewollte Ehe

Wie sehr sein Privatleben auf sein Werk Einfluss nimmt, erkennt man nicht zuletzt daran, dass Beethoven in dieser Gemütsverfassung die Cello-Sonate Opus 69 mit der Widmung »Unter Tränen und Trauer« versieht.

Doch Beethovens Romanze mit Josephine ist damit noch lange nicht beendet, ganz im Gegenteil. Und das, obwohl für die vierfache Mutter jetzt wieder ein aristokratischer Ehemann gesucht und – von Schwester Therese – auch gefunden wird. Auf einer gemeinsamen Reise durch die Schweiz lernen sie im Jahr 1808 den estnischen Feiherrn Christoph von Stackelberg kennen, den Josephine eigentlich nur als Erzieher ihrer Kinder gewinnen wollte, der diese Aufgabe aber nur unter der Bedingung übernahm, dass sie ihn heiraten würde. Sie erklärt später, ihn nie gemocht und nur aus Liebe zu ihren Kindern geehelicht zu haben.

Das schicksalhafte Treffen Beethovens mit Josephine in Prag

Im Gegensatz zu ihrer Ehe mit dem Grafen Deym entwickelt sich die mit Stackelberg so unglücklich, dass Josephine schon nach kurzer Zeit darauf besteht, in getrennten Schlafzimmern zu nächtigen.

Mit Josephines zweiter Heirat, die Beethoven noch härter als die erste trifft, erkennen Musikhistoriker einen auffallenden Rückgang in der Produktivität des Meisters.

Vier Jahre nach der Heirat des als eitel, egozentrisch und verschwenderisch beschriebenen Freiherrn – der seiner Frau noch dazu das letzte Geld vom Erbe ihres Vaters aus der Tasche zieht – kommt es zu einem schicksalhaften Treffen Josephines mit Beethoven in Prag. Es führt wohl zum ersten sexuellen Kontakt der beiden, die auch durch die Liebe zur Musik verbunden waren.

Die Begegnung gipfelt in einer leidenschaftlichen Liebesnacht

Es war die kanadische Musikhistorikerin Rita Steblin, die im Jahr 2007 den ersten Nachweis erbrachte, dass Beethoven und Josephine einander – vermutlich am 3. Juli 1812 – in Prag getroffen haben. Die unvorhergesehene Begegnung bei einem Spaziergang endet in einer leidenschaftlichen Liebesnacht. Beethoven wohnt in der Herberge Zum Schwarzen Ross in der Prager Neustadt, Josephine in der dem Gasthof nahegelegenen Wohnung ihrer Schwägerin Victoire Gräfin Golz.

Das Treffen ist reiner Zufall, der Zeitpunkt der körperlichen Vereinigung wohl nicht, zumal Josephine gerade jetzt infolge ihrer unheilvollen Ehe die schlimmste Phase ihres Lebens durchmacht und in Beethoven bei jenem Mann Trost sucht, der ihr seit mehr als einem Jahrzehnt nahe steht.

Beethovens legendäres Treffen mit Goethe

Während Josephine nach dieser Liebesnacht von Prag nach Franzensbad weiterreist, begibt sich Beethoven zur Kur nach Teplitz. Dort kommt es zur legendären Zusammenkunft mit Goethe, bei der die beiden größten Genies ihrer Zeit eine gemeinsame Kutschenfahrt unternehmen.

Die Gedanken des Komponisten sind wohl anderswo, schreibt er doch aus Teplitz, noch ganz beseligt von den Prager Liebkosungen, seinen berühmten Brief an die »Unsterbliche Geliebte«, in dem er diese zum ersten und einzigen Mal per Du anspricht: »Schon im Bette drängen sich die Ideen zu Dir meine Unsterbliche Geliebte, hier und da freudig, dann wieder traurig. Vom Schicksale abwartend, ob es uns erhört – leben kann ich entweder nur ganz mit Dir oder gar nicht, ja ich habe beschlossen, in der Ferne so lange herumzuirren, bis ich in Deine Arme fliegen kann.«

Beethovens einzige nachweisbare Geliebte

Dass man der entscheidenden Begegnung des Komponisten mit Josephine von Brunsvik auf die Spur kam, war insofern wichtig, als damit sämtliche Spekulationen sensationslüsterner Beethoven-Biografen ad absurdum geführt wurden, das Genie wäre homosexuell gewesen, hätte mit Prostituierten verkehrt, sich ständig unglücklich in irgendwelche adlige Damen verliebt, an Syphilis gelitten oder gar seinem Neffen gegenüber pädophile Neigungen verspürt. Natürlich schließt Beethovens Liebe zu Josephine andere Verbindungen nicht aus, die Vorhaltungen entbehren aber jeglichen Nachweises. Jedenfalls ist Josephine bis heute die einzige nachweisbare Geliebte Beethovens geblieben.

Die Musikforscherin Marie-Elisabeth Thellenbach erkennt Josephine in der Figur der Leonore in Beethovens Oper »Fidelio« wieder, an deren endgültiger Fassung er zu diesem Zeitpunkt arbeitet. In Leonores großer Arie heißt es: »Komm, Hoffnung, lass den letzten Stern der Müden nicht erbleichen! Komm, o komm, erhell ihr Ziel, sei's noch so fern, die Liebe, die Liebe wird's erreichen.«

Das Glück zu lieben und geliebt zu werden

Beethoven komponiert in dieser vielleicht freudvollsten Phase seines Lebens auch mehrere ergreifende Sonaten, Symphonien und Klavierkonzerte, die zweifellos auf das Glück zu lieben und geliebt zu werden zurückzuführen sind. In einem weiteren Brief an Josephine bringt Beethoven seine Hoffnung zum Ausdruck: »Lange – Lange – Dauer – möge unsrer Liebe werden – sie ist so edel – so sehr auf wechselseitige Achtung und Freundschaft gegründet – selbst die große Ähnlichkeit in so manchen Sachen, im Denken und Empfinden – o sie lassen mich hoffen, dass Ihr Herz lange – für mich schlagen werde – das meinige kann nur aufhören für Sie zu schlagen – wenn es gar nicht mehr schlägt – geliebte J ...«

Minona von Stackelberg, 1813–1897, Beethovens mutmaßliche Tochter

Neun Monate nach dem Treffen in Prag bringt Josephine ihr siebentes Kind Minona zur Welt. Es bestehen kaum Zweifel, dass Beethoven der Vater des am 8. April 1813 geborenen Mädchens ist und auch dass er von dessen Existenz wusste. Der Name Minona ergibt rückwärts gelesen Anonim. »Die Tochter des bedeutendsten lebenden Musikers sollte in Anonymität aufwachsen«, erklärt Marie-Elisabeth Tellenbach. Niemand durfte wissen, wer

Minona wird im Haushalt von Josephines Schwester versteckt

der Vater des Mädchens war, das vorerst im Haushalt von Josephines Schwester Therese versteckt wurde. Diese beschreibt das Kind in ihren Memoiren so: »Merkwürdig hatte sich das Kind entwickelt. Ohne schön zu sein, war sie stark und imponierte dermaßen ihren älteren Schwestern. Es zeigte sich auch später, dass sie das meiste Genie unter den Schwestern hatte.«

»Dass sie das meiste Genie unter den Schwestern hatte«: Minona von Stackelberg, Beethovens vermutliche Tochter

Beethoven wird durch die Oper Fidelio *weltberühmt*

Beethoven erlangt in eben dieser Zeit, in der der Wiener Kongress tagt, mit der Uraufführung von »Fidelio« am 24. Mai 1814 im Kärntnertortheater Weltruhm. Die Kaiserinnen von Österreich und Russland, der König von Preußen und andere »höchste Herrschaften« gratulieren ihm persönlich zu dem überragenden Erfolg seiner einzigen Oper.

Genau da setzt Josephine ihrer unglücklichen Ehe mit Christoph von Stackelberg ein Ende, indem sie sich weigert, ihm auf einer Reise in seine Heimat Estland zu folgen. Nachdem dieser wegen Ungehorsams seiner Gemahlin sogar die Polizei verständigt, verlässt Stackelberg Wien und nimmt die drei in dieser Ehe geborenen Kinder – inklusive Beethovens Tochter Minona – mit. In einem Polizeibericht vom 12. Juli 1815 heißt es, dass sich Josephine von Stackelberg keines guten Rufes erfreue und man sie nicht davon freisprechen könne, so manchen Ehezwist geliefert zu haben.

Das nächste Kind, der nächste Vater

Beethoven schreibt die Lieder »An die Hoffnung« und »An die ferne Geliebte« – und Josephine wird wieder schwanger. Doch der Vater ist ein anderer. Er heißt Karl Eduard von Andrehan-Werburg, genannt Andrian, ist der Mathematiklehrer ihres ältesten Sohnes und eine etwas dubiose Figur. Josephine bringt ihr achtes Kind, Emilie, versteckt in einer Hütte am Gießhübl bei Wien zur Welt und überlässt es nach sieben Tagen dem Kindesvater, von dem sie schon wieder getrennt ist. Emilie stirbt mit nur zwei Jahren an Masern.

Das Ende der intimen Beziehung mit Beethoven

Auch wenn Josephines Affäre mit Andrian – er ist der vierte Mann, mit dem sie ein Kind hat – von nur kurzer Dauer ist, markiert sie wohl das Ende ihrer intimen Beziehung mit Beethoven, der von diesem Kind vermutlich nie erfahren hat.

Und doch trifft der Komponist Josephine noch einige Male in Döbling und in Baden bei Wien, bis es im Sommer 1816 zur vermutlich letzten Begegnung kommt. Beethoven ist mittlerweile völlig taub und Josephine lebt, kränklich und mittellos, im ständigen Streit mit ihrer Familie. In ihren Memoiren vermerkt ihre Schwester Therese: »Welche Kämpfe! Welche Auftritte 1815 und 16! Von da an war ihr schwindendes Leben eine schreckliche Zerrissenheit.«

Beethoven ist gleichsam mit seiner Kunst verheiratet

Mit 8. April 1818 ist Josephines letzter – vermutlich an Beethoven gerichteter – Brief datiert. Es ist der einzig bekannte Brief, in dem sie ihn per Du anspricht. »Was Deine Erscheinung in meinen Empfindungen weckt«, schreibt sie, »kann ich nicht schildern – ... In eins zusammen schmelzen kann nur dann geschehen, wenn wir zuerst in eins geschmolzen sind mit dem Ewigen ...« Was so viel bedeutet wie: erst nach dem Tod.

Dass es nie zur Gründung eines gemeinsamen Haushalts oder gar zur Ehe der beiden Liebenden gekommen ist, liegt wohl auch an Beethoven selbst, der für seine Kunst lebt und mit ihr gleichsam verheiratet ist. »Ergebenheit, innigste Ergebenheit in dein Schicksal«, notiert er in sein Tagebuch, »O harter Kampf ... du darfst nicht Mensch sein, für dich nicht, nur für andere: für dich gibt's kein Glück mehr als in dir selbst, in deiner Kunst. O Gott! Gib mir die Kraft, mich zu besiegen! Mich darf ja nichts an das Leben fesseln. Auf diese Art geht alles zugrunde.«

Es gibt mehrere Frauen in Beethovens Leben

Beethoven war in seinem Leben mehrmals verliebt, wurde aber entweder nicht erhört oder er selbst schreckte vor einer Bindung zurück, weil er vermeinte, dass eine solche sein Schaffen einschränken oder gar gefährden könnte. Die Beethoven-Forschung weiß von Annäherungsversuchen an die Damen Julie von Vering, Bettina Brentano, Marie Bigot, Giulietta Guicciardi, Magdalena Willman und Therese Malfatti, doch ist es in keinem dieser Fälle zu einer intimen Beziehung gekommen. Die blieb der

»Unsterblichen Geliebten« vorbehalten. Beethoven war zu diesem Zeitpunkt immerhin 41 Jahre alt.

»Auch sterbend werde ich die lieben, die mich hassen«

Im Sommer 1819 kommt es zum Bruch Josephines mit ihrer Mutter und ihrem Bruder Franz, die ihr gleichzeitig jede weitere finanzielle Unterstützung entziehen. Ende des Jahres verfasst sie dann auch noch einen Abschiedsbrief an die ihr ein Leben lang nahestehende Schwester Therese: »Eine weite Kluft liegt zwischen uns. Der Mutter Herz hat keinen Anklang für ihr Kind – die Schwesterliebe ist erloschen – ... Lebt wohl – auch scheidend, sterbend, werde ich die lieben, die mich hassen.«

Josephine von Brunsvik, Beethovens einzige, aber auch tragische und weitgehend unerfüllt gebliebene Liebe, stirbt einsam und verarmt am 31. März 1821 im Alter von 42 Jahren an »Nervenschwindsucht«, einer fieberhaften Auszehrung des Körpers, in Wien. Sie hat mehr als die Hälfte ihres Lebens – wenn auch meist ohne körperliche Hingabe – in Beethovens Nähe verbracht. Das Genie hat nie aufgehört, Josephine zu lieben, seine letzten Streichquartette, die Missa Solemnis und die Neunte Sinfonie sind Ausdruck des Verlustes, zählen aber gleichzeitig zu seinen tiefsten und bedeutendsten Werken.

Er schwört ihr ewige Treue – und hält sich daran

Beethoven sollte befolgen, was er in seinem berühmten Brief an die »Unsterbliche Geliebte« in der Nacht vom 6. auf den 7. Juli 1812 in Teplitz beteuert hat: »... da Du meine Treue gegen Dich kennst, nie eine andere kann mein Herz besitzen, nie – nie.« Die »Unsterbliche Geliebte« war tatsächlich auch die einzige. Er schwor ihr ewige Treue – und hielt sich daran.

Der Brief an die »Unsterbliche Geliebte« wurde unmittelbar nach Beethovens Tod in seinem Nachlass gefunden – er hat ihn also nie abgeschickt. Musikhistoriker rätselten lange, an wen er das Schreiben gerichtet hatte, erst im Jahr 2011 gelang dem in Deutschland geborenen neuseeländischen Autor John E. Klapproth unter Heranziehung von Prager und Budapester Archiven der Nachweis, »dass nur Josephine die unsterbliche Geliebte gewesen sein kann«.

Wegen ihres »lasterhaften Lebens« das Begräbnis verweigert

Josephine Stackelberg geborene Brunsvik verwitwete Deym fand am Währinger Friedhof ihre letzte Ruhe, wobei ihr von ihrer Familie wegen ihres »lasterhaften Lebens« sowohl eine Begräbniszeremonie als auch ein Grabstein verweigert wurden. Sechs Jahre später wurde das Musikgenie, nur wenige Meter von der Geliebten entfernt, beerdigt. 20000 Menschen kamen, um von ihm Abschied zu nehmen.

»Beethoven ist doch wie ein Traum«, schreibt Josephines Schwester Therese in ihren Erinnerungen, »dass er der Freund, der Vertraute unseres Hauses war – ein herrlicher Geist! Warum nahm ihn meine Schwester Josephine nicht zu ihrem Gemahl als Witwe Deym? Sie waren für einander geboren.«

Es gibt keine direkten Nachkommen Ludwig van Beethovens

Minona von Stackelberg, Beethovens vermutliche Tochter, hinterließ mehrere Kompositionen, die auf eine nicht unbedeutende musikalische Begabung schließen lassen. Sie starb am 27. Februar 1897 im Alter von 83 Jahren in Wien. Da sie unverheiratet und kinderlos geblieben war, gibt es keine direkten Nachkommen Ludwig van Beethovens.

Danksagung

Der Autor dankt den folgenden Personen für Auskünfte zu diesem Buch: Daniela Markus, Amelie Gräfin Trauttmansdorff, Dipl. Ing. Maximilian Graf Trauttmansdorff-Weinsberg, Carl von Rohrer, Irène Sacher, Univ.-Prof. Dr. Roman Sandgruber, Monika Gräfin Czernin, Georg Graf Walterskirchen, Dr. Ulrike Müller-Harang (Klassik Stiftung Weimar, Goethe- und Schiller-Archiv), Dr. Friedrich Buchmayr (Stiftsbibliothek St. Florian), Mag. Ernst Kieninger, Dr. Nikolaus Wostry, Larissa Bainschab (Filmarchiv Austria), Hofrat Mag. Thomas Just, Mag. Maria Zdislava Röhsner, Mag. Roman Eccher (Haus-, Hof- und Staatsarchiv), Univ.-Prof. Peter Patzak, Peter Henisch, Dr. Peter Payer, Helga Hlavek, Oberst i. R. Günther Führer, Dr. Maximilian Eiselsberg, Dr. Peter Wolf, Dr. Claudia Kapsamer (Alban Berg Stiftung), Prof. Lotte Tobisch, Dr. Johanna Krivanec, Dott. Alberto Gerosa, Dr. Christian Klösch (Technisches Museum Wien), Ottokar Pessl, Mag. Heinrich Clostermeyer, KR Franz Steinbacher, Mag. Verena Aschauer (Archiv Jaidhof, Gutmann'sche Vermögensverwaltungs- und Beteiligungs-GmbH), Sylvia Eisenberger, Dr. Christian Rapp, Verlag F. A. Brockhaus (Sächsisches Staatsarchiv), Dr. Rudolf R. Novak, Christiane Huemer-Strobele (Theater in der

Josefstadt), Prof. Ulrich Schulenburg (Thomas Sessler Verlag), Dkfm. Mag. Christoph Mai (Freunde der Wienbibliothek), Mag. Kyra Waldner (Wienbibliothek), Ing. Klaus Lukesch und Dipl. Ing. Heinz Lukesch, Lotte Ingrisch, Josef Adler, Vera Borek, Christian Qualtinger, Georg Biron, Bernd H. Pierstorff, Eduard Winter (Pathologisch-anatomische Sammlung im Narrenturm), Friedrich Gabriel, Dr. Ingrid Pfeiffer, Hofrat Mag. Eva Fritsch-Fialik, Paulinka Kreisberg, Iwona und Dkfm. Gerhard Svoboda, Izabela Staniszewski.

Weiters Prof. Dr. Brigitte Sinhuber-Harenberg, Mag. Dr. Carmen Sippl, Albert Pichler BA, Sabine Zeiler BA, MMag. Madeleine Pichler, Christina Linecker und Mag. Doris Leppitsch (Amalthea Verlag) sowie Dietmar Schmitz.

Bildnachweis

IMAGNO/Austrian Archives (19 links, 117, 147 links, 154, 168), Carl von Rohrer (19 rechts), Hotel Sacher (22), IMAGNO/Österreichische Nationalbibliothek (27, 29, 56 links, 69, 79, 86, 89, 103, 123 links unten, 131, 135 rechts, 141, 175, 181, 185, 187, 231, 234), Georg Walterskirchen (31, 36), Haus-, Hof- und Staatsarchiv Wien (33, 90, 93, 126, 129, 238), goethezeitportal.de (38 rechts, 41, 46), Foto: Georg Markus (49, 193), Max Fenichel, Wien (56 rechts), Filmarchiv Austria (83), Alban Berg Stiftung (109, 111, 114), Dokumentationsstelle für Literatur in Niederösterreich/DOKU NÖ Far2/S380 (118), Technisches Museum Wien (122, 123 rechts oben, 123 rechts unten), Popper-Podhragy privat (123 links oben), Brockhaus/Sächsisches Staatsarchiv (148), Géza von Németh (157), Louis Zwickl (166), IMAGNO/Gerhard Trumler (171), Wienbibliothek © Originalausgabe herausgegeben vom Verein der Freunde der Wienbibliothek, Aufführungsrechte Thomas Sessler Verlag GmbH Wien (178), Klaus und Heinz Lukesch (183), Dorotheum Wien (197, 214), Sammlung Christian Qualtinger (200), Bernd H. Pierstorff (211), Archiv Ingrid Pfeiffer (221, 225, 227, 229), Simon Wiesenthal/Paulinka Kreisberg/Iwona Svoboda (242, 246, 247), Iwona Svoboda (243, 245 links), Archiv des Amalthea Verlages, Archiv des Autors

Der Verlag hat alle Rechte abgeklärt. Konnten in einzelnen Fällen die Rechteinhaber der reproduzierten Bilder nicht ausfindig gemacht werden, bitten wir, dem Verlag bestehende Ansprüche zu melden.

Quellenverzeichnis

Bücher:

Elisabeth Badinter, *Maria Theresia, Die Macht der Frau*, aus dem Französischen von Horst Brühmann und Petra Willim, Wien 2017.

Georg Biron, *Quasi Herr Karl, Helmut Qualtinger, Kultfigur aus Wien*, Wien 2011.

Sieghard Brandenburg (Hrsg.), *Josephine an Beethoven, Winter 1806/07*, in: *Ludwig van Beethoven, Briefwechsel*, Gesamtausgabe, München 1996.

Friedrich Buchmayr, *Der Priester in Almas Salon, Johannes Hollnsteiners Weg von der Elite des Ständestaats zum NS-Bibliothekar*, Weitra 2003.

Heino Cerny (Hrsg.), *Die Jugend-Tagebücher Franz Josephs*, Wien 2003.

Christopher Clark, *Die Schlafwandler, Wie Europa in den Ersten Weltkrieg zog*, München 2014.

Monika Czernin, *Das letzte Fest des alten Europa, Anna Sacher und ihr Hotel*, München 2014.

Gottried von Einem, *Ich hab' unendlich viel erlebt*, aufgezeichnet von Manfred A. Schmid, Wien 2002.

Sylvia Eisenberger, *Franz von Stuck, der Mensch – und seine Sünden*, in: *Franz von Stuck – der Maler und seine »Sünde(n)« von Thomas Raff*, Tettenweis 2003.

Dagmar von Gersdorf, *Goethes Enkel Walther, Wolfgang und Alma*, Frankfurt am Main-Leipzig 2008.

Françoise Giroud, *Alma Mahler oder die Kunst, geliebt zu werden*, München 1988.

Brigitte Hamann, *Die Habsburger. Ein biographisches Lexikon*, München-Zürich 1988.

Brigitte Hamann (Hrsg.), *Mit Kaiser Max in Mexiko, Aus dem Tagebuch des Fürsten Carl Khevenhüller 1864–1867*, Wien-München 1983.

Joan Haslip, *Maximilian, Kaiser von Mexiko*, Berlin-Darmstadt-Wien 1971.

Peter Henisch, *Die kleine Figur meines Vaters*, Wien 1975.

Oliver Hilmes, *Witwe im Wahn*, München 2004.

Gerd Holler, *Sophie, Die heimliche Kaiserin, Mutter Franz Joseph I.*, Wien-München 1993.

Elfriede Iby u.a. (Hrsg.), *Maria Theresia 1717–1780: Strategin – Mutter – Reformerin*, Wien 2017.

Thomas Just, *Neues zu einer alten Geschichte, Die Erziehung des Erzherzogs Franz Joseph*, in: *Franz Joseph 1830–1916*, hrsg. von Karl Vocelka und Martin Mutschlechner, Wien 2016.

John E. Klapproth, *Beethovens Einzige Geliebte: Josephine!*, Charleston USA 2011.

Ann Tizia Leitich, *Maria Theresia*, Wien 1963.

Luigi Lucheni, *Ich bereue nichts! Die Aufzeichnungen des Sisi-Mörders*, hrsg. von Santo Cappon, Wien 1998.

Alma Mahler, *Mein Leben*, Frankfurt am Main 1963.

Harald Marincig, *Die Wiener Linien, 140 Jahre öffentlicher Personenverkehr in Wien*, Wien 2005.

Rudolf R. Novak, *Das Mayerling-Netz, Verborgene Zusammenhänge entdeckt*, Horn-Wien 2016.

Peter Patzak, *Wie mich meine Mutter zum Film brachte und andere Ermittlungen*, Wien 1997.

Hermann Pfeiffer, *Halte Dich dicht an mich und eile! Der Untergang der* Baron Gautsch, hrsg. von Ingrid Pfeiffer, mit einem Nachwort von Karl Vocelka, Wien 2014.

Ruth Rahmeyer, *Ottilie von Goethe, Das Leben einer ungewöhnlichen Frau*, Stuttgart 1988.

Konrad Ratz (Hrsg.), *Kampf um Mexiko, Kaiser Maximilian in den Erinnerungen seines Privatsekretärs*, Wien-München 1999.

Erich Rietenauer, *Alma, meine Liebe. Persönliche Erinnerungen an eine Legende*, Wien 2008.

Maynard Salomon, *Beethoven, Biographie*, München 1979.

Hermann Schreiber, *Geschichte der Päpste*, München 1995.

Paul Szemere und Erich Czech, *Habsburgs Weg von Wilhelm zu Briand, Vom Kurier der Sixtus-Briefe zum Königsputschisten, Die Memoiren des Grafen Tamás von Erdődy*, Zürich-Leipzig-Wien 1931.

Marie-Elisabeth Tellenbach, *Beethoven und seine unsterbliche Geliebte Josephine Brunswick, Ihr Schicksal und der Einfluss auf Beethovens Werk*, Zürich 1983.

Michaela und Karl Vocelka, *Franz Joseph I., Kaiser von Österreich und König von Ungarn, 1830–1916*, München 2015.

Heinrich Voss, *Franz von Stuck, 1863–1928, Werkkatalog der Gemälde*, München 1973.

Joseph Wechsberg, Simon Wiesenthal, *Doch die Mörder leben*, München 1967.

Bisher unveröffentlicht:

Maria Erben, *Helene Berg – Kaisertochter und Komponistengattin. Eine Gesellschaftsstudie*, Diplomarbeit Universität Wien 2012.

Thomas Graf Erdödy, *Tagebücher*, 1917–1919.

Adalbert von Spanyi, *Aus meiner Flügeladjutantenzeit bei Sr. Majestät dem Kaiser und König Franz Josef I., Kriegsjahre, Tagebuch 1915–1916*.

Zeitungen und Zeitschriften:

Silvia Anner, *Beethovens heimliche Liebe*, Wiener Zeitung, 29. Dezember 2012.

Louis Bobé, *Alma von Goethe und ihr Grabmahl*, aus dem Dänischen von Paul Thomas Fischer, in der Viermonatsschrift der Goethe-Gesellschaft, Weimar 1944.

Peter Payer, *Stadt unter Schock. Der Todessturz des Seiltänzers Josef Eisemann im Sommer 1949*, Wiener Geschichtsblätter 2/2012.

Michaela Schlögl, *Alma Mahlers Seelenfreund,* Wiener Zeitung, 15. Februar 2008.

Rita Steblin, *Auf diese Art mit A geht alles zugrunde. A New Look at Beethoven's Diary Entry and the Immortal Beloved*, in: Bonner Beethoven-Studien, Bonn 2007.

Personenregister

Wenn Wände sprechen könnten

Schicksalhafte Begegnungen, Schauplätze für Liebe, Leidenschaft, Mord und politische Intrige – an kaum einem anderen Ort kommt es zu so vielen und so unterschiedlichen historischen Momenten wie hinter den verschlossenen Türen großer Hotels.

Aus dem Inhalt:
Robert Kennedys Ermordung im Ambassador Hotel, Los Angeles
Marlene Dietrich wird im Berliner Hotel Adlon entdeckt
Kronprinz Rudolfs verbotene Treffen im Grand Hotel
Caruso überlebt das große Erdbeben im Palace Hotel, San Francisco
Das Ende des Spions Oberst Redl im Wiener Hotel Klomser
Whitney Houstons Drogentod im Beverly Hilton, Los Angeles
Hitler residiert im Wiener Imperial
Frank Sinatra, die Mafia und das Sands Hotel, Las Vegas
Das Attentat auf Ronald Reagan im Hilton, Washington
Oscar Wildes Verhaftung im Cadogan Hotel, London
Die letzten Stunden der Prinzessin Diana im Pariser Ritz
Thomas Mann am Zauberberg
u. v. a.

Mit zahlreichen Abbildungen

Georg Markus

Hinter verschlossenen Türen

Menschen im Hotel

304 Seiten
ISBN 978-3-99050-050-7
eISBN 978-3-903083-33-2

Amalthea amalthea.at